Die 10.000

Und deine Welt John?

Und deine Welt, John?

IMPRESSUM

1. Auflage
Titel: Und deine Welt, John?
Autor: Die 10.000

Bibliografische Information der Deutschen Nationalbibliothek: Die Deutsche Nationalbibliothek verzeichnet diese Publikation in der Deutschen Nationalbibliografie; detaillierte bibliografische Daten sind im Internet über dnb.dnb.de abrufbar.

Vertreten durch:
Die 10.000, die10000.com
Herstellung und Verlag: BoD – Books on Demand, Norderstedt
ISBN 978-3-748-17276-5

Mitwirkende

Wir danken den großartigen, kreativen Schaffensmeistern/innen unserer Zeit, für ihr grandioses mitwirken.

Lektorat, Redaktion & Buchsatz:
Cornelia Franke
www.corneliafranke.org

Layout & Design:
Sinaida Kargel, Conscious Design

Projektbetreuung:
Daniela Nemetz, Danielas Designstories
www.danielas-design-stories.com

Iris-Fotografie:
eyesight
www.eyesight-foto.de

Hinter einer jeden Geschichte
verbergen sich tiefgründige Gedanken des
Erzählers und dessen wahrgenommener
Welt.

Werfen Sie einen Blick auf die Webseite
„**die10000.com**", um sich mit dem einen
oder anderen wertvollen Aspekt zu
unserem Dasein zu bereichern.

Johns Geschichte dient als Bühne für
ein Weltbild, auf der sich ein
facettenreiches Schauspiel von vielen
verschiedenen Perspektiven,
Gewohnheiten und Wahrheiten abspielt.

Und was erzählt Ihre Geschichte?

Inhaltsverzeichnis

Intro

Brenne, Blute, Lebe, Liebe!

Worin erkennen wir den Sinn des Lebens? Ich würde sagen gar nicht. Es würde zum besseren Verständnis wohl Sinne des Lebens heißen. Wir alle suchen den einen perfekten Weg durch unser Leben, doch den gibt es nun mal nicht. Jedes Leben hält eine Vielzahl von Möglichkeiten offen, die erst nach und nach einen jeden Menschen zu einem einzigartigen Meisterwerk machen. Vergleichbar mit einem Baum. Jede Richtung, die wir gehen, und jede Entscheidung, die wir treffen, verändert das Blattwerk unseres Daseins. Erst nach und nach zeigt sich das Ausmaß unserer Bemühungen. Welche zu starken Ästen heranwachsen, die die Früchte unseres Lebens tragen. Je mehr wir lernen und nach Wachstum streben, um so prachtvoller entwickelt sich diese Krone. Eine wunderschöne Vielfalt an Fassetten. Die Schutz im Sturme bietet, und Schatten spendet, wenn des Himmels Feuer brennt.

Nichts kann diesen strahlenden Lebenszauber ersetzen. Wir sollten regelmäßig in Ruhe innehalten, und das Glück und die Liebe durch uns hindurchfließen lassen. Die Faszination im Moment erleben. Ein Moment der Dankbarkeit. Der unendlichen Glückseligkeit. All das Leben niemals für selbstverständlich erachten. Denn der nächste Winter kommt bestimmt. Genießen wir die Pracht, die uns umgibt.

Ein Geschenk und Wunder. Im Sonnenlicht erblüht ein Meisterwerk, ein in Anmut gleißend heller Stern. Vergessen wir allerdings nicht, dass wir nur im Ganzen vollkommen sind. *Der einzeln Baum, er bricht im Wind. Der Wald jedoch, hält Stand im Sturm.*

John ist einer dieser Bäume. Sehen wir uns an, ob seine Krone über die der anderen hinausragt. Ob seine Wurzeln tief genug im Boden verankert sind, um ihm festen Stand zu versprechen, um nicht umzuknicken, wenn die Lasten von Schnee und Eis unerträg-

lich werden.

EINE ENTSCHEIDUNG

„Immer wieder der gleiche Trott." Der junge John kickte mürrisch eine leere Dose zur Seite. Er und sein alter Schulfreund waren gerade auf dem Weg in die nächste Kneipe, um sich ein kühles Bier zu genehmigen. Ihr tägliches Ritual.

Sie arbeiteten im Schichtbetrieb in einer der Produktionshallen des nahegelegenen Werks, die Einzelteile für Raumschiffantriebe stanzte. John war die Unzufriedenheit über sein derzeitiges Leben buchstäblich ins Gesicht geschrieben. Oder eben gestanzt.

Eigentlich wollte er auf die Akademie für neue Technologien gehen und, später einmal, seinen eigenen interstellaren Antrieb entwickeln. Stattdessen war er den Erwartungen seiner Umgebung gerecht geworden. Wie jeder seines Standes hatte er die nächstbeste Arbeitsstelle angenommen. An der Möglichkeit, seinen eigenen Weg zu gehen und der Welt seinen Stempel aufzudrücken, hätte es ja nicht gefehlt. Es hatte wohl eher an seinem Selbstvertrauen gelegen und an den Zweifeln, dass es kein Kind aus der untersten Schicht der Gesellschaft zu etwas Großen brachte. An Klugheit mangelte es ihm allerdings nicht. In seiner Zwei-Zimmer-Wohnung stapelten sich die Bücher über Nano-

und Antriebstechnologie sowie massenhaft Autobiographien derer, die er bewunderte. Er war immer der Meinung, dass er aus den Lebensgeschichten derer etwas lernen könne, die er verehrte, um es ihnen gleichzutun.

Während sein Freund mit seinem Leben glücklich war, und sich bereits das dritte Bier bestellte, kritzelte John eine Zeichnung nach der anderen auf die Bieruntersetzter.

„Das müsste doch eigentlich funktionieren“, stammelte er vor sich hin.

„Lass gut sein. Such dir lieber eine Freundin.“ Sein Kumpel setzte das Bierglas an und gaffte dabei der Kellnerin in den Ausschnitt. John schwieg lieber. Er wusste, dass seine stille Seite nicht allzu gut beim weiblichen Geschlecht ankam.

Eigentlich wollte John nur rasch nach Hause, um sein „The Great Live“-Profil zu checken. „The Great Live“ war sozusagen das Nachfolgermodell von Facebook. Eine Social-Media-Plattform, auf der man sich, sein Leben, seine Ideen sowie Erfindungen präsentieren konnte.

Kaum jemand bewarb sich heute noch bei den großen Firmen um einen Ausbildungs- oder Arbeitsplatz. Das Überangebot von jungen aufstrebenden Talenten hatte zur Folge gehabt, dass sich die Konzerne eine Plattform schufen, mit der sie sich ihre führenden Mitarbeiter und

Techniker inklusive der gewinnbringenden Ideen aussuchten. Dadurch ersparten sie sich zudem die langwierigen Auswahlverfahren.

Auch John hatte stundenlang an seinem Profil herumgebastelt, bis es ihm einigermaßen zusagte. Leider schien sich niemand für seine Idee eines innovativen Raumschiffantriebs zu interessieren. Ganz im Gegenteil. Diejenigen, die auf sein Profil stießen, verhöhnen und verspotten ihn dafür sogar. Klar, sein Konzept, weg von Feststoff- und hin zum Sublichtantrieb, stellte komplettes Neuland dar.

Ein Raumschiff, das mit Hilfe von in sich rotierenden Minisonnen angetrieben wird, war so absurd wie die Auffassung, dass der Mensch telepathische Kräfte besäße.

Einzig die immer gut gelaunte Evie hatte stets ein positives Wort für Johns Erfinderreichtum übrig. Sie verstand zwar nicht das Geringste von dem, was John so von sich gab, aber scheinbar mochte sie seine Faszination über Raumschiffe und die Erforschung der Weiten des Weltalls. Evie arbeitete in der Bar, in der sich John und sein Kumpel jeden Abend ein Bier genehmigten. Sie empfing die Beiden stets mit einem Lächeln, so auch heute, anscheinend versüßten sie ihr die Arbeit. Nun ja, John zumindest. Seinen Freund empfand sie als widerwärtig, um es mit ihren Worten zu sagen.

John hatte etwas an sich, das ihn von all den

Anderen abhob: Er wagte noch zu träumen. Ganz im Gegensatz zu dem Rest der Trunkenbolde in der Bar. Diese hatten sich längst damit abgefunden, dass sie bis ins hohe Alter schwer für ihren Lebensunterhalt arbeiten würden. Und das ohne Anerkennung, oder die Aussicht, auf einen angenehmen Ruhestand.

John hatte schon sehr lange ein Auge auf Evie geworfen, es aber nie gewagt, sie zum Tanzen aufzufordern oder überhaupt mit ihr auszugehen. War doch ihr derzeitiger Freund der Sohn des Kneipenbesitzers. Auch wenn er ein stumpfsinniger Muskelprotz war, der es nicht einmal schaffte, den Zapfhahn richtig zu bedienen, schien sie glücklich mit ihm zu sein. Wenigstens hatte er Unterhaltungswert.

John schüttelte den Kopf und versank wieder in seiner Bierdeckelwissenschaft. Was er allerdings nicht wusste, war, dass Evie seine bekritzelten Untersetzer aufhob. Irgendwie konnte sie Johns Ideen etwas abgewinnen oder sie hoffte darauf, dass John doch eines Tages den großen Durchbruch schaffte. Die Unter-setzer wären dann mit Sicherheit einiges mehr wert. Wer würde denn nicht die Entwürfe eines anerkannten Genies kaufen wollen?

Und so glich ein Tag dem anderen. Arbeiten, Bier, Schlafen. Und dazwischen vom großen Triumpf träumen.

Halb trunken verließ John später die Bar.

Während sein Freund wahrscheinlich die nächste Kneipe aufsuchte, verzog John sich in seiner Junggesellenbude. Sein Magen machte sich bemerkbar, er hatte seit der Früh nichts mehr gegessen. Ein oder zwei Toasts würden auf die Schnelle reichen.

Wie so oft saß er am Küchentisch und starrte auf die graue Hauswand des Nachbargebäudes. Voller Jähzorn sprang er plötzlich von seinem Stuhl auf und knallte das Essbesteck in den Abwasch. „So kann ich nicht weitermachen." Scheinbar hatte ihm das Schicksal einen Tritt verpasst. „Jetzt oder nie."

Er beschloss, seine Arbeitsstelle aufzugeben, all seine Sachen zu verkaufen, und ins verfeindete Nachbarland auszuwandern. Wer weiß, vielleicht wartete dort das große Glück auf ihn. Die Tatsache, dass er sich bis zu seinem Lebensende, mit den Begebenheiten seines Arbeitsplatzes abfinden müsse, hielt er einfach nicht mehr länger aus. Die einzige Alternative, die für ihn in Frage kam, war, sein Leben ausnahmslos nach seinen Vorstellungen umzugestalten. Auch wenn dies eine sehr ungewisse Zukunft bedeuten würde. Lag doch sein Vaterland und dessen Nachbar seit Jahrzenten im Streit über die Eigentumsrechte eines riesigen Mineralfeldes, das sich zu allem Übel, auf neutralem Gebiet, weit draußen auf dem Ozean befand. Beide behaupteten für sich, dieses als erstes entdeckt zu haben, und damit das alleinige Abbauanrecht zu besitzen. Da allerdings keiner einen Krieg riskieren wollte, aber die Mineralien unabkömmlich für die Antriebstechnik waren, vollzogen beide Nationen einen regelrechten Raubbau des Vorkommens. Leider ohne Rücksicht auf die Natur, oder die Arbeitsbedingungen ihrer Beschäftigten.

Es verstand sich von selbst, dass jedes der beiden Länder die klügsten Köpfe für sich haben wollte, um sich so den entscheidenden Vorteil im ewigen Wettlauf von technischen Errungenschaften der Raumfahrt zu sichern. Und genau da witterte John seine Chance. Wenn schon niemand in seinem Land ihm Gehör schenken wollte, dann vielleicht im Nachbarland. Wäre es doch eine riesige Genugtuung für dieses, wenn es eine neue Technologie vorweisen könnte, die aus dem Kopf eines Wirtschaftsflüchtlings stammte.

Einfach wird es nicht, das war John klar, *aber wer nicht wagt, der nicht gewinnt.*

Um kein großes Aufsehen zu erregen, behielt er seinen Plan auch vorerst für sich, und beschäftigte sich klammheimlich mit der Umsetzung. Die ganzen Unterlagen und ein Sammelsurium von persönlichen Erinnerungsstücken wollte er nicht so einfach aufgeben. Bis er sie nachholte, musste er sie schlichtweg irgendwo bunkern. Nur wo? Seinem

Freund konnte er sie unmöglich geben. Der würde bei der erstbesten Gelegenheit jeden von seinem Vorhaben erzählen. Da wüsste innerhalb kürzester Zeit jeder Bescheid und dies brächte ihn in permanente Erklärungsnot. Außerdem würde er dann in den Fokus der Staatsgewalt geraten, die ihn wiederum aufgrund von Staatsverrat die Ausreise verweigern, oder, für ihn noch schlimmer, seine wissenschaftlichen Unterlagen beschlagnahmen könnte. Also kam bloß die reizende Evie in Frage.

Auch wenn sie sich kaum kannten, irgendetwas gab ihm die Zuversicht, dass sie ihm helfen würde. Sie war Johns einzige Hoffnung.

Ach, Augen zu und durch, dachte sich John und ging am nächsten Abend zu ihr. John hatte Glück. Als er bei ihr an der Wohnungstür anklopfte, öffnete ihm eine etwas zerzauste Evie.

„Hallo John. Was führt dich denn zu mir?"

„Ach, war gerade in der Gegend, und dachte, ich schau mal vorbei."

Evie hatte anscheinend noch bis vor Kurzem geschlafen. „Komm doch rein. Ich brauch noch eine Minute, bis ich ganz wach bin."

„Ok. Danke." John trat in Evies Wohnung und schloss die Türe hinter sich. „Bist du allein hier?"

„Ja, mein Freund ist in der Bar." Etwas schlaftrunken, entschuldigte sich Evie über die peinliche Unordnung in ihrer Wohnung. Sie schnappte ein paar ihrer Klamotten, die überall verstreut herumlagen und ging Richtung Küche. Über den überraschenden Besuch war Evie so aus der Fassung, dass sie es versäumte, Johns Kritzeleien unauffällig im Regal verschwinden zu lassen.

„Wie üblich ein kühles Bier?"

„Nein, ... ach, was soll's. Ja, bitte", erwiderte John, der nicht wusste, wie er mit seinem Anliegen an Evie herantreten sollte. *Erst mal stumpfsinniger Smalltalk. Das ist die Lösung!*, dachte sich John. *Der Rest wird sich schon irgendwie ergeben.*

„Setz dich doch!", hallte es aus der Küche.

Auf der Suche nach einem freien Platz auf dem Sofa, das nach wie vor mit Bergen von Kleidern und Büchern bedeckt war, stieß John auf seine Zeichnungen.

„Du hebst die auf?" Verwundert runzelte John die Stirn, „Was hast du denn mit denen vor?"

Evie, die gerade den Kühlschrank öffnete und nach zwei Bier griff, verfiel kurz in Schockstarre. Was sollte sie ihm jetzt als Antwort geben? Sie knallte die Kühlschranktür zu und ging zurück ins Wohnzimmer. Etwas verlegen, wohl gemerkt.

„Ach nichts weiter."

Und schon zauberte sie eine Halblüge hervor. Sie hebe alle bemalten Untersetzer auf. Sie schätzte nämlich sehr die künstlerische Ader eines jeden Menschen. Immerhin wollte sie ja mal Kunst studieren und später einmal ihre eigenen

Gemälde verkaufen. Doch die liebe Geldnot hatte sie dazu veranlasst, die erstbeste Stelle anzunehmen. Anfangs nur halbtags. Um sich über Wasser zu halten, und um nebenbei einen Abendkurs zu besuchen. Doch als ihr Chef sie mehr oder minder zwang, auch die Spätschicht zu übernehmen, hatte sie ihre Zukunftspläne endgültig an den Nagel gehängt.

Evie wollte auf jeden Fall verhindern, dass er glaubte, sie sähe mehr in ihm als nur einen Stammkunden. Die Möglichkeit, die sie sich erhoffte, durch John irgendwie aus ihrer aussichtlosen Lebenssituation herauszukommen, könnte ihn vielleicht veranlassen, all die Bieruntersetzer wieder mitzunehmen. Waren diese doch zweifelsohne sein geistiges Eigentum.

„Ach so, na dann." John zuckte kurz mit den Schultern, und legte die Bierdeckel wieder beiseite.

Sichtlich erleichtert drückte sie John das Bier in die Hand.

„Auf die Kunst" scherzte Evie und stieß mit ihm an.

John ließ den Blick schweifen und bemerkte, wie schön sie ihre Wohnung eingerichtet hatte. Sehr dekorativ. Voller Lebensfreude, die er zuvor noch bei keinem anderen zu Gesicht bekommen hatte. Evie, wieder ganz sie selbst, wurde schnell klar, dass er etwas von ihr bräuchte, und ging erst gar nicht auf das belanglose Geschwafel ein.

Mit ihren wunderschönen blauen Augen fixierte sie John. „Also, raus mit der Sprache. Wegen meinen Möbeln bist du sicher nicht gekommen."

Wenn auch anfangs etwas zögerlich, stotterte John dann sein Vorhaben von seiner Seele. Tat ihm ganz gut, jemanden davon zu erzählen, allerdings erwartete John Widerstand, und dass sie ihm sein Vorhaben ausreden würde. Doch ganz im Gegenteil. Voller Bewunderung strahlte Evie über das ganze Gesicht. „Wahnsinn, dass hätte ich nie von dir erwartet. Was ist es? Mut oder Verzweiflung, das dich zu einem so tollkühnen Abenteuer treibt?"

„Eigentlich will ich eine Frau zum Mond schießen", erwiderte John mit einem breiten Grinsen.

Evie verdrehte die Augen. „Na klar, unser Frauenheld, wäre besser du schießt deinen Freund zum Mond. Wie um alles in der Welt bist du denn eigentlich zu dem gekommen? Ihr beide seid doch grundverschieden."

John verzog nachdenklich das Gesicht. „Das ist eine gute Frage. Er ist so wie ein Parasit. Irgendwo mal eingefangen, wird man ihn schwer wieder los. Aber nein, wir sind miteinander aufgewachsen und er gehört eben zum Leben dazu, so, wie der Gang auf die Toilette."

Evie schüttelte den Kopf. „Du bist ein schräger Vogel. Du bist irgendwas zwischen niedlich und wahnsinnig. Komisch eben. Aber ich helfe dir. Kannst ruhig deine Sachen bei mir bunkern."

John war froh, dass das Gespräch so reibungslos verlaufen war. Er machte sich auch gleich auf den Weg, um den ersten Karton zu holen. Er musste doch die Gunst der Stunde nutzen. Zum Glück war auf Evie Verlass. Sie behielt Johns Pläne für sich, und half ihm auch bei der Übersiedelung seiner Sachen. Jeden Abend nach der Arbeit ging sie bei ihm vorbei, um wieder eine Schachtel zu holen. Wenn die Beiden alles auf einmal von Wohnung zu Wohnung geschafft hätten, dann wäre dies sicher aufgefallen. Auf Gerüchte, die sich dadurch ergeben hätten, hatte definitiv keiner der Beiden Lust.

Zu Johns Erstaunen war Evie sehr angetan von seinen Ideen. Bisher hatte er immer gedacht, dass sie bei ihren Kommentaren auf seinem Profil bloß nett sein wollte, und sich im Grunde nichts daraus machte. Außerdem war er erstaunt über ihre Begeisterung für die Kunst und ihrem ursprünglichen Traumberuf einer Malerin. Obwohl sich die Beiden fast jeden Tag begegneten, ahnte keiner, was für ein Mensch im Gegenüber wirklich steckte. Tag für Tag verstanden sich die Beiden immer besser, machten Faxen, und blödelten in der Bar bei den gewohnten Feierabendbieren herum. Bis Evies Freund die Eifersucht befiel und Evie sogar verbot, John länger zu sehen und zu bedienen. Evie blieb somit keine andere Wahl und hielt sich wieder mit der Freundschaft zu John zurück.

Es spielte für John nahezu keine Rolle mehr. Der Tag des großen Aufbruchs stand unmittelbar bevor.

Eine Reise ins Ungewisse

An einem trüben Montagabend machte sich John auf den Weg, um sich noch schnell bei Evie zu verabschieden. Fast bei dem Haus angekommen, in dem sich Evies Wohnung befand, erblickte er ihren Freund. Dieser verbrannte wohl gerade etwas in einer Tonne vor dem Mietshaus. John blieb vorsichtshalber in sicherer Entfernung stehen, um vorerst abzuwarten. Erst als er verschwunden war, huschte John zum Klingelbrett, doch Evie war nicht Zuhause. John konnte allerdings nicht auf sie warten, immerhin hatte er bereits seinen Zug gebucht. Also schob er schnell eine Nachricht unter der Tür durch, und eilte wieder auf die Straße. Die Zeit für einen neugierigen Blick in die Tonne genehmigte er sich dennoch. Hätte er es besser sein gelassen. Entsetzt musste er feststellen, dass die verkohlten Überreste einst sein ganzes Hab und Gut waren.

Verbissen krallten sich seine Hände an den Rand der Tonne fest. Alles, was er über die Jahre hinweg angesammelt hatte, und für ihn wichtig war, war jetzt nur noch Ruß und Asche. „Die blöde Schlepperei hätte ich mir auch sparen können", gab John lautstark von sich, „so ein verdammter hirnloser Halbaffe. Was glaubt der eigentlich, wer er ist?" Er war außer sich vor Wut, schnaufte ein paar Mal, kniff die Augen zusammen und schleuderte die Tonne mit einem kräftigen Stoß gegen die Hauswand. Es war alles dahin.

John gab noch ein paar Flüche zum Besten und kehrte dann fuchsteufelswild den Überresten seiner Vergangenheit den Rücken zu. Mit verbissener Miene und dem kalten Wind im Nacken machte John sich auf den Weg zum Bahnhof.

Verdrießlich bestieg er seinen Zug. Nie wieder würde er zurückzukommen, was auch immer passieren mochte. Dass Evie es zuließ, dass all seine Sachen in Rauch aufgingen, machte ihm sehr zu schaffen.

Als der Zug ein paar Kilometer vor der Grenze in den Endbahnhof einfuhr, hatte John sich wieder beruhigt und plante sein weiteres Vorgehen. So einfach konnte er nicht über die Grenze marschieren. Erstens fehlten ihm die nötigen Papiere, und zweitens auch das richtige Kleingeld. Die anständigen Zollbeamten besserten ihren Lohn bekanntlich gerne etwas auf.

Die gut gesicherte Grenze konnte man nur an ein paar Stellen mit einem Visum überqueren. Und das wiederum war dementsprechend schwer legal zu bekommen. Vermutete doch ein jedes Land, ausspioniert zu werden. Also musste eine alternative Strategie her. Nur zu gut wusste John, dass er bei dem Versuch, die Grenze zu überschreiten, Hilfe von Menschen brauchte, die er auf offener Straße nicht entdecken würde. Das wäre zu schön gewesen. Am besten noch mit einem Schild in der Hand: „Vormittags Schlepper, nachmittags Schmuggler.“

Nur wo sollte er nach ihnen suchen? Mit den wenigen Sachen, die er mit sich trug, machte er sich auf den Weg durch die Stadt. Stets schweifte sein Blick in die engen Seitengassen, in der Hoffnung, dass er einen Hinweis erblicken würde. Nach zwei Stunden und einigen unliebsamen Begegnungen, bei denen man ihm von der Taschenuhr bis hin zur Leber alles andrehen wollte, erhaschte er dann, in einer vollkommen verwahrlosten Gasse, eine Schalunke zweifelhaften Charakters. Genauso hatte er sich einen Ort vorgestellt, an dem sich alle möglichen Gesetzesbrecher versammeln würden.

Mit einem lauen Gefühl im Magen betrat er die Bar. Ob es vom Hunger kam, oder doch von der Angst, dass er gleich ein Messer im Rücken zu stecken hatte, konnte er nicht unterscheiden. Stets seine Sachen fest umklammert, setzte er sich zwischen zwei Bikern an den Tresen. *Immer höflich sein*, dachte sich John und grüßte ganz freundlich. Mehr als ein mürrisches Knurren erwiderten jene allerdings nicht.

Der Barkeeper musterte ihn vom Scheitel bis zur Sohle, und stellte ihm unaufgefordert ein Glas

Bier hin. Auch wenn Johns Erscheinen so ganz und gar nicht ins Bild passte, konnte er nur das eine dort wollen. Ein ordentlich bekleideter junger Mann, mitten unter Kriminellen, die allesamt mit Narben und Tattoos überseht waren? Mut hatte John allemal, und jetzt aufzugeben und wieder zurückzugehen, kam für ihn ohnehin nicht in Frage. Also riss er sich am Riemen, und fragte den Barkeeper, ob er von jemanden wisse, der im helfen könnte, die Grenze zu überqueren. Der Barkeeper setzte daraufhin ein unverschämtes Grinsen auf, und rief in den Raum: „Habt ihr das mitbekommen? Der Junge hier will doch tatsächlich auf die andere Seite."

Lautes Gelächter grollte durch den Raum.

„Niemand hier wagt es, die Grenze illegal zu übertreten. Tut mir Leid, Kleiner, aber am besten du gehst wieder nach Hause."

Sollte es das gewesen sein? Endstation? John versank in seinen Gedanken, ohne mitzubekommen, wie die Stunden verflossen.

„Sperrstunde, Kleiner." Der Barkeeper drehte die letzten Stühle um und schickte John auf die Straße. Mit hängenden Schultern wendete sich John wieder Richtung Bahnhof.

Plötzlich stupste ihn jemand von hinten in den Rücken.

„Ich weiß, wie du rüberkommst." Ein kleiner Junge stand hinter ihm und setzte ein breites

Grinsen auf.

„Du?“, erwiderte John ungläubig. „Du willst wissen, wie man rüberkommt?“

„Ja, komm, ich zeig es dir.“ Der kleine Junge schien es ernst zu meinen.

John zögerte kurz. Zuckte mit den Schulten und lief ihm dann doch hinterher. Er hatte ohnehin keine andere Lösung in Aussicht, und mehr als das ihm der kleine Junge auf der Nase herumtänzeln würde, konnte ihm ja auch nicht passieren.

Auf dem Weg durch die finstersten Gassen erzählte der Junge, dass er schon viele Male die Grenze überquert hatte. Einst war dies ein Bergbaugebiet gewesen, und die Stollen verliefen auch unter der Stadt. Aber als das Rohstoffvorkommen erschöpft gewesen war, schloss man die Mine und sprengte sämtliche Eingänge. „Nur noch hin und wieder erinnert ein Lüftungsschacht an das einstig unterirdische Labyrinth. Niemand würde es allerdings wagen, dort hinunter zu steigen“, sagte der Junge mit einem Grinsen. Keiner wusste über den Zustand der Stollen Bescheid, und alle die es trotzdem wagten, wurden nie wiedergesehen.

Der kleine Junge kannte einen sicheren, gut verborgenen Einstieg. Es war ein Lüftungsschacht versehen mit Edelstahlbügel, die als Leiter dienten. Vermutlich war dies ein Notausstieg einer Pumpstation, die einst als

Vorsichtsmaßnahem für in die Stollen eindringendes Regenwasser gebaut wurde.

In den Minen konnte der Junge ungehindert spielen, und keiner machte ihn für irgendetwas verantwortlich. Sie waren sein Reich.

Mit erhöhtem Puls und schwitzigen Händen bestieg John die Mine. Zu seiner Überraschung war dise, trotz der Tatsache, dass sie seit fast einem Jahrhundert leer stand, in einem sehr guten Zustand. Mit zwei Taschenlampen ausgerüstet machten sich die Beiden auf den Weg durch die unterirdische Welt. Tiefer und tiefer ging es in das Labyrinth aus Transportgängen und Abbauhallen, der kleine Junge kannte sich aus. „Ich komme seit vier Jahren fast täglich hier runter", erklärte er, „und suche nach verwertbaren Sachen. Die verkaufe ich dann am Schwarzmarkt, um meiner Familie und mir etwas Luxus zu gönnen." Was auch immer für ihn als Luxus galt. Wahrscheinlich bereits ein Burger in der nächstbesten Imbissbude. In einer Lagerhalle für Material und Werkzeug bestieg der kleine Junge einen alten Container, eine einstige Schaltzentrale der führerlosen Kräne und Stapler. Zumindest nahm das John an, der mit seinem spärlichen Taschenlampenlicht durch den Container leuchtete. Selbstsicher, als würde er sein ganzes Leben lang nichts anderes gemacht haben, drückte der kleine Junge auf ein paar Knöpfe. John erschrak kurz, als plötzlich die gespenstige Stille der Unterwelt wieder zum Leben erwachte.

„Hier bleiben wir, bis die Nacht wieder hereinbricht“, bemerkte der Junge, „dann führe ich dich zum Ausgang.“

Überwältigt von dem Anblick der riesigen Lagerhalle, die im Scheinwerferlicht ihre ganze Pracht, aus dutzenden Containern, Kränen und Kabelsträngen, die teils lose von der Decke hingen, offenbarte, willigte John mit einem knappen „Ok“ ein. Kaum zu glauben, dass alles noch funktionierte. Nach ein paar Stunden, in denen sie die übrig gebliebenen Lagercontainer besichtigten, wurde es Zeit aufzubrechen. In der aufkommenden Dunkelheit konnten die Beiden unbeobachtet den Stollen durch ein Entwässerungsrohr verlassen. Unfassbar, dass einst beide Länder diese Mine betrieben hatten. Wie sich die Zeiten änderten. Die einstige enge und freundschaftliche Beziehung der beiden Staaten, nur mehr in den Monumenten eines unterirdischen Reiches zu erahnen. Aber darüber wollte und konnte sich John jetzt keine Gedanken machen.

Er bezahlte den Jungen, bedankte sich ganz herzlich bei ihm, und zog schnellen Schrittes weiter. Hinter ihm verschwand sein Führer zurück in sein Reich, stolz etwas Geld verdient zu haben. Nach einem stundenlangen Fußmarsch durch unwegsames Gelände, brach endlich der nächste Tag herein. John fand dann auch dementsprechend schnell das nächste Dorf. Er hoffte dort jemanden zu finden, der ihm in die nächste Stadt mitnehmen würde. Fragen kostet ja nichts, auch wenn ihm nicht ganz wohl dabei war. Immerhin hatten die Einwohner solcher kleinen Dörfer nicht gerade den Ruf, zuvorkommend auf Fremde zu reagieren. Er sollte allerdings wieder einmal überrascht werden. Die hiesige Bevölkerung machte einen freundlichen Eindruck. Dementsprechend schnell erklärte sich auch ein älterer Herr bereit ihn mitzunehmen. Auf dem langen Weg in die Stadt kamen die Beiden allmählich ins Reden, woher John so herkäme und wohin es ihn verschlug. Skeptisch erzählte er, dass er eine neue Erfindung gemacht hätte, und jetzt auf der Suche nach jemanden sei, der ihm bei der Verwirklichung helfen könnte.

„Die jetzige Regierung hat alle Ressourcen und Rohstoffe in die Entwicklung einer neuen Antriebstechnik gesteckt, die für sie am vielversprechendsten galt. Allerdings zum Leidwesen aller anderen Optionen, denen keinerlei Unterstützung zugekommen ist. Höchst wahrscheinlich, um die Unfehlbarkeit der Behörden nicht zu verunglimpfen. Viele vermuteten hinter der Auswahl und Vergabe an einer regierungsnahen Gesellschaft Korruption. Jedoch wagte es niemand dies vor Gericht zu bringen. Alles andere wird weder gefördert noch unterstützt“, erklärte der Mann mit dumpfer Stimme. „Man müsse doch mit den anderen Staaten mithalten können. Der Wettlauf zu anderen Planeten, um dort neue Rohstoffquellen zu erschließen, ist eben Priorität Nummer eins. Selbst die einst so hoch angesehenen, und auf der ganzen Welt bewunderten Sozialresorts, die Medizin, Kunst und Kultur förderten, wurden ein Opfer des Konkurrenzkampfes der Staaten.“ Auch wenn der alte Mann einen teilweise unverständlichen Akzent hatte, John hörte ihm interessiert zu. Von klein auf hatte man ihm eingetrichtert, dass die Menschen in diesem Staat sehr sturköpfig und unfreundlich wären. Das war wohl Propaganda der Regierung, um ein schlechtes Bild auf den verfeindeten Staat und dessen Bevölkerung zu werfen.

Trotz der trüben Aussichten, die ihm auferlegt wurden, wollte er es versuchen. Wenn ihm schon der Staat nicht unterstützen würde, könnte er vielleicht einen reichen Sponsor finden. Das wäre nicht das erste Mal, dass solch jemand einer neuen Idee etwas abgewinnen konnte, und sich auf ein waghalsiges Unternehmen einlassen würde. Wenn er es bis hierhergeschafft hatte, dann würde er auch das hinbekommen.

Endlich in der Stadt angekommen, trennten sich die Wege der Beiden auch schon wieder. John bedankte sich, wünschte dem alten Mann noch alles Gute, und marschierte schnellen

Schrittes seines Weges. Er wollte keine Zeit verlieren und erhoffte sich, im Amtsgebäude Auskunft über Firmen zu bekommen, die nicht nur neue Technologien einsetzten, sondern auch für deren Entwicklung ein gewisses Interesse hätten. Doch nachdem John eine Ewigkeit wartete, bis ein Beamter Zeit für ihn hatte, wurde er unerledigter Dinge fortgeschickt. Ohne gültige Ausweispapiere würde dieser keine Auskünfte herausgeben. Ein Problem, mit dem John bereits gerechnet hatte.

Erst einmal ein billiges Zimmer suchen, dachte sich John.

Er musste sich mal richtig ausschlafen und seit dem Aufbruch aus seiner alten Heimat hatte er keinen Bissen in den Magen bekommen. Ein paar Stunden später, am Rand der Stadt, hatte er endlich eine billige, einigermaßen annehmbare Unterkunft gefunden.

Außerdem gab es in der Nähe jeden zweiten Tag einen Markt, auf dem er sich mit günstigen Lebensmitteln eindecken konnte. Mit freudiger Erwartung auf den nächsten Tag legte sich John an diesen Abend schlafen. Er würde schon irgendwie irgendjemanden finden, der ihm bei der Verwirklichung seiner Idee helfen würde. Waren die Menschen hier doch viel hilfsbereiter, als er sich ursprünglich gedacht hatte. Und wo es hilfsbereite Menschen gibt, da gibt es auch eine Lösung.

Ein Lichtblick

„Was für ein unglaublich herrlicher Tag." Auch wenn sich der Tag meteorologisch kaum von denen davor unterschied, ließ Johns Wahrnehmungsfilter nur einen „rosaroten" Anstrich zu.

John, der gerade das Hotel verlassen hatte, verharrte regungslos vor der Eingangstür. Er ließ sich die wärmenden Sonnenstrahlen ins Gesicht scheinen. Ungeachtet der Schönheit, die man in einer grauen, zugemüllten Seitengasse vorfand, die nach allem nur nicht nach Rosen duftete, musste John dann auch weiterziehen. Noch ein tiefer Atemzug, der bei jedem anderen Menschen einen Brechreiz hervorgerufen hätte, und dann marschierte John grinsend Richtung Stadtzentrum; zu dem nächstgelegen Markt.

„Erst einmal etwas Nahrhaftes zur Stärkung kaufen, und dann die Welt verändern."

John, der nach den Strapazen der letzten Tage wieder frohen Gemüts war, mischte sich unter die Menschenmassen des Marktplatzes. Langsam schlenderte er an den Verkaufsständen vorbei. Nicht nur Bauern, die ihre eigenen Erzeugnisse anboten, hatten sich ausgebreitet, nein, auch allerlei andere Händler aller erdenklicher Gebrauchsgegenstände. Da waren Kaufleute mit Kleidung, Schmuck, Haushaltsgeräten, und, und, und... Was

John allerdings verblüfte, war, dass die Menschen hier nicht nur die altbewährten Sachen verkauften, die jeder kannte, es war auch allerhand Neues dabei. Oder zumindest für John. Nicht nur die außergewöhnlichsten Gemüsekreuzungen, die man als Vitaminbomben anpries, sondern auch allerhand Erfindungen, die das alltägliche Leben erleichtern sollten. Da bot doch tatsächlich ein Händler einen Staubsauger an, den man mit nur wenigen Handgriffen zum Mixer umbauen konnte. John musste schmunzeln. Gerade noch die Speisereste von der letzten Mahlzeit unter dem Tisch aufgesaugt, und schon hatte man die erste Zutat für den nächsten Kuchen. John strich voller Faszination durch das Getümmel, und nahm jede auch noch so kleine modifizierte Gerätschaft genau unter die Lupe. Immerhin konnte man daraus etwas lernen. Wenn er es auch für unwahrscheinlich hielt, jemals irgendetwas davon gebrauchen zu können.

Gerade als er bei einem Bäckersstand angekommen war, um sich mit einem himmlisch duftenden Brötchen zu verwöhnen, regte sich ein Tumult ganz in seiner Nähe. Neugierig, was wohl der Auslöser für die helle Aufregung war, schummelte er sich durch die Menschenmassen. Ein gut gekleideter Mann hielt gerade eine der zahlreichen neuen Erfindungen in der Hand, und verhandelte mit dem Händler über den Wert. *Was würde der denn mit so einem Schrottgerät wollen?*, dachte sich John. Es handelte sich um eine nur laienhaft zusammengezimmerte Tischlampe, die nebenbei auch als Luftbefeuchter fungieren sollte.

Aber zu seiner Verwunderung erstand der Herr die Lampe, und zog mit breiten, zufriedenen Grinsen weiter. In der Annahme, dass der Händler ihm übers Ohr gehauen hatte, sprach John den gut betuchten Herrn an. „Entschuldigen Sie der Herr, ich will mich ja nicht in Ihr Kaufverhalten einmischen, aber wissen Sie eigentlich, was Sie da in den Händen halten? Das ist doch der reinste Mist. Sehen Sie sich doch einmal die…“

Verwundert über Johns unverfrorenes Auftreten unterbrach er ihn auch so gleich. „Wissen Sie denn nicht, wem Sie gerade im Wege stehen?“

„Nein“, erwiderte John und setzte seine Ansprache über den Tischlampenraumbefeuchter fort.

Rasch schilderte er die schwerwiegenden Mängel, die das Gerät aufwiesen. Johns überdurchschnittlich gutes Wissen über Verarbeitung und Mechanik seiner neuesten Errungenschaft schien den guten Mann wohl zu faszinieren. Kurzerhand steckte er John seine Visitenkarte in die Hand. „Wenn du nach einer gut bezahlten Arbeit suchst, dann melde dich bei mir. Ein junger Mann, der in technischen Fragen einiges im Köpfchen hat, und dies auch umzusetzen weiß, würde ganz gut in mein Unternehmen passen.“

John, der immer noch nicht begriffen hatte, um wen es sich hier eigentlich handelte, nahm die Visitenkarte dankend an, und fügte hinzu, dass er es sich überlegen würde.

„Nun gut", bemerkte der reiche Herr, und ging unbeirrt seines Weges. John blieb mit erstauntem Gesichtsausdruck noch eine Weile stehen und starrte auf die Visitenkarte.

„Mr. Edwiq Bartensin. Was für ein komischer Name." John runzelte kurz die Stirn, und steckte die Karte in seine Hosentasche.

Für John war der Markt ein eindrucksvoller Ort. Während die Passanten und Händler einen eher hektischen Eindruck hinterließen, vergaß John vollkommen die Zeit. Er genoss förmlich das bunte Treiben und die Vielfalt der angebotenen Produkte. Allerdings verschmolz er etwas zu sehr mit der Atmosphäre. Erst am späten Nachmittag, als die Händler ihre Stände abzubauen begannen, wurde John von der Zeit wieder eingeholt. Eigentlich wollte er bloß eine Stunde dort verbringen, maximal zwei. Einen Unterstützer für seine Pläne zu finden, würde wohl bis Morgen warten müssen. Mit einen Rucksack voller Lebensmittel und einigen Erfahrungen reicher, erreichte John einigermaßen erschöpft wieder seine Bleibe, ließ sich müde ins Bett fallen, und zog sich die Bettdecke über seinen Kopf.

„Mal sehen, was Morgen auf mich so wartet."

„Krkrkrkrk."

Am nächsten Morgen wurde John von einem nagenden Geräusch geweckt. Von der Sonne geblendet, traf sein Blick aus zusammengekniffenen Augen auf den kleinen Schreibtisch am Fenster. Eine Ratte! Entsetzt über seinen unliebsamen Mitbewohner schreckte John aus dem Bett auf, und scheuchte die Ratte mit einigen kräftigen Armbewegungen auf. Wenig beeindruckt von Johns wilden Gefuchtel würdigte sie ihm bloß eines kurzen Blickes, und verschwand hinter einem faustgroßen Loch in der Wand. Jetzt wusste auch John, warum er dort so billig untergekommen war. Man legte wohl nicht sehr viel Wert auf die Beseitigung von Ungeziefer.

Von dem Schrecken einigermaßen erholt, den der ungebetene Gast verursacht hatte, verbarrikadierte John erst mal das Loch in der Wand. Der kleine Spiegel, der sein Waschbecken zierte, wurde kurzerhand zur Rattenbarriere umfunktioniert. Erfreut über sein Improvisationstalent begutachtete er seine Sachen. Wäre doch jammerschade, wenn die Ratte irgendetwas zerbissen hätte. Zum Glück war der Nager bloß über die Visitenkarte des reichen Unbekannten hergefallen. Den Verlust konnte John getrost hinnehmen.

Als sich John wenig später beim Rezeptionisten beschwerte, rümpfte dieser bloß unbeeindruckt seine Nase.

Das Fußballspiel im Fernsehen, der an der anderen Seite des Empfangs hing, war wohl interessanter. „Wenn dem feinen Herrn es hier zu unbehaglich ist, soll er sich doch wieder zurück zu Seinesgleichen begeben.“

„Und wer wären bitte die meinen?“ John ließ sich nicht so leicht abwimmeln und stellte sich vor den Fernseher.

„Na, die extrafeinen Schnösel aus dem ersten Viertel“, meinte der Kerl ungeniert und rückte seinerseits einen Schritt weiter.

Anscheinend war Johns Gegenüber einer derjenigen, die sich mit ihrem Dasein in der unteren Schicht abgefunden hatten. Diese äußerten sich abfällig über ihre Mitmenschen, allerdings nur, um das eigene Versagen zu überdecken.

Da traf es John wie ein Blitz. Natürlich, der reiche Herr von gestern, der könnte ihm doch sicher bei seiner Idee helfen. Und wenn nicht, dann würde er vielleicht jemanden kennen, der dies tat. John war wohl am Vortag etwas begriffsstutzig gewesen. Geblendet von dem Kauf des Herren hatte er wohl den Wald vor lauter Bäumen nicht gesehen.

„Mist, die Ratte hat die Karte gefressen.“ John lief wieder hoch in sein Zimmer, fischte die Überreste aus dem Mülleimer und hetze anschließend wieder ins Erdgeschoss. Mit schnellem Atem und Herzrasen von den vielen Stufen fragte er den Miesepeter, ob er den Namen kenne.

„Natürlich", erwiderte dieser und verdrehte genervt die Augen. „Den kennt doch jeder." Bevor ihm John wieder den Blick auf das Spiel versperren würde, erklärte er auch gleich, um wem es sich handelte.

Anscheinend war John einem Unternehmer über den Weg gelaufen, der sein Geschäft dadurch aufgebaut hatte, dass er immer wieder die mehr oder weniger brauchbaren Erfindungen der Menschen aufkaufte, diese in seinem Werk reproduzierte, und als die neuesten *Musthave*s an die besser betuchte Bevölkerung weiterverkaufte. Diese wussten zwar mit Sicherheit auch nichts damit anzufangen, aber sie waren halt angesagte Statussymbole.

Auf die Frage, wo er ihn finden würde, entgegnete der Rezeptionist: „Das spielt keine Rolle, man bekommt ohnehin nur eine Unterredung, wenn man dazu eingeladen wird."

Eine Einladung hatte John bereits.

Von neuem Ehrgeiz angetrieben, sowie der Gewissheit, dass ihm der Hotelbedienstete nicht weiterhelfen würde, verließ er das Hotel, und fragte die Menschen auf der Straße, die ihm nach und nach über den Weg liefen, nach dessen Adresse. Traurigerweise lag das Anwesen von diesem Mr. Bartensin einige Kilometer außerhalb der Stadt. Da in diese Gegend keine Buse fuhren, warum denn auch, musste John eben laufen. Kurz vor dem Einbrechen der Dunkelheit, erreichte John endlich das Haus von Mr. Bartensin.

Ein riesiger Torbogen aus alten Zahnrädern zierte die Einfahrt zum Anwesen. Als John an der mit Gold verzierten Klingel läutete und einige Minuten warten musste, kamen zwei finster dreinblickende Gestalten aus der Einfahrt auf ihn zu. Außer den Boten und Bediensteten verirrte sich normalerweise keiner in diese Gegend und die wussten alle, wer hinter welchen Türen residierte.

Ohne John also die Möglichkeit zu geben, sich vorzustellen, schnauzten sie ihn sogleich an.

„Mr. Bartensin vergibt keine Almosen an Landstreicher.“

„Landstreicher? Nein, ich bin kein Landstreicher, und Almosen will ich auch keine“, gab John zu erklären. „Ich bin vom Hausherren eingeladen worden, um mit ihm über eine Stelle in dessen Fabrik zu reden.“

Unglaubwürdig sahen sich die beiden Bediensteten an und fragten nach der Einladung, denn ohne Einladung würde ihr Arbeitgeber keinen empfangen. Eine Tatsache, die Mr. Bartensin mit aller Konsequenz durchzuziehen pflegte. Selbst seine näheren Verwandten brauchten eine Einladung, wenn sie ihn besuchen wollten. Da John keine schriftliche Einladung vorweisen konnte, wusste er nicht so recht, was er den jetzt machen sollte. Als er die Ereignisse den beiden Wächtern zu schildern begann, um doch irgendwie Mr.

Bartensin zu treffen, der die Situation klären konnte, unterbrachen diese ihn und fragten, ob er denn nicht eine Visitenkarte bekommen hätte. Das wäre nämlich die gängige Vorgehensweise von Mr. Bartensin.

„Die Visitenkarte! Natürlich", entgegnete John und überreichte ihnen den Rest davon.

Als die beiden Wächter diese in den Händen hielten und John die Geschichte mit der Ratte zum Besten gab, brachen sie in lautes Gelächter aus. Es brauchte einige Minuten, bis sie sich wieder beruhigt hatten. Nach ihrem Lachanfall entschieden sie sich dafür, John Einlass zu gewähren. Immerhin klang seine Erzählung so unglaubwürdig, dass sie schon wieder wahr sein könnte.

Außerdem nagte die Tatsache in ihren Köpfen, dass sie mit Sicherheit ihren Arbeitsplatz verlieren würden, wenn sie jemanden den Einlass verwehrten, der von ihrem Arbeitgeber persönlich eingeladen wurde.

Erleichtert folgte John den Beiden bis ins Haus, wo er in die Obhut einer der Sekretäre von Mr. Bartensin übergeben wurde. Dieser hegte aber keinerlei Interesse an John. Er steckte John in eines der Gästezimmer. Nicht nur weil er John wohl als unerwünschte Ablenkung ansah, sondern weil John auch von dem anstrengenden Fußmarsch schweißdurchtränkt war. Er duftete eben nicht gerade nach Rosen.

Bevor der Sekretär die Türe hinter sich schloss, merkte er schnippisch an: „Ich habe zwar keine Kenntnis über Ihre Lebensumstände, allerdings bezweifle ich anhand Ihres Gesichtsausdruckes, dass Sie wissen, was eine Badewanne ist."

John kniff verwundert über dessen unterschwellig aggressiven Ton die Augen zusammen und warf ein: „Was soll das heißen?"

Der Sekreter fuhr unbeirrt fort. „Für Erklärungen fehlt mir leider die Zeit, der Herr. Die Türe zu Ihrer Rechten führt in das Badezimmer. Dort können Sie sich waschen."

John drehte sich nach rechts. „Ein Badezimmer also?"

„Ja genau, wir haben hier eigene Räume, um sich zu säubern. Ich schicke Ihnen außerdem jemanden, der Ihre Sachen wäscht."

John schien sichtlich amüsiert über die Überheblichkeit des Sekretärs zu sein. „Wie die Sachen waschen? Ich häng die immer in den Regen, nachdem ich sie einen Monat lang getragen habe."

Mit entsetztem Blick und ohne ein weiteres Wort zog der Bedienstete die Türe hinter sich zu und ließ John allein.

Erstaunt über den Luxus, und das geräumige Badezimmer, das größer als seine alte Wohnung war, schlüpfte John in die Badewanne, und begann davon zu träumen, dass er es auch einmal zu solchem Prunk schaffen würde. Natürlich an den Erfolg seiner Erfindung gebunden.

Wohlduftend und mit frisch gewaschenen Sachen kehrte John wieder zum Sekretär zurück. Der war allerdings nachwievor von seiner Anwesenheit genervt.

„Nehmen Sie doch bitte erst einmal Platz, bis Mr. Bartensin Zeit hat." Und dann richtete sein Blick sich wieder auf seine Unterlagen.

Mr. Bartensin ließ nicht lange auf sich warten, hatte er doch mit John schon frühmorgens gerechnet, und rief ihn auch sogleich zu sich. John betrat langsam dessen Büro. Das Bild passte. Mr. Bartensin, ein vornehm gekleideter Herr, mit grauem Sakko und reinem weißen Hemd. Erste graue Haare säumten sein sonst schwarzes Haupt. Allerdings mit leicht zerzauster Frisur. Taschenuhr und Manschettenknöpfe zierten seine Erscheinung. Wohl mit Hang zu den Zeiten der industriellen Revolution. Dementsprechend war auch sein Büro eingerichtet. Ein schwerer, riesiger Schreibtisch mit geschwungenen Verzierungen stand wie ein Monument mitten im Raum. Ein paar große Ölgemälde zierten die Wände und wurden von etwas Grün, das sich von der Decke rankte, voneinander getrennt. Hinter Mr. Bartensin befand sich ein Panoramafenster, das den Blick auf einen Rosengarten eröffnete. Links und rechts davon zwei beeindruckende Aktenschränke aus Mahagoni. Das machte auf John eindeutig den Eindruck, dass er es mit einem Großindustriellen zu tun haben musste.

Als er sich gesetzt hatte, bat Mr. Bartensin, dass er erst einmal etwas über sich erzähle. John wusste nicht so recht, was er sagen sollte. War er doch immerhin illegal in dieses Land gekommen, und eine technische Ausbildung hatte er ebenso wenig vorzuweisen, die seine Referenzen als glaubwürdig und unabdingbar untermauern würde. Und eigentlich war John gar nicht gekommen, um sich für einen Arbeitsplatz vorzustellen, sondern um einen Unterstützer für die Verwirklichung seiner Träume zu finden. Mr. Bartensin, der John die Unsicherheit ansah, lehnte sich in seinen Sessel zurück und setzte ein entspanntes Lächeln auf: „Nur keine Sorge. Bei mir bleiben alle Geheinisse gut verwahrt.“

Ihm war anscheinend klar, dass John nicht aus der Gegend stammte.

„Wissen Sie“, fuhr er fort, „die meisten meiner Angestellten sind von der Regierung geächtet worden. Aber ich habe herausgefunden, dass die Menschen, die ein mehr oder weniger schwieriges Schicksal hinter sich haben, sehr viel effektivere und aufopferndere Arbeiter sind.“

Damit hatte er wohl nicht ganz unrecht.

John war dennoch nicht wohl bei der Sache, aber welche Alternativen hatte er schon? Behutsam fing er dann doch an zu erzählen. Johns Mut, seine einigermaßen sichere Zukunft für einen

Traum aufzugeben, der für die meisten Menschen nicht im Entferntesten nachvollziehbar wäre, beeindruckte Mr. Bartensin offensichtlich sehr. Ungeachtet dessen, konnte er John leider nicht weiterhelfen, um seine Idee umzusetzen. „Das wäre ein Unterfangen, in das ich den größten Teil meines Vermögens stecken müsste", erklärte Mr. Bartensin. „Und selbst dann ist ein Erfolg nicht garantiert."

Von seinem Traum, als großer Erfinder gefeiert zu werden, auf den Boden der Realität zurückgeholt, sank John enttäuscht in seinen Sessel. Allerdings war Mr. Bartensin von John so sehr begeistert, dass er ihm eine Stelle in seinem Werk als beratender Techniker anbot. Das wäre doch eine gute Alternative.

John überlegte kurz und nahm das Angebot an. Für den Augenblick wäre es wohl das Allerbeste. Immerhin konnte er weiterhin nach anderen Großunternehmern Ausschau halten, die seine Pläne zu verwirklichen mochten. Und mit der neuen Arbeitsstelle ließen sich auch sicher leichter neue Bekanntschaften knüpfen.

Details wollten die beiden aber erst am nächsten Tag besprechen. Immerhin war es schon gegen 19 Uhr, und die Vorbereitung des Arbeitsvertrages bräuchte eine gewisse Zeit.

Mit einem kräftigen Händedruck verabschiedete sich John von Mr. Bartensin. Welcher sogar noch die Freundlichkeit besaß, John von seinem Chauffeur zu seinem Hotel bringen zu lassen.

Schon am nächsten Tag früh morgens machte sich John gespannt auf den Weg zu Mr. Bartensins Fabrik. Ein doch sehr moderner Bau. Mit sehr viel Glas und, erstaunlicherweise, sehr vielen Zierpflanzen. Der Eingangsbereich glich mehr einem Palmenhaus als einer Fertigungshalle. Außerdem gab es Ruheräume und eine gratis Obstbar. Dort angelangt bekam er erst einmal eine genaue Einweisung in seinen Aufgabenbereich, und anschließend auch die nötigen Papiere. Zu Johns Verwunderung war es nicht nur der Arbeitsvertrag, sondern auch alles, was man für einen legalen Aufenthalt eben bräuchte. Personalausweis, Visum, Arbeitserlaubnis. Sollte er eines Tages von der hiesigen Polizei überprüft werden, wäre die Erkenntnis über seinen illegalen Aufenthalt nicht nur für John sehr unangenehm, sondern in Folge dessen auch für Mr. Bartensin.

Woher Mr. Bartensin diese Dokumente derart schnell herbekam, wusste anscheinend keiner. Oder wollte niemand dem Neuen sagen. Jeder, den er fragte, meinte bloß, dass Mr. Bartensin sehr gute Verbindungen zu den Behörden pflegte, und dass man es sich besser nicht mit ihm verscherzen solle. Das hatte er ohnehin nicht vor.

Obwohl John eigentlich andere Pläne hatte, mit denen er seine Tage verbringen wollte, nahm er seinen neuen Arbeitsplatz trotzdem sehr erst, und erledigte alles mit äußerster Sorgfalt und Pflichtbewusstsein. Dementsprechend schnell kam er mit diesem zurecht. Kaum jemand in der Fabrik wusste so gut wie er, wie man die Errungenschaften von Mr. Bartensin umkonstruierte, damit man sie gewinnbringend vermarkten konnte.

Er hatte nun mal ein sehr ausgeprägtes, technisches Talent und verstand es hervorragend, die Geräte so in alle Einzelteile zu zerlegen und gegebenenfalls umzubauen, damit sie für die Massenproduktion einfach herzustellen waren. Dies blieb natürlich nicht unbemerkt und Mr. Bartensin ernannte ihn bald zu seinem persönlichen technischen Berater. Bis vor Kurzen waren nur etwa zehn Prozent der Gerätschaften, die Mr. Bartensin kaufte, wirklich für die Vermarktung geeignet. Der Rest war für eine billige Massenproduktion zu aufwendig aufgebaut.

John schien in seiner neuen Beschäftigung auch richtig aufzublühen. Vergeudete er immerhin seine Begabung nicht damit, in irgendwelchen dunklen, stickigen Fertigungshallen Einzelteile für Raketenantriebe zu stanzen. Aber die Tatsache, dass er mit der Verwirklichung seines Traumes seit Monaten keinen Schritt weitergekommen war, machte ihn dennoch schwer zu schaffen. Er konnte zwar einige wichtige Bekanntschaften mit Persönlichkeiten aus Wirtschaft und Politik knüpfen, jedoch wollte oder konnte ihm niemand so wirklich helfen. Dies fiel Mr. Bartensin natürlich auch auf, um dem Absprung seines wichtigsten Mitarbeiters vorzubeugen, bedurfte es wohl eines ausführlichen Gesprächs. Also lud er John in sein Anwesen ein, mit dem Vorwand, dass er einen Rat über die Errichtung eines zweiten Produktionsstandortes bräuchte, und dass er dies gerne mit ihm bei einem gemeinsamen Abendessen besprechen würde. Erstaunt über die Expansionspläne nahm John natürlich die Einladung an.

WENN SIE KÖNNTEN,
DANN WÜRDEN SIE!

John hatte gar nicht mehr in Erinnerung, wie pompös eingerichtet Mr. Bartensins Villa war. Die Böden waren entweder aus Parkett oder aus edlen Teppich. Die Panoramafenster wandelten die letzten einfallenden Sonnenstrahlen auf spektakuläre Weise in ein leicht bläuliches Licht. Ganz wie in einem Aquarium. Das gab es natürlich auch. Extra groß, mit extra teuren Fischen und einer extra nach den Wünschen Mr. Bartensins entworfenen Unterwasserwelt. In jedem Raum gab es mindestens einen Glaslüster. Mal eher modern gehalten mit ovalen Glasröhren und mal retro mit hunderten Glasplättchen. Dazwischen hingen unzählige Gemälde, deren Schönheit man stundenlang betrachten könnte. Nach einem Rundgang durch die Räumlichkeiten ging es schließlich zum Speisesaal, der sogar mit Springbrunnen und Deckengemälde geziert war. John erfreute sich an einen zehngängigen Menü, das von gleich drei Sterneköchen zubereitet wurde. Er hatte es nie für möglich gehalten, dass man mit Essen einen so wundervollen Abend verbringen kann. Die einzelnen Portionen glichen Kunstwerken. Der Fisch zum Beispiel war umringt von meerblauer Soße. Feine grüne Linien stellten Seegras dar und selbst der Meeresboden war mittels Lebensmittelfarbe aufgemalt. Oh, und erst die Nachspeise. Da staunte John nicht schlecht. Eine Minischokovulkaninsel. Langsam floss die warme weiße Schokosoße den grünen Eisberg hinunter, der einen Urwald darstellte. *Eigentlich viel zu schade, um mit der Gabel hineinzustechen und dieses atemberaubende Meisterwerk der Küchenchefs zu zerstören.* John genoss jeden Moment des Abendessens und natürlich auch den Wortwechsel über Themen wie Politik und Wirtschaft.

Nach dem letzten Gang bat Mr. Bartensin John in die Bibliothek. John konnte kaum seinen Augen trauen. Das war keine Bibliothek, sondern eher ein Paradies für alle wissbegierigen Menschen. Hier reihten sich sämtliche Werke der großen Schriftsteller der vergangen Epochen aneinander. An den Wänden hingen ein paar der teuersten Gemälde, die man für Geld erwerben konnte, und das Sammelsurium an Musikstücken reichte allemal aus, um sich sein Leben mit stimmungsvollen Klängen zu versüßen.

Leider war Mr. Bartensin nur selten in der Bibliothek, stattdessen verbrachte er die meiste Zeit hinter seinem Schreibtisch. „Dies ist mein Rückzugsort, um nachzudenken und abzuschalten", erklärte er John. Nur ganz wenigen Menschen hatte er jemals in diese Räumlichkeit Eintritt gewährt. John kam gar nicht mehr aus seinem Staunen heraus. Gefesselt vom Anblick, begleitet mit einem leicht offenstehenden Mund, durchstreifte er die Regalreihen. Immer wieder zog er eines der Bücher heraus, um es kurz zu bewundern, und anschließend wieder ins Regal zurückzustecken. Nach einigen Minuten der Stille, in denen es sich Mr. Bartensin in einem Couchsessel gemütlich gemacht hatte, sich ein Glas Gin einschenkte und John bei seinem Rundgang durch diese eindrucksvolle Halle zusah, bat er ihn dann doch, sich zu ihm zu setzten.

„Ja natürlich", vermerkte John und begab sich zu Mr. Bartensin. Dieser bot ihm auch sogleich etwas zu trinken an. John stimmte mit einem „Ich nehme, was Sie haben" zu und ließ sich in einen der gemütlichen Couchsessel fallen.

„Ich war wohl nicht ganz aufrichtig", begann Mr. Bartensin. „Mir ist aufgefallen, dass du in letzter Zeit sehr unruhig bist. Irgendetwas bedrückt dich doch! Deine Erfindung, mit der du nicht weiterkommst, stimmt's?"

John nickte zaghaft und senkte seinen Blick auf das Glas. „Ja. Ich meine, mir geht es wirklich gut, und ich bin auch überaus glücklich mit meiner Arbeit bei Ihnen, nur da ist so eine innere Unruhe, die mit jedem Tag, der vergeht, stetig stärker wird."

„Ja, das kenne ich. Ein beklemmendes Gefühl in der Brust. Dieser Drang etwas Großartiges leisten zu können, und keiner, der einem zu helfen vermag. Weißt du, wir beide sind uns in gewisser Hinsicht sehr ähnlich. Auch ich wurde in ärmlichen Verhältnissen geboren und musste mir meinen Weg zum Wohlstand schwer erkämpfen. Ich habe damit begonnen, Spielsachen aus dem letzten Jahrhundert nachzubauen und diese dann zu verkaufen. Niemand glaubte damals an mich." Ein leiser Seufzer unterbrach kurz die Erzählung. „Nein, alle verspotteten mich, niemand würde sich für das Gerümpel aus der Vergangenheit interessieren. Aber ich wollte, nein, musste es einfach probieren. Nur mein handwerkliches Geschick, wie du ja bereits weißt, ist nicht gerade von großem Talent bestückt. Nicht so wie bei dir. Dir bei der Arbeit zuzusehen, wie du die Gerätschaften, mit nur ein paar Handgriffen auseinandernehmen kannst, ist in der Tat ein Vergnügen. Und dein Umgang mit den Maschinen in der Werkshalle ist einfach fantastisch."

John lächelte sichtlich geschmeichelt und meinte: „Naja, angeborenes Talent ist es bei mir wohl auch nicht. Eher jahrelange Übung, die meine Hände zu dem Werkzeug gemacht hat, das Sie heute so lobpreisen."

Mr. Bartensin neigte leicht seinen Kopf und wies mit dem Glas in Johns Richtung. „Übung macht den Meister. Wo war ich nochmal stehen geblieben? Ah ja, bei mir und meinen ungeschickten Pranken. Jedenfalls zimmerte ich die ersten Spielsachen im Keller des Mietshauses zusammen, indem ich mit meiner Familie damals wohnte. Du hättest meine Hände sehen sollen. Tollpatschig wie ich war, hatte ich mir jeden Tag unzählige Schnittwunden zugefügt. Aber aufgeben kam nicht in Frage. Ich begann, meine Sachen auf diversen Märkten zu verkaufen, leider mit nur mäßigem Erfolg. Also suchte ich nach anderen Abnehmern, und schlich mich jeden Samstag in eines der Einkaufszentren der Oberschicht. Die Eigentümer wollten wohl nicht, dass sich das, um höflich zu bleiben, gemeine Volk dort breit macht. Doch scheinbar waren meine Sachen so exotisch, dass es jedem egal war, dass sie eigentlich bloß aus Schrott hergestellt wurden. Als ich dann einmal neugierig einen meiner Abnehmer fragte, warum er meines und nicht eines der Spielsachen in den Läden kaufte, meinte dieser, dass die Spielsachen, die er normalerweise für seine Kinder kaufe, keinen Reiz mehr für diese hätten." John schnaufte kurz auf. „Tja, das Unglück der Glücklichen. Mit übermäßigen Reichtum definiert man sich nicht mehr mit Luxus, sondern mit Müll. Bitte nicht falsch verstehen." Mr. Bartensin grinste. „Nein, schon gut, ist ja auch zum größten Teil einfach nur belangloser Schrott. Aber wieder zurück zum Text. Das Gespräch im Einkaufszentrum war wohl dann der entscheidende Anstoß für meine weitere berufliche Laufbahn. Anstelle die meiste Zeit damit zu vergeuden, selbst alles herzustellen, begann ich auf den Märkten nach den Sachen Ausschau zu halten, die ich dann wiederum äußerst lukrativ weiterverkaufte. Und ehe ich mich versah, wohnte ich in diesem großartigen Domizil." Mr. Bartensin lächelte kurz zufrieden auf und nahm einen genüsslichen Schluck vom Gin. „Aber wieder zurück zu dir. Ich kann dir kein Labor bieten, indem du deine Ideen verwirklichen und testen kannst. Das übersteigt selbst meine Möglichkeiten. Wenn die Regierung das mitbekommen würde, dass ich einen illegalen Immigranten, der noch dazu aus dem verfeindeten Nachbarland kommt, mit Geldern und Ressourcen unterstütze, dann würde ich mit Sicherheit alles verlieren, das ich mir über die Jahre aufgebaut habe, und ins Gefängnis wandern."

John verfiel reaktionslos in seine Gedanken. Mr. Bartensins Argumente waren unumstößlich. Es entsprach auch nicht Johns Charakter, dass er von jemand anderen erwartete, für ihn seine Zukunft aufs Spiel zu setzen. Allerdings wusste er mittlerweile zu gut, dass Mr. Bartensin gelegentlich gegen die Gesetze verstieß, und daher auch gewissermaßen risikobereit war.

„Aber wenn Sie könnten, dann würden Sie."

„Ja, wenn ich könnte, dann würde ich."

Als John ein Grinsen aufsetzte, dämmerte es Mr. Bartensin, dass dieser etwas aussheckte.

„Ich hab mich wohl gerade dazu verpflichtet, dir meine Mittel zur Verfügung zu stellen."

„Oh ja, das haben Sie."

„Und wie stellst du dir das vor? Wo willst du

denn unbemerkt an deinem Projekt arbeiten?"

„Das lassen Sie mal meine Sorge sein, das muss ich zuerst mit einem alten Freund besprechen."

Damit hatte Mr. Bartensin wohl nicht gerechnet. Eigentlich wollte er John davon überzeugen, dass seine Arbeit ihn zufriedenstellen könnte, und er einer sicheren Zukunft entgegenblickte. Tja, erstens kommt es anders und zweitens als man denkt. Aus einem unbeschwerten Leben in Luxus und Wohlstand, hatte sich Mr. Bartensin auf ein waghalsiges Experiment eingelassen, das ihm im schlimmsten Falle in die Armut zurückkatapultieren würde.

Als John am nächsten Morgen in Mr. Bartensins Fabrik auftauchte, war er wie ausgewechselt. Seine Augen strahlten, als hätte er gerade eine ganzes Kilo Marihuana geraucht. Und dass, obwohl er kaum geschlafen hatte. Kein Wunder, immerhin hatte sich ein neuer Lichtblick ergeben, der ihn sein Ziel um einiges näherbringen würde. Allerdings blieb er nicht lange, eigentlich war er nur gekommen, um sich Urlaub zu nehmen, und sich das Firmenauto für ein paar Tage auszuborgen. Er musste so schnell wie möglich wieder zu dem kleinen Dorf, in dem vor einigen Monaten seine zweite Staatsbürgerschaft begonnen hatte.

Am helllichten Tag konnte er seinen Plan jedoch nicht umsetzen, also beschloss er, zunächst den älteren Herren zu suchen, der ihm damals freundlicherweise in die Stadt mitgenommen hatte. Erstens wollte er sich bei ihm bedanken, und zweitens hatte er ein paar offene Fragen. Vielleicht wusste dieser, ob es einen zweiten Eingang gab.

Als John bei seinem Helfer aufkreuzte, empfing er ihn mit einem freudigen „Ja, aber hallo, wen haben wir denn da, was für eine Überraschung!". Damit hatte der alte Mann nicht gerechnet. Er hätte gedacht, dass John irgendwo in der Stadt, unter all den armseligen Seelen ein klägliches Dasein fristen würde. Seinen Lebensunterhalt bettelnd am Straßenrand oder bei schlecht bezahlten Tagesjobs verdiente. Und dann besuchte ihn ein gut gekleideter John, mit Nobelkarosse.

„Hast wohl dein großes Glück gemacht", merkte dieser an, „erzähl doch mal!"

John setzte ein zufriedenes Lächeln auf, begann seinen Werdegang als sehr geschätzter Techniker wiederzugeben. Und das in einer Firma, die sozusagen aus Schrott Gold machte. Ganz erstaunt darüber, verfiel der alte Mann in Nostalgie. Auch seine Vorfahren hatten einst aus dem Dreck Untertage das große Geld gemacht, als das kleine Dorf noch als die Versorgungsstelle des Bergwerks diente. John war sich seiner Sache jetzt sicher, und bohrte neugierig nach. Frage um

Frage stellte er dem alten Mann. Voller Begeisterung, dass sich John für die Vergangenheit so interessierte, vergrub sich der alte Mann mit seiner Erzählung immer tiefer in der Zeit. Nachdem alle Rohstoffvorkommen abgebaut waren, trafen die beiden Länder eine Abmachung, dass alle Eingänge zu dem Stollenwerk zerstört wurden. Misstrauisch, dass der Nachbar vielleicht doch einen Eingang offenhalten könnte, sprengte jeweils das eine Land die Zugänge des anderen. Nun ja, scheinbar hatten die Bergarbeiter den einen oder anderen Versorgungsschacht gelegt, ohne diese auf den Karten zu vermerken. Er selbst war oft als Kind mit seinen Klassenkameraden in die alten Schächte hinuntergestiegen. Damals waren sogar noch die alten Abbaumaschinen einsatzfähig. Man hatte sie einfach dort unten zurückgelassen. War wohl zu kostspielig, sie abzutransportieren und zu entsorgen.

John konnte regelrecht spüren, wie in dem alten Mann die Jugend wieder hochkam, während dieser die schönen alten Tage schilderte. Wie sich die Jungs damals mit den Fahrzeugen und Maschinen köstlich amüsiert hatten. Aber als dann auch die letzten Batterien erschöpft waren, und die Mädchen immer interessanter wurden, war auch diese Ära vorbei gewesen.

„Nun ja, und jetzt traut sich niemand mehr da runter, steht immerhin alles schon seit Jahrzehnten leer“, schloss der alte Mann. „Die meisten Schächte machen auch mittlerweile einen sehr baufälligen Eindruck.“

Neugierig ersuchte John den alten Mann, ihm die Eingänge zu zeigen. Von der Plauderei beflügelt, willigte er auch Johns erneuter Bitte ein.

Es dauerte Stunden, bis sie alle ehemaligen Zugänge abgeklappert hatten. Die meisten lagen in der Nähe des Dorfes, bis auf einen, dieser lag etwas abgeschieden hinter einer Anhöhe. Nur noch der überwachsene asphaltierte Weg war von der einstigen Zufahrtsstraße erkennbar. Alles andere fiel dem Zahn der Zeit zum Opfer und war völlig verfallen sowie überwuchert.

Gegen Abend verabschiedete sich John ein weiteres Mal dankend von dem alten Mann, und fuhr mit dem Auto wieder Richtung Stadt. Ein paar Kilometer nach dem Dorf ließ er allerdings das Fahrzeug in einer Waldeinfahrt stehen und machte sich zu dem Schacht auf, durch dem er einst die Grenze über-, oder besser gesagt, unterquert hatte.

WIEDER IM LABYRINTH

Mit einer Taschenlampe bewaffnet stieg John wieder in das Königreich des Jungen herab. Zum Glück hatte sich John den Weg einigermaßen gut eingeprägt. Immerhin war er vom Tunnelsystem so sehr beeindruckt gewesen, dass er damals schon wusste, dass er eines Tages hierher zurückkommen würde. Diese Art der Rohstoffgewinnung wurde nicht mehr angewendet, denn alle Mineralquellen nahe der Erdoberfläche waren längst abgebaut. Heutzutage befanden sich alle Abbaugebiete weit draußen am Meer. Riesige Schiffe, die Kleinstädten glichen und technisch aufwändige Bohrsystemen anwandten, holten das kostbare Gut aus dem Erdmantel heraus. Aber das kannte John auch nur vom Hörensagen. Er hegte momentan keinerlei Interesse daran, dies auf seine Wahrheit zu überprüfen.

Als John in der einstigen Lagerhalle angelangt war, empfing ihn lediglich stille Finsternis. Also dann wieder zu dem Lüftungsschacht, indem er und der Junge damals eingestiegen waren. Allerdings musste John feststellen, dass er sich den Weg nicht so gut gemerkt hatte. Er verlief sich mehrmals und verbrachte annähernd einen ganzen Tag im Labyrinth. Als er völlig erschöpft und hungrig den Ausgang fand, stand er vor dem nächsten Problem. Der Junge hatte ihn damals in der Stadt angesprochen, ohne seinen Namen zu nennen. Gut, dann eben wieder zur Bar. Vielleicht kannte der Barkeeper den Jungen. Im besten Fall wusste dieser vielleicht auch, wo er oder seine Familie zu finden wäre.

Von Hunger und Durst angetrieben marschierte John unbeirrt durch Stadt, nicht ahnend, dass er von zwei Polizisten unauffällig beobachtet wurde. Zwar war er von seinem Bergwerksbesuch etwas schmutzig und abgeschunden, doch sein nobler Kleidungsstil passte nicht zur hiesigen Bevölkerung. Als er dann auch noch in eine finstere Gasse bog, die einen sehr zweifelhaften Ruf hatte, griffen die Beamten John auf.

„Ihre Ausweispapiere, bitte!", verlangten sie. Natürlich hatte John diese nicht bei sich. Daran hatte er überhaupt nicht gedacht. Seine alte Personalkarte hatte er in seiner Wohnung gut versteckt, sodass sie niemand finden würde. Und bei seinem Aufbruch plagten in ganz andere Probleme, als sich über die Staatsgewalten der beiden Länder Gedanken zu machen.

Die Polizisten vermuteten in John wohl einen Hehler oder eine ähnlich kriminelle Gestalt, mit dessen Festnahme sie sich einen Namen unter ihren Kollegen machen würden. Also mit einen Strafzettel wegen Verstoßes der Ausweispflicht würde John sicher nicht davon kommen. Jetzt blieb ihm nur noch flüchten oder mindestens ein paar Stunden in Polizeigewahrsam überstehen. Und um davonzulaufen, war John einfach zu müde. Also blieb die Variante mit der Polizeistation übrig. Geduldig folgte er den Beamten zur Dienststelle und musste erst mal eine halbe Stunde in einem Verhörraum mutterseelenallein warten. Endlich ging die Türe auf, und Freund und Helfer setzten sich ihm gegenüber an den Tisch. Schlecht gelaunt davon, doch keinen großen Fang gemacht zu haben, begann ein zeitraubendes Frage- und Antwort-Spiel.

„Also, wir haben Sie überprüft. Scheint alles zu stimmen mit Ihrer Identität."

„Sehr schön, dann kann ich doch wieder gehen."

„Nanana, nicht so voreilig, immer schön ruhig."

Einer der Polizisten blätterte ein paar Mal in seiner Akte herum. „Also, was ist es?"

„Was ist was?" John versuchte zu erkennen, was die Beamten über ihn in ihren Unterlagen vermerkt hatten.

„Natürlich, jetzt ist er der Unwissende. Na gut, dann helfe ich Ihrem Erinnerungsvermögen etwas auf die Sprünge." Der Beamte legte die Akte beiseite und lehnte sich mit beiden Hände auf den Tisch. „Was verticken Sie, KJ573, Kiatin oder gar Hackton?"

John runzelte verwundert die Stirn. „Was ist das denn?"

„Die gängigsten Partydrogen. Freundchen.“

John kniff verärgert die Augen zusammen. „Wollen Sie mir etwa unterstellen, dass ich mit so einen Mist etwas zu tun habe? Was glauben Sie eigentlich, wer Sie sind?“

Jetzt meldete sich auch der zweite Beamte zu Wort, der bisher John bloß regungslos angestarrt hatte. „Nun beruhigen Sie sich wieder. Ja! Wenn hier jemand Fragen stellt, dann sind wir das. Niemand unterstellt hier etwas. Erklären Sie uns mal, was Sie in dieser Gegend zu tun hatten. Ja! Und was um alles in der Welt soll denn diese Aufmache?“

Über Mode machte sich in diesen Teil der Erde anscheinend keiner Gedanken. Also musste eine plausible Geschichte her.

John strich sich mit der Hand durch die Haare, und begann mit seiner schlecht improvisierten Lüge. „Ich arbeite gelegentlich für eine Freundin als Model und bin mit ihr auf ein Casting gefahren. Auf dem Rückweg von diesem, trennten sich dann allerdings unsere Wege.“ John war selbst über seinen Geistesblitz überrascht und verschluckte sich beim Luftholen. Nach einem dramatisch wirkenden Krächzen fuhr er fort. „Ich wollte eigentlich noch einen alten Freund hier in der Gegend besuchen, aber allen Anschein nach hat er die Wohnung gewechselt.“ John war wohl kein allzu guter Lügner, und machte die Beamten mit seiner Erläuterung und seiner Showeinlage, die den halben Tisch mit Spucke einsaute, nur noch misstrauischer. Unglaubwürdig fragten sie ihm, wie denn die Modedesignerin hieße und wo diese wohne? Jetzt kam John ins Schwitzen. Was nun? Er kannte niemanden, der nur annähernd etwas von Mode verstand. Allerdings von Kunst. Evie. Sie machte auf John zwar nie den Eindruck, als wäre sie Bekleidungsexpertin ... Aber egal. Die Not macht erfinderisch.

Außerdem fand er, dass die meisten Kreationen der berühmtesten Modeschöpfer der abstrakten Kunst sehr nahekamen oder teilweise sogar übertrafen. Wenn da nicht das Problem mit dem lieben Gewissen wäre. Sie mit hineinziehen? Und was war, wenn sie nicht mitspielte? John blieb allerdings keine Alternative.

Evie war eine schlaue junge Frau, sie würde schon mitbekommen, dass er in Schwierigkeiten steckte, und ihre Hilfe bräuchte. Außerdem war sie ihm noch etwas schuldig.

Zum Glück wohnte Evie immer noch in ihrer alten Wohnung, und ihre Handynummer war auch die gleiche geblieben. Als die Polizisten sie zu Johns Geschichte befragten, war diese anfangs sehr überrascht. Aber nach einigem Gestammel und kleinen Widersprüchen konnte sie die Beamten letztendlich davon überzeugen, dass er ihr gelegentlich als Model diente. Die anstrengende Arbeit damals im Raketenwerk hatte seinen Körper sichtlich gestählt. Obwohl er einiges an Muskel-

masse in den letzten Monaten hinter dem Büro-
tisch verloren hatte, könnte er nachwievor als
Badehosenmodel durchgehen.

Mürrisch akzeptierten die Beamten Johns Erklärung.

„Na gut. Klingt zwar immer noch wie aus einem schlechten Film geklaut, aber gut.“

John lehnte sich erleichtert zurück. „Heißt das
jetzt, dass ich gehen kann?“

„Ja, wenn wir Sie wieder ohne Papiere antreffen, gibt's 'ne ordentliche Geldstrafe. Dass das
klar ist!“

„Natürlich, kommt nicht wieder vor.“ John
rückte mit dem Stuhl nach hinten und stand auf.

„Aber Ihre Sauerei machen Sie noch vorher
weg, ja?“ Der starrende Polizist wies mit der Akte
auf Johns Hinterlassenschaften.

„Natürlich, selbstverständlich, der Herr“,
merkte John zynisch an und strich mit seinen
Ärmel ein paar Mal über die Tischfläche. Heilfroh
verließ John ganz gemächlich die Polizeistation.
So, als hätte er nie etwas falsch gemacht.

Wieder auf der Straße atmete er allerdings
einmal kräftig durch, und suchte schleunigst das
Weite. Erneut strebte er nach dem Standort der
Bar, in der er damals so gastfreundlich behandelt
wurde. Dies war allerdings nicht so einfach. Hatte
John weder eine Ahnung, wo er sich gerade befand, noch wusste er die Adresse der Bar. Auch
wenn es ihm auf der Zunge lag, wollte ihm zu al-

lem Übel der Name der Spelunke einfach nicht einfallen. John war schon beinahe am Verzweifeln, doch dann lief ihm plötzlich der Barkeeper der besagten Kneipe über den Weg. Sofort fragte er diesen nach dem kleinen Jungen. „Oh man, nicht einmal in seiner Freizeit hat man Ruhe von euch Trunkenbolden." Diesem war nicht wohl dabei, John die benötigten Auskünfte zu erteilen. „Mann, was weiß ich denn, wer der Bengel ist. Ich hab andere Sorgen, als anderen auf offener Straße aufzulauern und auszuquatschen. Allerdings mit so paar farbigen Scheinen würde man vielleicht gewisse verborgene Erinnerungen zum Vorschein rufen." Darauf folgte ein hämisches Grinsen und eine ausgestreckte offene Hand. Genervt griff John in seine Hosentasche, zog ein paar Geldscheine heraus und drückte sie den Barkeeper in die Hand.

„Also raus mit der Sprache", fuhr John ihn an.

Dieser zeigte allerdings bloß mit dem Finger auf die andere Straßenseite. Da war doch der kleine Junge. Er hatte ein paar Sachen in der Hand, die er ganz offensichtlich zu verkaufen versuchte.

Erleichtert ging John zu ihm: „Hey, erkennst du mich noch?"

Der Junge nickte und hielt ihm einen alten Hammer unter die Nase. „Wenn Sie den kaufen, schenke ich Ihnen auch noch einen Schraubendreher", feilschte er mit freundlicher Stimme.

John war allerdings an den Sachen, die der Junge feilbot, nicht im Geringsten interessiert. Er nahm den Krempel, den dieser mit sich trug, und warf ihn in den nächsten Mülleimer. Entsetzt über Johns Tat blickte er ihn mit weit aufgerissenen Augen und Mund an. John wiederrum, streckte ihm hämisch die Zunge entgegen.

„Komm, ich lade dich zum Essen ein, ich muss dir ein Geschäft vorschlagen.“

Neugierig auf Johns Angebot folgte der Junge ihm in die nächste Imbissbude. Die erste halbe Stunde aßen sie jedoch schweigend. John wollte sich ersteinmal den Magen vollschlagen. Einen Burger nach dem anderen schoben sich die Beiden in den Mund. Völlig überfressen lehnte sich John zurück und stieß einen kräftigen Rülpser aus. Das erregte gewisse Aufmerksamkeit unter den anwesenden Gästen, die sich allesamt nach ihm umdrehten. John blieb allerdings davon unbeeindruckt und murmelte zufrieden: „Das war nötig.“

Der Junge grinste nur fröhlich.

„Also Kleiner, wie heißt du denn überhaupt?“

„Warum wollen Sie das wissen?“

„Na, ich muss doch wissen, wie mein zukünftiger Geschäftspartner heißt.“

Der kleine Junge setzte ein verdutztes Gesicht auf und verschränkte die Arme vor seinem Körper.

„Ich will erst einmal wissen, um was für ein

Geschäft es sich überhaupt handelt. Informationen für Informationen. So läuft das, und nur so."

John schüttelte bloß den Kopf und setzte ein Grinsen auf. Der Junge war nicht auf den Kopf gefallen. Das gefiel John. Erinnerte dieser ihn doch ein wenig an ihn selbst.

„Also gut", fuhr John fort und offenbarte seine Pläne, die sich nur in dem alten Bergwerk umsetzten ließen. Leider kenne er sich da unten nicht aus, und da käme eben er ins Spiel. Wenn er ihm die Tunnel erklären würde, und wo welche Maschine stünden, dann würde er ihm reichlich entlohnen.

Der Junge überlegte kurz und sagte schließlich: „Fredi!"

„Fredi?"

„Ja, Fredi, alle meine Freunde nennen mich so."

„Ach so, dein Name", erwiderte John und musste lachen. „Aber was sagst du zu meinen Geschäftsvorschlag?"

„Ja, geht klar, aber heute nicht mehr, ich muss zur Schule."

Unglaubwürdig starrte John Fredi an, war es immerhin schon Nachmittag. Doch dieser hüpfte von der Sitzbank auf, meinte noch kurz, dass er morgen Früh beim Tunnel warten würde, und versschwand aus der Tür. Mit verdattertem Gesicht blickte John ihm nach.

Die schwerverdaulichen Burger machten sich

ein zweites Mal bemerkbar, wieder allein, überkam John eine gewisse Müdigkeit. Also fragte er nach dem nächsten Hotel, bezahlte die zehn Burger und verließ ebenso das Lokal. Zwar nicht hüpfend, aber mit eindeutig fröhlichem Gemüt.

Als John am nächsten Morgen ausgeruht den vereinbarten Treffpunkt erreichte, wartete Fredi bereits auf ihn.

„Bist wohl ein Frühaufsteher?", meinte John und streckte ihm belegte Brötchen entgegen. An seine regelmäßigen Mahlzeiten gewöhnt, hatte ihn sein knurrender Magen in einen der vielen kleinen Lebensmittelläden getrieben. „Also, wie gut kennst du dich denn da unten wirklich aus? Und was ist noch übrig von den alten Maschinen und dem Inventar?"

„Keine Ahnung, was ein Inventar ist! Aber am besten Sie sehen sich alles selbst an."

Gespannt, was ihm Fredi alles zeigen wollte, stieg er mit ihm wieder in das dunkle Labyrinth hinab. Die Beiden marschierten zunächst in die Lagerhalle, in der sie einst auf die hereinbrechende Nacht warteten. John konnte es kaum erwarten. Endlich würde er den Komplex wieder im Scheinwerferlicht erblicken. Fredi war da weniger aufgekratzt, routiniert betrat er den Schaltcontainer und warf die Hallenbeleuchtung an. Es war zwar nicht taghell, aber wenigstens brauchten die Beiden keine Taschenlampen mehr.

„Das dauert sicher ein paar Tage, bis wir

durch alle Gänge und Hallen gegangen sind", merkte John voller Erstaunen an und schnaufte einmal kurz durch.

„Nicht unbedingt. Es gibt da einige alte Karten, auf denen alle Gänge und Hallen eingezeichnet sind. Wenn Sie mir sagen, wonach wir genau suchen, dann gehen wir nur zu den interessanten Sachen."

Das klang wie Balsam in Johns Ohren. Er hatte nämlich so gar keine Lust, stundenlang durch die alten Tunnel zu laufen, um leere Abbaustätten zu besichtigen. John erzählte Fredi, unter dem Einwand, dass dieser alles für sich behalten müsse, dass er vorhabe, in der alten Lagerhalle ein Labor einzurichten. Darin würde er an seinem Raumschiffantrieb arbeiten. Allerdings brauchte er einen passenden Tunneleingang, alle Zugänge wurden ja einst gesprengt.

John hatte gehofft, dass noch ein paar der alten Abbaumaschinen soweit intakt wären, damit man die paar Hundert Meter bis zur Oberfläche erneut freilegen könne.

Fredi bohrte unbeeindruckt in seiner Nase. „Wie auch immer. Wenn Sie weiter Ihre Geschichten erzählen wollen, dann der Wand da drüben. Ich gehe da entlang." Fredi zeigte mit dem Finger, der gerade noch in seiner Nase steckte, in Richtung eines weiteren Tunnels.

John machte sich erst gar nicht die Mühe, ihn über seine schlechten Manieren zu unterrichten.

Er schüttelte einfach den Kopf und folgte Fredi in die Tunnelröhre. Nach ein paar hundert Metern tauchten auch die ersten Fahrzeuge auf. Entsetzt über deren Zustand begutachtete John eins nach dem anderen und musste enttäuscht feststellen, dass er den Plan, sich einen neuen Zugang zu schaffen, vergessen konnte. Von innen nach außen graben konnte man mit diesen Geräten auf keinen Fall mehr. Der alte Mann hatte wohl einst mit dessen jugendlichen Mitstreitern ganze Arbeit geleistet, und den Maschinen die Definition von „jetzt nur noch Schrott" verpasst. Und von außen nach innen? Da würde er keine fünf Meter weit kommen, ehe man ihn dabei erwischte. Tja, damit war wohl Johns großartiger Plan, seine Forschungsarbeiten hier unten in Ruhe durchzuführen, zu Nichte.

Mit zerknirschter Miene setzte er sich zu Fredi, der gerade eines der belegten Brote aß.

„Leider, Kleiner, aus dem Geschäft wird nichts." John stieß einen enttäuschten Seufzer aus.

Fredi zuckte mit den Schultern und schluckte erst einmal seinen Bissen herunter.

„Ach, Kopf hoch. Ihnen fällt doch sicher etwas ein." Fredi machte einen weiteren kräftigen Bissen. „Ich muss nach Hause. Sie wissen ja, wo Sie mich finden."

John wischte sich mit der Hand über sein Gesicht. Fredis Manieren hatten ihm ein Paar der

Brotstücke zuteilkommen lassen.

„Von Tischmanieren hast du noch nie etwas gehört, was!"

„Nein, ich spreche kein Französisch. Also dann!"

Und damit trennten sich die Wege der beiden ein weiteres Mal. John, der völlig entmutigt war, schlich mit hängenden Schultern zu seinem Wagen. Langsam fuhr er wieder zurück zu seinem Leben als Fabrikangestellter. Er musste sich wohl damit abfinden, dass er niemals seinen Traum verwirklichen würde.

Eine neue Fabrik

Als John am nächsten Tag wieder an seinem Arbeitsplatz erschien, erwartete ihn Mr. Bartensin schon sehnlichst. Von Johns Zuverlässigkeit überzeugt, was Pünktlichkeit und Arbeitsmoral anging, saß er auf Johns Bürostuhl. Dieser hatte sich in seiner Abwesenheit ernsthafte Gedanken darüber gemacht, wie er wohl Johns waghalsiges Unternehmen vor aller Welt Blicke verstecken könne. „Da sind Sie ja wieder. Was ist Ihnen denn über die Leber gelaufen? Sie machen ja ein Gesicht, als wäre die Sonne vom Himmel gefallen. Lächeln Sie doch ein wenig, und nehmen Sie erst mal einen kräftigen Schluck von meinem Gin." Mr. Bartensin knallte zwei Gläser auf den Tisch. „Ich weiß zwar nicht in welchem Ausmaß sich die Räumlichkeiten erstrecken müssen, die Sie benötigen, um Ihre Forschungen durchführen zu können, aber da ich ohnehin schon seit Längeren darüber nachdenke, eine neue Fabrik zu errichten, könnten wir doch die Pläne etwas erweitern. Das würde dann auch nicht weiter auffallen. Und Kontrolleure lassen sich leicht bestechen. Also was sagen Sie?"

John, der nachwievor verknittert dreinschaute, schüttelte nur den Kopf. „Das würde so nicht funktionieren. Ein Labor allein reicht bei Weiten nicht aus. Wir bräuchten zumindest eine Teststrecke. Und die müsste mindestens einen Kilometer lang sein."

„Hm, und was wäre dann Ihre Idee gewesen? Immerhin hatten Sie doch eine. Sonst wären Sie nicht die letzten Tage wie vom Erdboden verschwunden."

Da es ohnehin keinen Unterschied mehr machte, konnte John Mr. Bartensin von dem Bergwerk erzählen.

„Ein riesiges Labyrinth aus Gängen, Hallen und kilometerlangen, schnurgeraden Tunneln", schloss John. „Nur leider sind alle nennenswerten Eingänge zerstört, und die Maschinen, die diese wieder freilegen könnten, haben den Zahn der Zeit nicht überstanden. Von außen kann man sich nicht Zugang verschaffen. Das würde zu viel Aufsehen erregen."

John kannte Mr. Bartensin, nach all den Monaten, offensichtlich noch nicht gut genug. Dieser war nämlich ein sehr gewiefter Fuchs. Ehe John sich versah, klopfte ihn Mr. Bartensin einmal kräftig auf die Schulter. „Na, das ist doch die Lösung."

John, der nicht verstand, schaute Mr. Bartensin mit einen äußerst konfusen Blick an. „Haben Sie mir nicht zugehört? Wo ist denn da eine Lösung?"

„Doch, doch", erwiderte Mr. Bartensin. „Wir kombinieren einfach unsere beiden Ideen. Ich baue meine neue Fabrik einfach an dem Standort,

an dem Sie den Zugang zum Tunnelsystem benötigen. Wenn erst die Grundstruktur steht, dann
könnten wir unbeschadet ein Loch in die Erde
graben, und es würde niemandem auffallen. Geschützt von der Halle wäre es vor jeglichen Ein-
blicken vorborgen."

John, der zu neuem Leben erwachte, konnte
sich vor Freude kaum halten.

„Dann nichts wie ran ans Werk!"

Mr. Bartensin musste ihn sogleich bremsen.
Zuerst einmal müsse sein Bau bei den Behörden
bewilligt werden. Dann brauchten sie natürlich
vertrauenswürdige Arbeiter. Immerhin dürften
diese kein Wort über das verlieren, was sie da im
Inneren der Fabrik zu Tage förderten. Die
Grabmaschinen waren ebenfalls nicht leicht zu
bekommen und mussten selbstverständlich unter
falschen Papieren geliefert werden. Alles in allen
würde dies sicher ein halbes Jahr in Anspruch
nehmen, bis sie unter Tage die Forschungsanlage
einrichten würden.

„Ja, natürlich", meinte John, „aber das bekommen wir schon hin. Wir sind doch ein geris-
senes Team. Von solchen Kleinigkeiten wie Be-
hördengänge und Lieferfirmen würden wir uns
doch nicht aufhalten lassen."

Mr. Bartensin musste lachen. „Nein, natürlich
nicht. Dafür bin ich schon zu lange im Geschäft.
Solche Lappalien stellen nur noch sehr selten ein
Hindernis dar."

Eine Woche später hatten die Beiden die ersten Entwürfe für die neue Fabrik ausgearbeitet. Ein riesiger Komplex, dreimal größer als Mr. Bartensins bisheriges Werk. „Wer expandieren will, muss auch investieren", Mr. Bartensin war wohl von Johns Eifer mitgerissen worden.

Es spielte auch die feste Überzeugung eine Rolle, dass sich die Investition in Johns Projekt in ein paar Jahren durchaus in enorme Gewinne verwandeln könnte. Zumindest schien es so. Dementsprechend schnell, bekamen sie auch einen Termin für die erste Begehung am Standort, an dem die neue Fabrik gebaut werden sollte. Allerdings waren die Vertreter der Behörden sehr überrascht, dass es so weit außerhalb der Stadt lag. Zum Glück erkannte niemand den einstigen Tunneleingang. Und so tischte Mr. Bartensin den Kontrolleuren einfach ein Märchen auf. Das Werk würde zum Beispiel die hohe Arbeitslosigkeit der Gegend bekämpfen, welche den Behörden ohnehin ein Dorn im Auge war. Und außerdem, würde sich niemand in der Stadt über die Lärm- und Geruchsbelastung beschweren. Immerhin würde man in seiner neuen Fabrik mit giftigen Chemikalien hantieren. Und wer würde schon gerne so ein Werk in der Nachbarschaft haben?

Das leuchtete den Beamten allerdings ein und sie bewilligten ohne weitere Einwände den Bau. Ein wenig half wohl auch die locker sitzende

Geldbörse von Mr. Bartensin mit.

Und so nahm alles seinen Lauf.

Die Dorfbewohner der Gegend waren das kleinste Problem, um das sich Mr. Bartensin Sorgen machen musste. Auch wenn die meisten über den alten Tunneleingang Bescheid wussten, und sich somit ihren Reim auf den wirklichen Hintergrund des Bauwerkes machen konnten, wussten sie auch, dass ihnen sichere Arbeitsplätze geboten wurden. Damit hielt es ein jeder für das Beste, einfach den Mund zu halten, und gar nicht zu viele Fragen zu stellen.

Und so kam es, dass John und Mr. Bartensin, sich schneller als erwartet einen neuen Zugang in das längst vergessen geglaubte Tunnelsystem verschafften. Nachdem eine neue Beleuchtung installiert war und die alten, nicht mehr brauchbaren Sachen aus den Tunneln entfernt waren, offenbarte sich ihnen zum ersten Mal die einstige Pracht. Ein solch anmutiges Bauwerk aus kargen, Beton verkleideten Wänden und Versorgungstrassen für Strom und Wasser würde jedes Ingenieurherz höher schlagen lassen. Die reine und schlichte Eleganz der Notwendigkeit eben.

Stück für Stück rückte der Bau voran, bis John endlich sein so sehnsüchtig erwartetes Labor in Betrieb nehmen konnte. Natürlich unter den Argusaugen von Fredi. Der beobachtete jeden Tag den Fortschritt der Bauarbeiten. Dies fiel auch Mr. Bartensin auf, obwohl er anfangs sehr skeptisch über Fredis Anwesenheit gewesen war. Wer würde schon wissen, ob der Kleine nicht doch eines Tages etwas vor seinen Freunden ausplauderte. Aber mit der Zeit gewöhnte sich Mr. Bartensin an den kleinen Racker. Irgendwie erinnerte er ihn an sich selbst. Als er noch so jung war, und alles Neue gründlich unter die Lupe nehmen musste. Die beiden schienen sich auch allmählich anzufreunden. Mr. Bartensin nutzte jede Gelegenheit aus, um etwas über seine Verhältnisse herauszufinden. Warum er nicht zur Schule ginge, und wo seine Familie sei. Fredi, der nichts zu verbergen hatte, erzählte ihm bereitwillig alles, was er wissen wollte. Anstelle zur Schule zu gehen, wurde er von der Einrichtung, in der er und andere Waisen übernachteten und auch etwas zu Essen bekamen, jeden Tag zum Betteln hinausgeschickt. Das Waisenhaus bekam nämlich schon seit Jahren keine staatliche Unterstützung mehr. Und die privaten Spenden reichten einfach nicht aus, um dieses aufrechtzuerhalten. Auf die Nase gefallen war Fredi nicht. Das fiel neben John auch Mr. Bartensin auf. Und so entschied er, ihm ein neues Zuhause zu geben. Er selbst hatte keine Kinder und irgendjemanden musste er all sein Hab und Gut eines Tages überlassen. Das sollte auf jeden Fall jemand sein, der aus ähnlichen Verhältnissen wie er selbst kam, und somit auch die Belegschaft mit Respekt und Würde behandeln würde. Wenn es eins neben

Mr. Bartensins wirtschaftlichen Talent, aus Schrott Gold zu machen, gab, dann wie er mit den Menschen in seiner Umgebung umging. Kaum jemand verstand es besser, die Wünsche und Beschwerden seiner Mitarbeiter zu lesen. Das war wohl auch einer der Gründe, warum seine Belegschaft ihn so schätzte. Immerhin wusste jeder, wie es in den anderen Fabriken der Stadt zuging. Wer nicht seinen Soll leistete oder einen Tag ausfiel, auch wenn es aufgrund gesundheitlicher oder persönlicher Beschwerden war, der wurde sofort entlassen. Nicht so in Mr. Bartensins Werk. Da wurde die persönliche Bindung an das Unternehmen sehr hoch geschätzt. Dazu gehörte eben auch, dass man sich den einen oder anderen Tag mal frei nehmen konnte.

Mr. Bartensin erkannte sehr früh, dass ein zufriedener Arbeiter eine bessere Leistung bringt, sogar wenn er ab und an mal ausfiel, als ein Arbeiter, dessen Moral sich lediglich an der Höhe seines Einkommens messen ließ.

Fredi war anfangs begeistert davon, dass er endlich in eine richtige Schule gehen konnte. Allerdings war es dann doch eine etwas gewöhnungsbedürftige Umstellung. Konnte er sich vorher seine Zeit selbst einteilen, musste er jetzt den ganzen Tag in einem Klassenzimmer verbringen. Es wäre ihm viel lieber gewesen, John bei seiner Arbeit zuzusehen. Dennoch erkannte er nach einiger Zeit, dass er das, was er in der Schule lernte, seinen unermüdlichen Drang der Neugierde auch zu stillen vermochte. Und so mauserte sich der kleine Straßenjunge bald zu einem echten Genie. Nach und nach stellte er all seine Altersgenossen in den Schatten. Das lag wohl auch ein wenig daran, dass er die besten Lehrer genoss, die die Stadt zu bieten hatte. Immerhin wusste Mr. Bartensin, das die Methoden und das Wissen, das in den öffentlichen Schulen vermittelt wurde, nicht wirklich viel taugte. Und schon gar nicht die Kinder ausreichend auf das Berufsleben vorbereiten würde. Er war nicht der Einzige, der dies so sah. Dieses Thema prangerten schon seit Jahren die Eliten des Landes an. Der Regierung schien es egal zu sein. Immerhin war das Hauptaugenmerk auf die Erweiterung von Technologien im Bereich der Raumfahrt fixiert, und da wollte niemand einige Milliarden in die Hand nehmen, um das Bildungssystem zu reformieren. Dass sich dies mit den Jahren rächen würde, wollte wohl niemand der Staatsspitze sehen, und so blieb im Grunde alles beim Alten.

Die ersten Versuche

John, der seinem Traum so nahe wie noch nie war, verbrachte annähernd seine gesamte freie Zeit im Labor. Nur ab und an gönnte er sich eine Auszeit. Diese verbrachte er dann am liebsten mit Mr. Bartensin und Fredi in der großen Bibliothek, in der sich John immer sehr wohl fühlte. Das Sonnenlicht, das durch die Glaskuppel auf ihn schien, ließ ihm nicht nur die Zeit, sondern auch sein Projekt vergessen. Und da waren auch noch die stundenlangen Diskussionen mit Mr. Bartensin, über die Welt und den Sinn des Lebens. Während John stets die Meinung vertrat, dass man aus seinem Leben ein Meisterwerk machen müsse, um letztendlich auf ein erfülltes Dasein zurückzublicken, sah dies Mr. Bartensin wiederum aus einem ganz anderen Blickwinkel. Dieser war der festen Überzeugung, dass es nicht darauf ankäme, was man aus dem macht, was einem das Leben so zukommen lässt, wie Geschlecht, Nationalität, Bildung und soziale Bekanntschaften, die sich auf Grund des familiären Status der Eltern entwickelt haben. Man kann in allem und jedem sein Glück finden, wenn man nur darin sucht.

Er kenne so viele wohlhabende Menschen, die sich alles Glück der Welt kaufen können, und eine unerträgliche Unruhe in sich trügen. Jeder

Mensch strebe wohl nach Glück, und Glück ist keine Definition dessen, was man im Leben erreicht hat, sondern mit welchen Stellenwert man jedes Ereignis in seinem Leben bemisst. Man könne genauso gut sein Glück in einem Moment finden, in dem man einer Biene zusieht, die gerade den Nektar einer Blume aufsammelt. Wer selbst solche unscheinbaren Ereignisse im Universum zu schätzen und zu lieben weiß, der wäre ein echter Glückspilz.

In die Einfachheit des Seins würde auch Mr. Bartensin immer wieder zurückkehren, wenn er sich vor lauter Arbeit zu verlieren glaubte. Dann würde er sich in die Bibliothek zurückziehen und eine der zahlreichen Klaviersymphonien einlegen. Die sanften Klänge würden in ihm eine Glückseligkeit zum Vorschein rufen, für die er sein ganzes Hab und Gut aufgeben würde. John hielt es nicht für möglich, dass Mr. Bartensin eine spirituelle Seite hatte. Ließ dieser immerhin sonst keine Möglichkeit aus, bei allem das beste Ergebnis zu erzielen und stets nach größeren Gewinnen zu streben. John vertrat eine ganz andere Anschauung. Vielleicht lag es daran, dass er nach wie vor seinen Platz auf dieser Erde suchte, oder an den Umständen seines bisherigen Lebens. John war stets der festen Meinung, dass man immer ein Ziel vor Augen haben müsse. Ein Ziel, das einen stets dazu antreibt, über sich selbst hinauszuwachsen. Und zwar, in dem man immer höhere

Ansprüche an sich stellt, und diese auch mit aller Konsequenz verfolgt. Die Tatsache, dass jeder Mensch ein vorbestimmtes Schicksal hätte, wäre für ihn ein unumstößlicher Irrtum. Er war der festen Überzeugung, wenn man nur hart genug an sich und an seinem Traum arbeiten würde, dann kann man alles erreichen, ganz egal aus welchen Verhältnissen man käme oder welche Hürden das Leben sonst für einen bereithält. Wenn man fortlaufend nach mehr Wissen und Wohlstand strebe, dann könnte man auch die Umstände, die einen umgaben, beeinflussen und lenken. Die Tatsache, dass so viele Menschen leiden müssen, weil ein paar wenige, mit der Macht ausgestattet alles zu verändern, nur der eigenen Persönlichkeit dienten, konnte und wollte John nicht akzeptieren. Er meinte stets, wenn er einmal in die Position käme, in der er die Geschicke dieses oder eines anderen Landes lenken könnte, dann würde für ihm stets der Mensch im Vordergrund stehen. Und nicht irgendwelche Streitereien über Erzvorkommen. Würden die Saaten wieder zusammenarbeiten, so wie sie es früher taten, dann würden die Menschen weit mehr davon profitieren. Die Ressourcen ließen sich bündeln, und so wiederum eine weit bessere Ausbeute erzielen.

In diesem Falle hatten wohl beide Recht. Sie einigten sich jedes Mal darauf, dass man sich nicht einig war. Was allerdings Beide stets über sich betonten, war, dass sie noch lange nicht am

Zenit ihres Verstandes angelangt waren. Beide würden noch so viel über das Leben und die Welt zu lernen haben. Jeder Moment kann einem in eine andere Richtung lenken, oder die Welt aus einen anderen Blickwinkel sehen lassen. Stets die Augen offenhalten. Das Leben kennt mehr als nur eine Wahrheit.

So vergingen die Monate. John arbeitete unaufhörlich an seinem Projekt, bis es endlich so weit war, und John den ersten Testantrieb samt Rakete zum Abschuss in einer der Tunnelröhren bereit machte. Auch wenn er es nicht zugab, die Anspannung war ihm ins Gesicht geschrieben. Kaum eine Regung war in seiner Mimik zu erkennen. Voll konzentriert starrte er stets in die Monitore und murmelte hin und wieder ein paar unverständliche Worte. Mr. Bartensin war wohl genau so aufgeregt wie er. Immerhin steckte sein Vermögen zu einem gehörigen Anteil im Projekt.

Wenn Johns Berechnungen stimmten, dann müsste die erste Testrakete innerhalb von zwei Sekunden an der Wand der Tunnelröhre zerschellen. John überprüfte alle Sensoren auf ihre Funktion, mehrmals, um ganz sicher zu gehen.

Und dann war der große Moment gekommen.

Johns Hände zitterten vor Aufregung. Immerhin könnte dies der Beginn einer Entwicklung werden, die die ganze Welt verändern würde. Er begann mit den Countdown. „Zehn, neun, acht, sieben ...“ Doch Fredi war dies zu langweilig, deswegen ging er zum Schaltpult und drückte auf den Startknopf. Und ... nichts. Es passierte gar nichts. Die Rakete rührte sich keinen Zentimeter.

Mr. Bartensin, der schon aus eigener Erfahrung wusste, dass sich beim ersten Versuch kaum das erwünschte Ergebnis einstellte, merkte mit einem sarkastischen Ton an: „Standbild, oder wie jetzt?"

John konnte es nicht fassen und hämmerte wie verrückt auf den Startknopf ein. Als er dadurch an den Knopf kam, der die Halteseile aus der Verankerung löste, fiel die Rakete wie ein nasser Sack zu Boden.

Unter dem Team brach lautes Gelächter aus. Nur John stimmte natürlich nicht mit ein. Dieser starrte mit entsetztem Blick auf den Monitor. Drei Monate Arbeit hatten sich in Schrott verwandelt. Mr. Bartensin, der wegen seines verprassten Vermögens eigentlich außer Rand und Band sein sollte, klopfte John auf die Schulter, und merkte mit ruhiger Stimme an: „Murphy's law, John, Murphy's law."

Wenn es eine Möglichkeit gibt, die in einer Katastrophe endet, dann wird diese auch eintreten. Und die Katastrophe war eben einmal John. Keiner sonst. Er musste einsehen, dass der Zeitpunkt gekommen sei, seine Wunden lecken, und alles auf Herz und Nieren zu überprüfen. Fehler sind da, um aus ihnen zu lernen, und nicht um aufzugeben. Dies war John bewusst, allerdings war es heute noch zu gefährlich, sich der Rakete zu nähern. Wäre gut möglich, dass doch noch irgendetwas passierte. Immerhin war der Antrieb voll mit verschiedenen flüssigen Chemikalien, die, wenn sie sich vermischten, eine unkontrollierbare Kettenreaktion auslösen und eine schlagartig Explosion verursachen würden. Das Risiko, dass durch den Aufprall Risse in den Kammern entstanden waren, war einfach noch zu groß.

Johns Fauxpas mit den Halteseilen konnte nur kurz vom Fehlversuch ablenken und die Beteiligten aufheitern. Bis auf Fredi natürlich. Er hatte scheinbar mit der halben Belegschaft darauf gewettet, dass sich die Rakete nicht vom Fleck bewegen würde. Auch wenn niemand wusste, um was für ein Experiment es sich genau handelte, waren die meisten von Johns Erfinderreichtum überzeugt.

Am nächsten Morgen näherte sich John vorsichtig der Rakete, unsicher, wo er anfangen sollte. Nachdem er ein paar Runden um die Rakete gedreht hatte, blieb er abrupt stehen, zuckte kurz mit den Schultern, und trat mit einem kräftigen Tritt darauf ein. *Erst mal den Stress abbauen*, dachte sich John.
Er war sich ziemlich sicher gewesen, dass sie seinen Tritt reaktionslos hinnehmen würde. Immerhin war sie aus einem Meter Höhe auf den Boden geknallt.

Mr. Bartensin schüttelte nur den Kopf, um wenig später Fredi die offene Hand entgegenzustrecken. Scheinbar hatten die Beiden ebenfalls eine Wette abgeschlossen. Um was es sich genau gehandelt hatte, behielten die Beiden jedoch für sich. Wahrscheinlich darüber, dass sich John beim ersten Kontakt selbst ins Jenseits schießen würde.

„Dann mal ran an den Speck." Erneut die Seile der Halterung an die Rakete fixiert und in die Höhe gezogen, begann John, diese Stück für Stück zu zerlegen. Er verbrachte annähernd drei Tage mit der Ursachenforschung. Und das mit nur etwa fünf Stunden Schlaf. Am Ende seiner Nerven fand er doch den Übeltäter. Es schien ganz so, als würde dieser in der Zusammensetzung der Chemikalien der zugelieferten Energiezellen liegen. Anscheinend hatte man ihm und Mr. Bartensin eine schlechte Qualität verkauft. Schlechte Qualität war eine der Eigenschaften, die Mr. Bartensin so ganz und gar nicht ausstehen konnte. Noch dazu hatte ihm der Produzent der Energiezellen hoch und heilig versprochen, dass er die beste Qualität kaufen würde, die es am Markt gäbe. Jedes ihrer Produkte würde mehrere Qualitätstests durchlaufen. Andererseits für den Zweck, den Mr. Bartensin angegeben hatte, hätten sie wohl allemal ihren Dienst mehr als zufriedenstellend erwiesen. Zwischen dem Antrieb eines Elektroautos, für den die Energiezellen bloß

Strom liefern mussten, und einen Raketenantrieb, der mit den Chemikalien eine chemische Reaktion freisetzte, war dann doch ein enormer Unterschied.

Nachdem Mr. Bartensin die Energiezellen reklamieren ließ, und die neuen sicherheitshalber von einer unabhängigen Firma überprüfen ließ, stand einem erneuten Testlauf nichts mehr im Wege. John wollte kein zweites Mal vor unvollendeten Tatsachen stehen und überprüfte beim abermaligen Aufbau jedes Detail dreimal. Das nahm natürlich einiges mehr an Zeit in Anspruch. Alles, was auch nur den kleinsten Makel aufwies, wurde ausgetauscht. Fast schon hysterisch genau. Was allerdings im Verhältnis eines erneuten Fehlstarts, und der Zeit, die er für die erneute Fehlersuche brauchen würde, nicht gleichzusetzen war.

Nach weiteren zwei Wochen stand John wieder vor dem Schaltpult, um den Startknopf zu drücken. Diesmal traute sich wohl keiner mehr, auf den Ausgang Wetten abzuschließen. Sogar Fredi war sich sicher, dass sich der erwartete Erfolg einstellen würde. Noch einmal tief durchatmen und John drückte auf den Startknopf. Ein riesiger Knall erfolgte, der das gesamte Bergwerk zum Erschüttern brachte. Mit so einer heftigen Reaktion hatte allen Anschein nach nicht einmal John gerechnet. Nachdem alles so schnell ging, konnte keiner sagen, ob die Rakete wie erhofft am Ende der Teststrecke zerstört wurde oder schon beim Start explodierte. Gespannt warteten sie auf die Auswertung der Kameraaufzeichnungen. Als John diese abspielte und mit gespannten Blick auf den Monitor starrte, musste er es selbst nach mehrmaligen Wiederholungen auf sich beruhen lassen. Es ging alles einfach zu schnell. Das Einzige, was man erkennen konnte, war ein greller Lichtblitz, gefolgt von Finsternis.

Es wurden zwar zwei Zeitlupenkameras installiert, die allerdings nicht mit dem Computersystem verbunden waren. Sie hatten jeweils eigene Speicherkarten, auf denen die Geschehnisse aufgezeichnet wurden. Doch zunächst mussten die giftigen Dämpfe, die bei der Explosion entstanden, abgesaugt und gefiltert werden, und dann musste man auch noch warten, bis sich die Tunnelröhre wieder auf Normaltemperatur abgekühlt hatte. Achtundvierzig Stunden Zerreißprobe für John und Mr. Bartensin.

Als man die Schleuse öffnete, brachte der erste Blick auf die Teststrecke allerdings Ernüchterung. Die Rakete hatte sich nicht wie erwünscht am Ende der Teststrecke zerstört, sondern bereits am Start. Fassungslos über einen abermaligen Fehlversuch, befreite John die Zeitlupenkameras aus ihren Panzerglasboxen. Allerdings war John nicht danach zumute, sich die Bänder gleich anzusehen und wollte erst einmal etwas Zeit für sich allein, um die Situation psychisch zu verarbeiten. Also drückte er Fredi die Kameras in die Hand und verschwand Richtung Ausgang. Fredi war allerdings neugierig genug, er wollte unbedingt sehen, was die Bänder aufgezeichnet hatten.

„John!“, rief Fredi. „John, komm zurück.“ Dieser war allerdings bereits auf und davon.

Scheinbar war der Testversuch doch kein Fehlschlag gewesen. Selbst für die Zeitlupenkameras ging alles ein wenig zu schnell, und so musste Fredi Bild für Bild durchgehen: Der Antrieb funktionierte. Allerdings zu gut.

Die Brennstoffzellen entwickelten eine derart große Schubkraft, dass sich der Triebteil der Rakete durch diese bohrte, und damit auch die Explosion verursachte. Der Aufbau konnte einfach nicht der geballten Energie standhalten. John hatte wohl die Trägheit seiner Konstruktion nicht mit einberechnet. Allerdings wäre das auch nicht möglich gewesen. Kein auf der Erde existierendes Material konnte dies.

Fredi musste dies unbedingt John sofort erzählen. Nur wo war dieser bloß hingegangen? Sein Handy, das er normalerweise stets bei sich trug, lag im Labor. Seltsam. Außerdem stand sein Wagen noch immer am Gelände der Fabrik. Fredi suchte die gesamte Anlage ab. Ohne Erfolg.

Niemand wusste, wohin er verschwunden war. So blieb Fredi nichts anderes übrig, als zu warten, bis John wieder auftauchen würde.

Zurück zum Ursprung

John, der sich über einen Erfolg so sicher gewesen war, konnte sich einfach keinen Reim darauf machen, warum es die Rakete nicht bis zum Ende der Teststrecke geschafft hatte. Er spulte alles wieder und wieder in seinem Kopf ab. Was konnte nur schiefgelaufen sein? Entweder stand er sich selbst im Weg, oder es war unmöglich, eine Rakete mit seinem Antrieb anzutreiben.

John sah vorerst einfach keinen Grund, warum er ins Labor zurückkehren sollte. Erst bräuchte er zumindest einen Lösungsansatz. John hatte einst gelesen, dass wenn man in einer Sackgasse angelangt war, man am besten dorthin zurückkehrte, an dem alles seinen Ursprung hatte. Also ging er durch das Tunnelsystem zurück zu dem Lüftungsschacht, der in seine alte Heimat führte. Nie dachte er, den Bahnhof der Grenzstadt ein zweites Mal zu betreten. Er war der festen Meinung, dass er, wenn er einst eine Rückreise antreten würde, dann nur als gemachter Mann. Und zwar in einer Limousine. Tja, nun war er ein gebrochener Mann, der abermals einen Zug bestieg. Dem Zug war das egal, er fuhr immer dieselbe Strecke.

In John stiegen während der langen Fahrt allmählich die Erinnerungen an seine alte Heimatstadt auf. An seine Arbeitsstelle, seine Freunde aus der Schule und Evie. Besonders Evie. Weniger Erinnerungen, eher die Hoffnung, dass sie ihm gegenüber freundlich gesinnt sei. Er hatte keine Lust, sich ein Hotel zu suchen. Er hoffte, dass er bei ihr für ein paar Tage unterkommen könnte. Allerdings hatte er sich nach dem letzten Mal, als sie ihm aus der Patsche geholfen hatte, nicht mehr bei ihr gemeldet. Dazu hatte er sie in eine Lage gebracht, die sie im schlimmsten Fall ins Gefängnis hätte bringen können, wenn die Notlüge aufgeflogen wäre.

Nichtsdestotrotz marschierte John nach der langen Zugfahrt geradewegs zu ihrer Wohnung und klopfte an die Türe. Es war früher Nachmittag und da hatte sie normalerweise keinen Dienst in der Bar. John setzte sich deswegen erst einmal auf die Stufen vor dem Haus und wartete. Ein Geduldsmensch war John noch nie gewesen, also sprang er schnell wieder auf und ging hinter das mehrstöckige Mietshaus. Dort befand sich nämlich eine Feuertreppe. Die war zu der Zeit, als das Haus gebaut wurde, noch Vorschrift gewesen. Mittlerweile hatten sich die Bauverordnungen allerdings wieder gelockert da die neuen Bauten alle Sprinkleranlagen installiert hatten.

Glücklicherweise führte die Feuertreppe auch an einem der Fenster von Evies Wohnung vorbei. Er wollte ja nicht einbrechen, bloß mal einen Blick riskieren, ob Evie überhaupt noch dort

wohnte. Schwer atmend erreichte John dann endlich die zehnte Etage, auf der sich Evies Wohnung befand. Das ewige Werkeln am Labortisch
hatte ihm wohl einiges an Kondition gekostet.

Mal wieder öfters eine Runde laufen, dachte sich
John und drückte sein Gesicht gegen die Fenster-
scheibe, um nach dem Rechten zu sehen. Alles
finster. John hatte alles ein wenig anders in Erinnerung. Von der Neugierde angestachelt, beschloss John einzubrechen. Bei den alten Fenstern
wusste er genau, wo er ansetzten musste, um diese
gewaltsam zu öffnen, ohne dass es zu Bruch ging.
Evie hatte es ihm einst gezeigt. Allerdings nie verraten, woher sie es wusste, immerhin hielt sie ihre
Vergangenheit stets bedeckt.

Noch schnell ein Blick über die Schulter, ob
ihm auch keiner zusehen würde. Einen kurzen
Rums später stand das Fenster offen, und John
stieg hastig in die Wohnung ein. Nachdem er sich
einen Überblick über die Lage machte, stellte er
erleichtert fest, dass Evie immer noch dort wohnte. Sie bewahrte die Bierdeckel, die John mit seinen Hirngespinsten vollgekritzelt hatte, immer
noch an demselben Ort auf.

Er schnappte sich den Stapel der Bierdeckel,
und sah sich einen nach dem anderen in aller Ruhe an. Vielleicht käme er dadurch auf eine Idee,
was am Raketentest schiefgelaufen sein könnte.
Das Gekritzel wäre genau das Richtige für einen
neuen Anstoß. Die alten Weisheiten der großen

Propheten verstand John nie so recht. An den Ursprung zurückzukehren, ergab für John nun doch einen Sinn. Die Erkenntnis darüber, dass man alles aus einen ganz anderen Blickwinkel sehen würde, wenn man sich auf die Vergangenheit zurückbesann. All die Ereignisse, Ziele und Träume. All die Wege, die man eingeschlagen hatte.

John dachte daran, wie es ihm noch vor drei Jahren ergangen war, und wo er in der Gesellschaft heute stand. Da wurde ihm erst bewusst, dass er in den letzten Jahren ein enormes Wissen in allen Bereichen des Lebens angesammelt hatte. Nicht nur in der Verwirklichung seiner Erfindung, sondern auch darüber, wie man einen Konzern aufbaut und führt. Mr. Bartensin war ein guter Lehrmeister im Wirtschaftswesen. Allerdings auch in Fragen zwischenmenschlicher Beziehungen. John hatte Menschen gefunden, die er mit Stolz als seine Freunde bezeichnen konnte, die allesamt bereit waren, ihre eigene Zukunft auf eine Karte zu setzen, nur um ihm bei der Verwirklichung seiner Träume zu helfen. Mit ihm durch dick und dünn gingen, und auf seine Unzulänglichkeiten mit Verständnis reagierten.

Er musste sich eingestehen, dass man in diesen schwierigen Zeiten, in dem jeder nur für sich lebte, Menschen mit einen so edlen Charakter nicht an jeder Straßenecke antraf. Da wurde John erst so richtig bewusst, welch für ein Glück er hatte. Vielleicht war Mr. Bartensins Anschauung über die Welt und den Sinn des Lebens doch nicht so verkehrt.

Letztendlich schlief John auf der gemütlichen Couch ein, sodass er nicht einmal aufwachte, als Evie wieder nach Hause kam. Evie, die als erstes das offene Fenster bemerkte, war einigermaßen darüber verwundert. Immerhin war sie sich ganz sicher, dass sie alle Fenster geschlossen hatte, bevor sie die Wohnung verließ. Erst auf den Weg in die Küche bemerkte sie John, der nachwievor tief und fest auf dem Sofa schlief.

Unsicher, wie sie mit dieser Situation umgehen sollte, stand sie einige Zeit vor ihm, und sah ihm beim Schlafen zu. John schien einen zufriedenen Eindruck zu machen, also beschloss sie, ihn ausschlafen zu lassen. Es war schon einige Zeit her, seitdem sie das letzte Mal einen Mann in ihrer Wohnung hatte. Immerhin hatte sie sich von ihrem damaligen Freund getrennt, kurz nachdem John die Stadt verließ. Der ausschlaggebende Grund war, dass er damals Johns Sachen verbrannt hatte. Seine ewige Eifersucht und sein Kontrollzwang ließen ihr keinerlei Freiräume, ihr Leben frei zu gestalten. Ihr Freund hatte versucht, sie nach der Trennung kündigen zu lassen. Allerdings wusste ihr Dienstgeber, der zugleich der Vater von ihrem Freund war, dass er keine Vertretung für sie finden würde, die auch nur ansatzweise so zuverlässig und ehrgeizig wäre. Außerdem, so schien es, hatte sie sehr viele Stammkunden an sich gebunden, die auch mit ihr das Lokal gewechselt hätten. Und auf diese trinkfesten Kameraden wollte dieser keinesfalls verzichten. Und so blieb Evie der Arbeitsplatz erhalten. Sie kündigte jedoch von sich aus. Immerhin wollte sie ihrem Ex-Freund nicht mehr ständig über den Weg laufen. Das war zwar nicht der Hauptgrundrund, allerdings der entscheidende Auslöser. Sie dachte immer häufiger darüber nach, dass sie ihr Kunststudium fortsetzen sollte. Von Johns enthusiastischen Streben nach der Erfüllung seiner Träume mitgerissen, nahm sie eine neue Stelle an, an der sie nur noch abends arbeiten musste. Somit hatte sie vormittags Zeit, um an der Universität die Kunstkurse zu besuchen. Sie hatte sich das anfangs allerdings etwas leichter vorgestellt. Schnell merkte sie, dass der Schlafmangel gelegentlich ein gravierendes Problem darstellte. Immerhin stand sie oft bis drei oder vier Uhr morgens in der Bar, und die ersten Kurse begannen schon um acht. Nachdem sie dann nur zwei bis drei Stunden geschlafen hatte, und sie sich bei den etwas trockenen Vorlesungen konzentrieren musste, kam es nicht nur einmal vor, dass sie mitten im Vortrag einschlief. Nicht vor sich hindöste, sondern richtig tief und fest schlief. Erst das Reinigungspersonal, das mittags immer durch die Sitzreihen fegte, riss sie stets unsanft mit den Besen aus ihren Träumen. Ihre Mitstudenten machten sich natürlich daraus einen Scherz. Es kam des Öfteren vor, dass sie eine etwas unliebsame Gesichtsbemalung trug. Aber sie war fest dazu entschlossen, das Studium zu vollenden. Auch wenn ihr Leben für die nächsten paar Jahre nur noch aus Arbeiten und Lernen bestehen würde. Keine Zeit für irgendwelche Hobbys oder großartige Freundschaften. In den paar Minuten, die sie jeden Tag Zeit hatte, schwang sie den Pinsel. Sie malte Situationen nach, die sie gelegentlich aufschnappte und ihrer Meinung nach Wert waren, verewigt zu werden. Dabei konnte sie ganz sie selbst sein, und vergaß alles, was sie belastete. Außerdem waren die Bilder, die sie über ihr Social-Media-Profil verkaufte, ein willkommener Nebenverdienst. Ihre Zeichnungen hatten etwas Magisches. Sie konnte anscheinend die eingefrorenen Ereignissen so faszinierend wiedergeben, dass man anhand der verwendeten Farben, Konturen und Lichtwechsel das Gefühl hatte, in dem Bild gefangen zu sein, und die Situation am lebendigen Leibe mitzuerleben. Nicht selten kam es demnach vor, dass ihre Bilder binnen dreißig Minuten, nachdem sie sie online gestellt hatte, schon verkauft waren. Sie hatte deshalb auch einige Jobangebote erhalten. Allerdings nur um die hochgepriesenen Werke der renommierten Künstler der alten Zeit nachzumalen. Auch wenn sie damit gut verdient hätte, ihr wäre es lieber gewesen, sie dürfte ihre eigenen Bilder in Galerien zur Schau stellen. Darum lehnte sie auch jedes Mal ab. Neben dem Studium wäre ein solcher Job auch nicht wirklich durchführbar gewesen. Und das Studium abzubrechen, kam für sie auf keinen Fall in Frage. Sie verwies immer darauf, dass sie sich melden würde, wenn sie dieses abgeschlossen hätte.

Als sich John nach zwei Stunden doch rührte, stand Evie mit verschränkten Armen und einem vorwurfsvollen Blick vor ihm. Stets im gleichmäßigen Takt, klopfte sie mit ihrem rechten Fuß auf den Boden. John, der sofort hellwach war, wusste zuerst nicht, wie er sich erklären sollte. Er begann irgendetwas zu stammeln, von wegen, dass das Fenster offenstand, und er nach dem Rechten sehen wollte. Evie, die natürlich wusste, dass dieses verschlossen gewesen war, schüttelte bloß den Kopf, und drückte John ein kaltes Bier in die Hand.

„Na, klar. Sag mal, weißt du eigentlich, welche Sorgen ich mir um dich gemacht habe? Du hast dich kein einziges Mal gemeldet, seitdem du von hier weg bist. Und dann dieser Anruf von der Polizei. Was sollte das denn? Wäre das denn nicht wenigstens eine Erklärung wert gewesen? Du hast hoffentlich eine sehr gute Erklärung parat!“

John, der ganz verdutzt dreinschaute, erlebte das erste Mal, dass Evie wie verrückt auf und abging, während sie ihm mit vorwurfsvoller Stimme eine Standpauke erteilte. Mit aufgerissenen Augen nahm John einen kräftigen Schluck.

„Wieso Sorgen? Ich dachte, dir liegt nicht gerade viel an mir, und hast mir damals nur aus reinem Zeitvertreib geholfen. Immerhin hast du zugelassen, dass all meine Sachen in Rauch aufgingen."

„Du Idiot! Ich wusste doch nicht, dass mein ExFreund das machen würde. Und natürlich lag mir etwas an dir. Und jetzt erzähl schon. Was hast du die ganze Zeit getrieben?"

John atmete einmal tief durch und begann dann zu erzählen. Von seinem Grenzübertritt durch das alte Bergwerk, von Fredi und Mr. Bartensin, und natürlich auch von seinem Fortschritt bei seinem Forschungsprojekt. Dass er allerdings jetzt an einem toten Punkt angelangt sei, und nicht mehr wüsste, wie er weitermachen sollte. Und da hielt er es für das Beste, sich mal wieder hier blicken zu lassen, um zu allem Abstand zu gewinnen. Evie, die völlig überwältigt von Johns Geschichte war, vergaß völlig die Zeit, und wollte alles bis auf die letzten Details wissen.

Bis ihr Wecker läutete, der sie an ihren baldigen Schichtbeginn erinnerte. Mit den Worten, dass sie ihm in der Küche etwas zu essen gerichtet hätte, und er sich wie zuhause fühlen sollte, verließ sie schnellen Schrittes die Wohnung und zog die Türe hinter sich zu. Öffnete diese noch einmal kurz, und merkte an: „Wage es ja nicht, dich wieder ohne eine Erklärung zu verdrücken."

John hatte von der ersten Standpauke noch genug. „Ich beweg mich nicht vom Fleck. Versprochen."

Evie verschwand abermals hinter der Türe. John rief ihr zwar noch nach, und wollte wissen, wann sie wiederkäme, doch Evie war längst im Treppenhaus verschwunden. Also nahm er still das Essen in der Küche zu sich, das Evie ganz offensichtlich mit sehr viel Liebe zubereitet hatte. Da wurde ihm erst bewusst, dass es Ewigkeiten her zurücklag, dass er in Ruhe eine Mahlzeit zu sich genommen hatte. Während seiner Arbeit im Labor, gönnte er sich meist nur einen Snack zwischendurch. Ganz überwältigt von den wiederentdeckten Geschmacksnerven, genoss er jeden Bissen.

Evie schien nicht nur eine hervorragende Zeichnerin zu sein. Sie wusste auch, wie man aus den einfachen und billigen Zutaten ein regelrecht himmlisch duftendes Menü zaubern konnte. Es war ein Reisgericht mit jeder Menge Gemüse, Ananas- und Pfirsichstücken. Und Hühnchenspieße gewürzt mit Chili, Knoblauch, Sojasauce und Szechuanpfeffer. Mr. Bartensins Sterneköche würden angesichts Evies Gaumenfreudenkombination aus süß und scharf vor Neid erblassen.

Ach ja, Mr. Bartensin und die anderen, fiel es John plötzlich ein, *die machen sich sicher schon Sorgen um mich. Naja, aber die kommen auch einige Zeit ohne mich aus.* Wie man die Aufzeichnungen auswertete und die Teststrecke wieder einsatzbereit machte, konnten sie auch ohne ihn bewerkstelligen. Ihm würde doch mal ein kleiner Urlaub vergönnt sein. Melden könnte er sich trotzdem kurz, und so griff er zu seinem Handy. Oder dahin, wo er normalerweise sein Handy mit sich trug, doch fasste die Hand ins Leere.

Evie hatte zwar einen Festnetzanschluss und John kannte Mr. Bartensins Telefonnummer auch auswendig, doch um mit ihm zu telefonieren, war ihm nicht zumute. Da käme mit Sicherheit die nächste Rüge oder wieder irgendein weiser, philosophischer Ratschlag. Nein, dazu hatte er wirklich keine Lust.

Evies Bild

Also widmete sich John wieder Evies Wohnung. Als er bei seinem Rundgang das fast beendete Bild auf der Stafette erblickte, blieb sein Blick daran hängen. Evie bildete wohl eine ihrer Begebenheiten in der Bar ab. Fünf Gäste waren darauf zu sehen sowie ein Mann hinter dem Tresen, der sich mit einer merkwürdigen Gestalt zu unterhalten schien. Eigentlich hatten alle auf dem Bild eine unnatürliche Körperhaltung. Da leuchtete es John erst ein: Das sollten gar keine Menschen sein, vielleicht Außerirdische oder auch Dämonen. Konnte man so oder so betrachten. John versank im Bild, so als würde er den Moment hautnah miterleben.

Mitten in einer Bar irgendwo im Universum, umgeben von Aliens, die Frachtpiloten ähnelten. Eine schmierige, ungepflegte Gruppe von Wesen, mit der sich keiner so wirklich abgeben wollte. Kein Wunder, immerhin waren diese Leidensgenossen oft mit ihrer Fracht monatelang allein unterwegs. In jeder Situation auf sich gestellt. Gab es ein Problem mit dem Antrieb, der Navigation ... mussten sie es ohne fremde Hilfe beheben, und das kam bei den alten Frachtern doch sehr häufig vor. Die meisten, die diesem Beruf nachgingen, waren auf der Suche nach dem großen Abenteuer in das Geschäft eingestiegen.

Mussten allerdings schnell feststellen, dass sich hinter dem Steuer eines Weltraumfrachters keine großen Aufreger abspielten. Und über den Frust der Einsamkeit und den ewigen Pannen ihrer Frachter, wurden sie allmählich sehr griesgrämig. Und so kam es, dass sich jeder allein an einen der Bartische setzte, und sich den Kummer von der Seele trank. John, der sich als Expeditionsleiter in dem Bild wiederfand, war wohl auf der Suche nach einem geeigneten Piloten für sein neu erworbenes Raumschiff. Mit der düsteren Atmosphäre hatte er nicht ganz gerechnet. Die runden Tische waren allesamt von den verschiedensten Schnitzereien übersät. War wohl ein Brauch sich zu verewigen, wenn man hier etwas zu sich nahm. Rund um jeden Tisch waren immer vier Sessel aufgestellt. Hinterließen allerdings einen nicht sehr gemütlichen Eindruck. Erinnerten eher daran, aus einem Salon des wilden Westens zu stammen. Über jedem der Tische hing eine Lampe mit einem beigen Schirm. Nicht gerade der neuste Modetrend, und in den meisten Fällen auch sehr löchrig. Anscheinend konnte der eine oder andere die Hand nicht vom Abzug seiner Waffe lassen. Ja, wenn einem die Worte fehlten, würden ein paar Schüsse Richtung Decke einer jeden Meinung den nötigen Nachdruck verleihen.

Der Barkeeper lehnte sich gelangweilt auf den Tresen und hörte sich ganz offensichtlich die Geschichte eines Söldners an, der, so hatte es den

Anschein, mit vollen Körpereinsatz über seinen letzten Auftrag berichtete. Er riss seine tätowierten Arme in die Höhe. Wohl ein Fan der Kampfpiloten des ersten Weltkrieges. Trug er immerhin eine deren Jacken. *Unglaublich, dass die noch immer hergestellt werden, und das auch noch ärmellos. So jemanden könne er auch ganz gut auf seiner Expedition gebrauchen*, dachte sich John, und ließ seinen Blick langsam über den Tresen weiterwandern, der nur spärlich beleuchtet war. An der Front des Tresens waren seltsame Schriftzüge zu erkennen, die wohl auf irgendeiner alten Sprache etwas zu bedeuten hatten. John ließ sie durch seinen Computer laufen. Wer hätte sich das gedacht. Tatsächlich. Nicht nur gekritzelt, sondern mit tieferen Sinn.

„Mach kehrt mein Freund, hier gibt's kein Glück.

Ein Flaschengeist, erstickt und stirbt.

Ein Traum der fliegt, erblüht und lebt."

John musste schmunzeln und ließ seinen Blick weiter durch den Raum wandern. Einige Spielautomaten und die Tür zu den Toiletten zu seiner Linken stand an einer Angel hängend halb offen, so dass man ein paar der Toilettenkunstwerke zu erkennen vermochte. Die Wände der Bar waren von Bildern wohl berühmter Piloten verziert, die sich in diese Spelunke einmal kurz verirrt hatten und zu deren Leidwesen sich mit dem Eigentümer abbilden lassen mussten. Aus jedem der Fotographien lachte ein alter zahnloser Mann. Jedes Mal eine andere Augenklappe. Und eine Zigarre im Mund. Und dann erblickte er erst eine Gestalt in der Ecke. Es war eindeutig die Silhouette einer Frau. Erst nach genauerem Hinsehen, konnte er das Gesicht erkennen. Eine großgewachsene braunhaarige Schönheit, mit einer Zigarette in der Hand. Ein Engel in einer Absteige wie dieser, was sie wohl hierhergetrieben hatte? Mit einem verschämten Lächeln blickte sie in seine Richtung.

Ein lauter Knall riss John aus seiner Traumwelt heraus. Evie war wieder da.

„John?"

„Ja, bin noch da."

„Oh, sehr schön." Evie zog sich die Schuhe aus und freute sich über Johns Stimme, die hinter der Ecke hervorkam.

„Hast etwas vergessen, oder ist dem Schnapsladen der Fusel ausgegangen?"

„Was? Nein. Da versiegen vorher die Wasserreserven der Erde, bevor die Lagerbestände meines Chefs zur Neige gehen. Hab mich vertreten lassen."

„Klasse, also das mit dem vertreten lassen."

„Ja, meine Kollegin und ich tauschen öfters unsere Schichten. Sie ist ganz nett."

„Toll."

„Ja, ich dachte mir, wir könnten so ein paar mehr Stunden miteinander verbringen, bevor dich deine große Liebe, die Forschung, zurück in dein Rattenloch zwingt." Evie blickte mit einem hämischen Grinsen um die Ecke.

John verharrte nachwievor vor dem Bild, erwiderte ihren Gesichtsausdruck mit einen breiten Lächeln und einem Wink mit der Hand. Er merkte vorsichtig an, dass Evie ein fabelhaftes künstlerisches Talent besäße. Noch nie war er in ein Bild so sehr versunken wie in dieses. Evie, die mit einem leichten Grinsen die Augen verdrehte, merkte ein leises „Dankeschön" an, und ließ sich auf das Sofa fallen. „Gefällt es dir?"

„Ja, und wie."

„Nun, was ist denn deine Geschichte zu diesem Bild."

„Nun ja, ich hab da zweierlei. Einerseits sehe ich eine Bar irgendwo im Weltraum, und andererseits die Seele einer geknickten Person."

Mit der Bar im Weltraum hatte sie gerechnet, eigentlich sollte John an seinem Raumschiffantrieb basteln. Aber mit der Seele, das machte Evie neugierig. Gespannt, was ihr John jetzt erzählen würde, richtete sie sich wieder auf.

„Nun ja", fing John an, „für mich symbolisiert es irgendwie die Seele eines Menschen. Eines Menschen, der im Zwiespalt mit sich und der Welt steht. Die merkwürdig anmutenden Gestalten, die an den Tischen sitzen, wären dann wohl seine Dämonen. Mit Dämonen meine ich die lästigen Gedankenanhängsel der Vergangenheit. Träume und Wünsche, die nie in Erfüllung gegangen sind. Sie fristen ihr Dasein in dem Wissen, das sie nie zu Glanz und Gloria aufblühen werden. Warum weiß man nicht. Sagen wir einfach, sie wurden brutal unterdrückt. Wenn man erst einmal Angst und Zweifeln ausgeliefert ist, wird es verdammt schwer, die Flamme eines Traumes neu zu entfachen. Darum auch die erloschenen Kerzen in der Mitte der Tische. Und dann die starren Blicke. Stets auf die Tischplatten gerichtet. In denen all die Fehler und Schwächen eingeritzt sind. Uuuhh, und da sind sie Gefangener ihrer selbst. Sie sehen nur ihre Fehler. Unfähig ihre Augen auf etwas anders zu richten. Wie zum Beispiel auf die durchlöcherten Lampen. Jeder Stern, in diesem Fall, jede Lampe, hat ihre Lehren ziehen müssen. Das sind eben die Löcher in den Schirmen. Allerdings haben diese sich nicht unterkriegen lassen, sondern sind dadurch noch heller geworden. Je löchriger der Lampenschirm, desto mehr Licht, das in den Raum strahlt. Du verstehst, was ich meine. Doch wie bei der Tischplatte - die von Narben übersät ist – Schnitzereien - ist das Leben so ganz und gar nicht hässlich – weil es nicht der Norm entspricht – es ist weit mehr, es ist ein Meisterwerk. Ein Meisterwerk, das mit seiner ganzen Einzigartigkeit alle anderen überstrahlt. Der Tresen mit dem Barkeeper und dessen Gesprächspartner stellen die Jugend eines jeden Menschen da, würde ich sagen. Eine Jugend voller Abenteuer und reichlich

Alkohol. Ein unverzichtbarer Teil eines jeden Menschen, oder fast jeden Menschen. Ja und da ist noch die Schönheit hinten in der Ecke. Das kann zweierlei sein. Entweder die große Liebe des Lebens, oder eine andere wichtige Person, oder der Sinn des Lebens. Wenn sie die Liebe des Lebens darstellen soll, dann ist man genau am richtigen Ort. Ein ewiger Engel, der einem an die finstersten Orte begleitet. Beim Sinn des Lebens. Etwas komplizierter. Scheint ganz so, als würde sie/er darauf warten, dass man sie/ihm aus ihrer/seiner finsteren Ecke hervorholt, damit sie/er mit ihren/seinem Strahlen Großes in der Welt bewirken kann. Nur wird diese Schönheit, die das Leben erst so richtig lebenswert macht, oft in der Ecke vergessen, und wird zu dem, was man auf den Fotos an den Wänden sieht, ein alter hässlicher Mann, der sich den Erfolg anderer zu Nutze macht. Das sind die lästigen Anhängsel, Zecken oder so. Blutsauger eben. Und die Toilette, ist halt die Toilette.“

Johns Blick wanderte wieder zu Evie. „Und was meinst du?“

„Was soll ich meinen?“

„Na, zu meiner Erläuterung eben.“

„Interessant.“

„Interessant? Deine Augen sagen etwas anderes!“

„Ach so? Und was sagen meine Augen?“

„Mann, hat der einen Dachschaden! Oder so

ähnlich!"

Evie musste laut auflachen. „Wie du meinst. Nichts hinzuzufügen."

Wieder einmal war sie von John überrascht. Dass er über eine solche Seite verfügen würde, mit dem hatte sie beim besten Willen nicht gerechnet. Scheinbar hatten da Mr. Bartensins ewige Gleichnisse über das Leben und dessen Begleitumstände etwas abge-färbt. Begeistert von Johns Interpretation erklärte sie ihm, dass sie es ihm schenke, sobald es fertig sei. John runzelte die Stirn, und sah nochmals auf das Bild. Hatte er etwa eine leere Stelle übersehen, die noch nicht ausgemalt war? Auf die Frage, was noch nicht fertig sei, erwiderte Evie bloß, ein Bild ist dann fertig, wenn der Künstler gestorben ist. Bis dahin gibt es immer noch etwas zu verbessern. Oder um es mit Johns Worten zu sagen. Ein Bild ist wie das Leben. Wenn du der Meinung bist, mit Dreißig sei alles erledigt, und ab jetzt kann man sich in aller Ruhe zurücklehnen, der verkümmert und stirbt daran eines Tages. Derjenige, der allerdings bestrebt ist, jeden Tag ein weiteres Detail hinzuzufügen, der wird sein Leben lang wachsen und neue wunderschöne Dinge erblicken. Genauso ist es mit dem Bild.

„Ich könnte jede einzelne Stelle übermalen. Es wäre immer noch dasselbe Bild, nur wäre dann etwas ganz anderes zu erkennen. Aber wenn du es so haben willst, dann lass ich es natürlich so", schloss Evie.

John nickte freudig, und überlegte, wo er es denn hinhängen sollte. Weder in seiner Wohnung noch in seinem Labor wäre es angemessen aufgehoben, um dessen Schönheit zu würdigen. Nachdem sich John ein paarmal am Kopf gekratzt hatte, meinte er, ob er es denn nicht bei ihr lassen könne. Hier wäre es am besten aufgehoben, und er hätte einen Grund, um öfters vorbeizuschauen. Daraufhin riss Evie entsetzt die Augen und den Mund auf. John, der natürlich in diesem Augenblick bemerkte, was er da gerade gesagt hatte, ließ Evie erst gar nicht zu Worte kommen: „Abgesehen von dir natürlich.“

Evie kniff die Augen zusammen und murmelte: „Noch mal gut gerettet.“

„Also“, lenkte John schnell auf ein anders Thema um: „Was wollen wir denn jetzt machen?“

Evie, die seit langen wieder einmal einen Tag frei hatte, wollte nicht die Zeit in der Wohnung verbringen, und schlug vor, erst einmal ein wenig durch die Gegend zu schlendern. Es hatte sich so einiges in Johns Abwesenheit getan. Demnach willigte John rasch ein. Immerhin herrschte schönes Wetter, und er hatte auch irgendwie Sehnsucht nach dem alten Viertel, in dem er aufgewachsen war. Als die Beiden an der Straße von Johns alter Wohnung angelangt waren, blickten beide in eine riesige Baugrube. Ganze fünf Wohnblöcke wurden abgerissen. Evie erklärte

ihm, dass es in der Fabrik eine Explosion gegeben hatte, und durch die Wucht einige Gebäude
stark beschädigt worden waren. Das nutzte man
zum Anlass, um diese abzureißen, und den frei-
gewordenen Platz an das Werk zu verkaufen.
Scheinbar wurde dieses um einige zusätzliche
Fertigungsstraßen vergrößert. Es wurde gemun-
kelt, dass der Unfall im Werk kein Zufall gewesen
sei, wohl eher Sabotage, oder noch schlimmer ein
Anschlag. Aber das seien nur Gerüchte. Auch
Johns ehemaliger Freund musste wegziehen, aber
Evie wüsste nicht wohin. Hin und wieder sah sie
ihn aus der Bar kommen, in der sie einst gearbei-
tet hatte. Manchmal unterhielt sie sich über die
alten Zeiten, aber meistens war er so betrunken,
dass er sich kaum auf den Beinen hielt. John ließ
geknickt die Schultern hängen, und war sichtlich
erschüttert, über die Veränderungen in seiner
einstigen Heimat. Evie dachte sich schon, dass er
in etwa so reagieren würde. Darum wählte sie es
auch als erstes Ziel aus. Um ihm wieder auf
Stimmung zu bringen, nahm sie ihn an der Hand
und meinte nur: „Komm, ich zeig dir was anderes."

Also gingen die Beiden wieder in Richtung
von Evies Wohnung. Verwundert darüber, dass
Evie seine Hand nicht mehr losließ, erreichten sie
schnell den alten Bahnhof. John kannte das Gebäude nur mit einem zwei Meter hohen Absperr-
gitter umzäunt. Nun konnte er kaum seinen Au-

gen trauen. Ein komplett renoviertes Areal erstreckte sich vor ihm, umgebaut zu einer Mehrzweckhalle. Man wollte damit anscheinend bezwecken, dass die Kinder nicht mehr auf den Straßen spielten, sondern einen Ort hatten, an dem sie sich sicher austoben konnten. Erfreut über den Anblick, verweilten die Beiden eine Weile.

Zurück in Evies Wohnung entdeckte sie eine neue Nachricht von einer unbekannten Nummer. Verwundert über den seltsamen Namen, runzelte sie die Stirn und warf einen kurzen Blick auf die Nachricht.

„Mr. Bartensin?“, murmelte sie.

John wurde schlagartig hellwach. „Das ist für mich.“

Scheinbar hatte er Johns Handy im Labor gefunden und durchstöbert. Da er durch Johns Erzählungen von Evie wusste, nahm er wohl an, dass er zu ihr gefahren war.

Evie drückte John ihr Handy kopfschüttelnd in die Hand.

„Lies selbst!“

John, der eigentlich nach wie vor von Mr. Bartensins Weisheiten verschont bleiben wollte, las etwas widerwillig die Nachricht.

„Ja!“ John ballte die freie Hand zur Faust zusammen.

Jetzt wusste auch er, dass der Versuch auf der Teststrecke zumindest ein Teilerfolg war.

Vor lauter Freude wandte er sich Evie zu und gab ihr einen Kuss, um anschließend durch die Wohnung zu tänzeln. Evie wusste nur zu gut, was das jetzt zu bedeuten hatte. Er würde wieder zurück in sein Labor gehen. John, der es kaum erwarten konnte, sich selbst die Videos von den Zeitlupenkameras anzusehen, hielt inne, da Evie distanziert am Türstock zur Küche lehnte.

Er konnte auf keinen Fall einfach verschwinden.

„Magst du nicht mitkommen?"

Evie legte ein leichtes Lächeln auf. „Wohl eher nicht."

„Warum denn nicht?", warf John ein. „Ich stell dir auch Fredi und Mr. Bartensin vor. Die Beiden wür-dest du lieben."

„Ja, würde ich das?"

„Klar, sind zwar etwas eigenartig, auf ihre Art und Weise, aber sonst absolut liebenswert."

„Eigenartig also, da bist du als König der schrägen Vögel wohl in bester Gesellschaft."

„Also?"

Evie wippte mit dem Kopf hin und her. „Nein, leider. Das geht nicht. Ich muss doch morgen wieder zur Uni und zur Arbeit." Das verstand John natürlich. Evie sollte auf keinen Fall ihren Traum ein zweites Mal aufgeben, nur weil er sie gern bei sich gehabt hätte. Aber das traute er sich nicht laut auszusprechen. John wollte dennoch so bald wie möglich wieder zu ihr zurückkommen.

Evie atmete ein paar Mal tief durch und setzte ein Lächeln auf. Allerdings lächelten ihre Augen nicht mit. Scheinbar versuchte sie, alles einigermaßen locker zu nehmen. Sie umarmte John und meinte, dass sie ihn noch bis zum Bahnhof begleiten würde. Die getrübte Stimmung war den Beiden anzusehen, immerhin wechselten sie kaum ein Wort auf dem Weg. Der Abschied fiel dann doch schwieriger aus, als Beide es für möglich gehalten hatten. Als der letzte Aufruf für Johns Zug kam, drückte Evie John noch schnell einen Kuss auf die Lippen, und verschwand durch den Ausgang.

John wusste nur zu gut, was dies zu bedeuten hatte. Allerdings blieb ihm keine andere Wahl.

Die dritte Fahrt mit diesem Zug, und jedes Mal ein anderes merkwürdiges Gefühl im Magen.

Ein neues Problem

J ohn war froh, dass er das Labor spät in der
Nacht erreichte. So würde er niemanden
begegnen, der ihm gleich mit lästigen Fragen
bombardierte. Nur er und die Stille. John sah sich
die Bilder des Testversuchs in aller Ruhe an.
Auch wenn er eine Lösung für die zu hohen
Energieschübe gehabt hätte, von einer konzentrierten Arbeit war keine Rede.

Evies Kuss hang ihm immer noch nach.

So schnaufte er einmal kräftig durch und ging
zu seiner Hängematte, die er seit Beginn der Forschungsarbeiten in einem Nebenraum auf-
gespannt hatte. Fredi war auf diese Idee gekommen, nachdem John gelegentlich im Labor auf ein
paar zusammengerückten Stühlen geschlafen hatte. Er wollte nicht unnötig Zeit verplempern, indem er zwischen seiner Wohnung und der Fabrik
hin und her pendelte. Außerdem hatte er immer
wieder kurz vor dem Einschlafen ein paar gute
Einfälle, die er gleich in die Tat umsetzen konnte.
Dass Bürosessel kein Bett ersetzten, nahm er
eben in Kauf. Für die Wissenschaft war ihm anscheinend kein Opfer groß genug. Doch Fredi
sah dies anders und das ewige Gejammer über
Johns Rücken war ihm nach einiger Zeit auf die
Nerven gegangen.

Eigentlich wollte er nur ein wenig dösen und

die Gedanken kreisen lassen. Allerdings tat das Schaukeln der Hängematte ihr übriges. John schlief schnell ein.

Mr. Bartensin holte ihn nach ein paar Stunden wieder aus seinen Träumen.

„Aufgewacht!"

John riss die Augen auf, richtete sich erschrocken auf, unsicher, was los war.

Mr. Bartensin brach in Gelächter aus, als er Johns verdutzten Gesichtsausdruck sah. „Nur ruhig Blut. Alles gut. Noch bist du erst auf halben Weg in die Hölle."

John sank wieder in seine Hängematte. „Warum um alles in der Welt müssen ausgerechnet Sie mich wecken? Beelzebub wäre doch so viel ansehnlicher."

„So ist das Leben nun mal. Beelzebub kommt erst, wenn man seine Seele verkauft. Bis dahin musst du dich mit mir, den Weltenformer, begnügen." Mr. Bartensin nahm eine Heldenpose ein und streckte seinen rechten Arm gen Decke. „Außerdem vermute ich mal, dass deine Seele schon vergeben ist. Wie geht's denn der Glücklichen?"

„Das geht Sie nichts an." John wollte wohl nicht darüber reden, sprang aus der Hängematte, schlürfte durch die Türe, und wandte sich wieder den Filmaufzeichnungen zu. Selbst wenn er dieses Mal viel ausführlicher arbeitete, Stunden der Ratlosigkeit folgten. Auch wenn ihm klar war, dass er die Schubkraft für den Start drosseln müsse, um erst nach und nach die volle Leistung aufzuschalten, wusste er nicht wie. Um das zu verwirklichen, reichte Johns Horizont zurzeit nicht aus. Für simple Schaltkreise reichte Johns selbst erlerntes Wissen über Elektronik alle Male. Allerdings definitiv nicht für sensible Drosselsteuerungen, die sich selbst überwachten und in Millisekunden nachjustierten. Das benötigte einige hundert Stunden des intensiven Studiums. Einige Monate die Schulbank zu drücken, darauf hatte John so gar keine Lust.

Also mussten sie jemanden finden, der erstens sich mit der Materie auskannte, und zweitens sehr vertrauenswürdig war. Immerhin durfte niemand von dem Projekt im Tunnel erfahren. Kaum jemand entsprach Johns hohen Ansprüchen und selbst wenn waren allesamt mit ihren eigenen Projekten beschäftigt, und damit unabkömmlich. Ganz egal, wie viel ihnen Mr. Bartensin auch anbot. Das Herz eines Wissenschaftlers schlägt eben nicht für Geld.

Letzten Endes war es Fredi, der den entscheidenden Impuls gab. Oder besser gesagt sein unerwartetes Auftreten. Sie würden einfach jemanden direkt von der Universität rekrutieren. Die jungen Studenten waren doch allesamt begierig darauf, der Welt ihren Stempel aufzudrücken. Um sich nicht nur irgendeinen Studenten zu schnappen, ließ Mr. Bartensin der Universität eine beträchtliche Geldspende zukommen. Da es den Professoren strengstens untersagt war, Informationen über ihre Schüler preiszugeben, entlockte Mr. Bartensin als Gegenleistung dem Rektor die Unterlagen des Studenten, der für ihr Projekt die besten Voraussetzungen hatte. Junge Talente mit großem Potential waren eben gefragt.

Um sich diesen von niemand anderen wegschnappen zu lassen, statteten ihn John und Mr. Bartensin noch am selben Abend einen Besuch ab. Bei dessen Wohnhaus angekommen, öffnete ihnen eine junge Frau.

„Hallo die Dame", eröffnete Mr. Bartensin, „wir würden gerne mit Alex sprechen."

„Ja, bitte", erwiderte diese und lächelte höflich.

Mr. Bartensin blickte etwas fragend drein und zog die Augenbrauen hoch. „Ja, würden Sie bitte Bescheid geben, wir hätten ein Anliegen, das wir mit ihm besprechen wollen."

„Ja, bitte", erwiderte sie erneut und zog ihrerseits ebenso die Augenbrauen hoch.

Mr. Bartensin wandte sich zu John, der genau so verdutzt dreinblickte wie er, und drehte wieder zur jungen Dame. „Sie müssen ihm schon Bescheid geben."

„Ihr!"

„Wie bitte?"

„Nicht ihm, sondern ihr. Ich bin Alex."

„Oh, mein Fehler. Verzeihen Sie. Wir nahmen

an, dass Sie aufgrund Ihres Namens ein er wären.“

„Kein Problem, das passiert öfters. Bitte, wie kann ich Ihnen weiter helfen?“ Mr. Bartensin war begeistert darüber, dass es sich um eine Frau handelte. Fachzeitschriften hatten so ihre Vorteile. In einer Studie fand man heraus, dass das weibliche Geschlecht nicht nur weitaus vertrauenswürdiger war, sondern auch die besseren Ergebnisse lieferte, sobald sie sich in ein Projekt verbissen hätten.

„Nun ja, ich weiß nicht ob Sie mich kennen, aber mein geschätzter Kollege hier und ich arbeiten in der Entwicklung von hochtechnischen Gerätschaften und würden sie unheimlich gerne bei einigen unserer Projekte mit einbinden.“

Alex wusste natürlich, wer Mr. Bartensin war, und auch, dass er ein sehr wohlhabender, gut zahlender Geschäftsmann sei.

„Natürlich kenne ich Sie, es ist mir eine Ehre, Sie kennen zu lernen“, schmeichelte Alex. „Um welche Projekte würde es sich denn handeln?“

„Och, um die eine und andere Steuerung.“ Mr. Bartensin wollte von diesem Thema schnell ablenken und streckte ihr einen Umschlag entgegen. „Wir wissen natürlich um Ihren ausgezeichneten schulischen Werdegang. Dies ist ein erstes Angebot für Ihre Dienste.“

Alex verschlug es die Sprache, als sie den unverbindlichen Gehaltsvorschlag aus den Umschlag zog. „Ähm, ich weiß nicht, was ich darauf antworten soll.“

Mr. Bartensin lächelte höflich. „Ach, vorerst müssen Sie nichts antworten. Wenn Sie Interesse an einer Zusammenarbeit haben, dann besprechen wir sämtliche Details bei einem weiteren Treffen.“

„Ja, natürlich habe ich Interesse. Wann und wo?“

„Wie wäre es in einer Woche?“

„Ja, ok.“

„Sehr schön, mein Büro meldet sich dann morgen noch mal bei Ihnen, um sich den Termin bestätigen zu lassen.“

Alex nickte.

„Nun gut, die Dame, noch einen schönen Tag.“

„Dankeschön, gleichfalls“. Alex lächelte noch genügsam und ließ langsam die Eingangstüre ins Schloss fallen. John, der die ganze Zeit teilnahmslos daneben stand, fragte sich insgeheim, ob sie überhaupt den geringsten Schimmer hatte, worauf sie sich da gerade eingelassen hatte. *Das wird sich jedoch beim nächsten Treffen erst zeigen.*

Als die drei sich eine Woche später erneut trafen, war Alex nicht mehr ganz so euphorisch. Sie hatte genau recherchiert, wer Mr. Bartensin und sein schweigsamer Begleiter waren. Auch wenn der Lohn sehr verlockend war, der ihr bevorstehen würde, wäre ihr eigentlich ein Job in einer

Forschungseinrichtung lieber gewesen. Mr. Bartensin war offiziell Spielsachenproduzent und damit ging Alex davon aus, dass sie sich mehr oder weniger mit der Steuerung derer beschäftigen würde. Allerdings war dies immer noch besser als gar kein Angebot. Zum Einstieg in das Berufsleben war es allemal akzeptabel.

Natürlich fand das Gespräch mit Mr. Bartensin und John in Mr. Bartensins Anwesen statt. Man wollte doch Eindruck schinden, und etwas auf das Gemüt der jungen Wissenschaftlerin Einfluss nehmen. Die Aussichten auf Luxus zeigten normalerweise ihre Wirkung. Das Gespräch sollte wohl vorwiegend dazu dienen, um Alex vorsichtig auf ihre bevorstehende Arbeit vorzubereiten. Gleich mit der Tür ins Haus zu fallen, wäre keine gute Idee gewesen.

Zuerst war ihre Eigenschaft in Punkto Vertrauenswürdigkeit zu überprüfen. Nach den üblichen Begrüßungsfloskeln fing John damit an, dass sie ein paar Fragen erwarten würde, die bloß dazu dienten, um sich ein Bild von ihrem Charakter zu machen. Es würde sich um rein fiktive Fragen handeln, die keinerlei Bezug auf die Realität hätten. Dies war ein guter Schachzug von John. So konnte er Alex genau die Antworten herauslocken, die er brauchte, und musste nicht befürchten, dass diese auf direkten Weg zu den Behörden lief, um diesen von Johns und Mr. Bartensins illegaler Forschungseinrichtung zu erzählen.

Die Verwunderung über Johns Fragen war ihr buchstäblich ins Gesicht geschrieben. Sie hätte nie erwartet, dass sie zu ihrer Einstellung zu illegalen Einwanderern und zu Forschungseinrichtungen, die sie maximal aus Science-Fiction-Filmen kannte, befragt werden würde. Alex konnte sich keinen Reim auf diese merkwürdigen Fragen machen. Sie tat es als Psychospielchen ab. Dabei kam es nicht auf die Antworten an, sondern auf Gestik und Mimik. Die würden mehr über einen Menschen verraten, als man ahnte.

John schlug nach einer Stunde zufrieden den Fragenkatalog zu. „Keine weiteren Fragen.“

Alex war sichtlich erleichtert über das Ende des Verhörs. „Ist das jetzt gut oder schlecht?“

„Definitiv gut, Test bestanden“, merkte John an.

„Sehr gut.“ Mr. Bartensin klatschte kurz in die Hände. „Dann steht der Zusammenarbeit unsererseits nichts mehr im Wege.“ Zufrieden streckte er Alex den vorgefertigten Arbeitsvertag entgegen. Alex nahm den Vertag zu sich, meinte jedoch, dass sie sich diesen erst einmal im Ruhe ansehen müsse, bevor sie unterzeichne. Immerhin würde es sich bloß um Spielsachen handeln. Wozu der ganze Aufwand und die vielen Fragen? Mr. Bartensin erklärte ihr mit einem leichten Lächeln, „Oh, es ist weit mehr als bloß Spielsachen. Es geht neben anderen Dingen auch um das Arbeitsklima. Mit den Fragen konnten wir uns ein erstes Bild machen, ob Sie sich auch gut in die Firma integrieren würden."

„Ja, natürlich, Ihr außergewöhnlicher Führungsstil ist in aller Munde."

„Ich hoffe, dass man nur Gutes über meine Führungsphilosophie berichtet."

„Oh ja, insbesondere, dass der persönliche Umgang mit der Arbeit und den Kollegen an oberster Stelle stehen würde."

„Das freut mich. Ich bin mir auch ganz sicher, dass Sie sich gut in das vorherrschende Arbeitsklima einfinden werden."

Nachdem die Sinnhaftigkeit hinter Johns Fragen geklärt war, ging es noch um die üblichen Sachen. Lohn, Arbeitszeiten, Urlaub, und so weiter. Aber das würde ohnehin alles im Vertrag stehen, und damit verlief auch das zweite Treffen zur Zufriedenheit aller Beteiligten. Mr. Bartensin, der Alex noch zur Türe begleitete, fragte sie letztendlich, bis wann sie denn damit rechne, den Vertrag durchgesehen zu haben. Man könne doch gleich die Übergabe mit der Besichtigung der Fabrik verbinden.

Alex zog ein nachdenkliches Gesicht. „Nun ja, in den nächsten zwei Tagen stehen wichtige Vorlesungen an der Universität auf dem Plan, die darf ich keinesfalls versäumen. Aber danach hätte ich ausreichend Zeit und würde zur voller Verfügung stehen."

„Gut", merkte Mr. Bartensin an, „dann bis in drei Tagen. Sagen wir, acht Uhr wieder hier?"

Alex nickte zufrieden, bedankte sich noch für die Gastfreundschaft und verließ schnellen Schrittes das Anwesen. Vermutlich wollte sie schnell weg, bevor John weitere komische Fragen einfielen. Davon hatte sie sie für die nächste Zeit erst einmal genug.

John und Mr. Bartensin diskutierten noch eine Weile über Alex sowie ihre Antworten. Mr. Bartensin hatte keinen Zweifel mehr daran, mit Alex einen echten Goldschatz in die Finger bekommen zu haben. John reagierte weniger euphorisch. Sie schien auf jeden Fall sehr klug zu sein, und eine sehr löbliche Einstellung zu Umwelt und Menschlichkeit innezuhaben. Die Unsicherheit zu den Fragen über Politik und Wirtschaft kannte man ihr an. Sie wollte wohl vermeiden, dass sie bei den falschen ihre Kritik über die derzeitige politische Lage äußerte. Bestimmt war sie bei ihren Recherchen auf Mr. Bartensins liberale Einstellung gestoßen. Nur John gegenüber hatte sie eine sehr misstrauische Einstellung aufrechterhalten. Sie merkte wohl, dass John nicht mit offenen Karten spielte.

Eine Überraschung

Als Alex, wie vereinbart, drei Tage später wieder an Mr. Bartensins Haus ankam, erwartete man sie schon sehnsüchtig. Mit den Worten „Bereit für ein neues Kapitel in Ihrem Leben?" öffnete Mr. Bartensin Alex die Autotüren seiner Limousine. Alex, die zuvor noch nie in einem so luxuriösen Gefährt saß, war sichtlich beeindruckt und machte es sich mit einem zufriedenen Lächeln bequem.

Nach einer guten Stunde auf der holprigen Land-straße gelangten Alex und Mr. Bartensin am Werk an. Natürlich wollte Mr. Bartensin Alex' Gesichtsausdruck sehen, wenn er mit ihr Johns Forschungseinrichtung betrat, und so ließ er sie nachwievor im Dunkeln tappen, und führte sie erst einmal in der Fabrik herum. Sehr beindruckt war Alex allerdings nicht. Auch wenn alles den neuersten Standards entsprach, und jedem anderen Studenten wahrscheinlich die Augen vor Freude leuchten würden, machte sie einen eher gelangweilten Gesichtsausdruck. Es schien ganz so, als würden sie Fließbänder und Mannschaftsräume nicht gerade in Hochstimmung versetzen.

„Das Beste kommt zum Schluss", meinte dann Mr. Bartensin und betrat mit Alex endlich den Aufzug. Alex merkte zynisch an, das Beste versteckten sie wohl im Keller. Mr. Bartensin, der die Situation sichtlich genoss, drückte auf den Etagenknopf.

„Keller kann man nicht dazu sagen."

Alex war geradezu erschrocken, als der Fahrstuhl sich zur Seite bewegte. Sie musste sogar einen kleinen Schritt nach hinten machen, um ihre Balance zu wahren. Nach einer doch ungewöhnlich langen Fahrt hielt der Aufzug endlich an, und öffnete die Türe. Als Alex mit wild schlagenden Herzen heraustrat, stand sie mitten in Johns geheimer Forschungseinrichtung. John wusste natürlich, dass sie heute aufkreuzen würde, und empfing die Beiden mit einem breiten Grinsen.

In dem Wissen, dass Alex momentan nicht ansprechbar sein würde, ließen sie John und Mr. Bartensin erst einmal in Ruhe ihre Runden drehen. Erst nach einer geschätzten halben Stunde wandte diese sich wieder den Beiden zu, kniff die Augen ein wenig zusammen, und meinte: „Ich wusste doch, dass da etwas faul war mit den Fragen. Wenn das hier an die Öffentlichkeit gelangt, dann sperrt man sie Beide für den Rest ihres Lebens in eine dunkle feuchte Gefängniszelle. An was arbeiten Sie denn hier in Wirklichkeit, und, wie um alles in der Welt haben Sie es geschafft, diese Einrichtung zu bauen, ohne dass jemand etwas davon mitbekommen hat?"

„Nun ja, jetzt wissen Sie auch den Grund für unsere doch sehr ausgefallen Fragen. Wir arbeiten tatsächlich an einem alternativen Raumschiffantrieb. Allerdings sind wir damit in eine dezente Sackgasse gelangt. Deshalb benötigen wir auch Ihre Hilfe. Ach ja, und die Eirichtung gab es im Grunde schon. War einmal ein altes Bergwerk. Das niemanden gehört, und zu dem wir bloß einen neuen Zugang gelegt haben."

„Moment mal, niemanden gehört?" Da stand Fredi in der Tür und machte einen kräftigen Bissen von einen Apfel.

„Ja, gut. Sein Bergwerk." John verdrehte die Augen.

Alex, die einigermaßen begriffen hatte, worauf sie sich mit den Beiden einzulassen schien, griff nach dem Kugelschreiber, der aus Mr. Bartensins Sakkotasche herausragte, und unterzeichnete ohne ein weiteres Wort den Vertrag, den sie die ganze Zeit mit sich herumtrug. Zufrieden schlug Mr. Bartensin die Hände zusammen, nahm Alex den Vertrag sowie seinen Kugelschreiber wieder ab, und meinte: „Dann lasse ich euch mal allein, damit ihr alles weiter in Ruhe besprechen könnt. Ich bin einstweilen in meinem Büro. Gefinkelte Rechnungen begleichen."

Als sich die Fahrstuhltür hinter Mr. Bartensin schloss, bat John Alex zu seinem Schreibtisch und begann, ihr seine Arbeit im Detail zu erklären. Oder zumindest den Teil, der für ihren Aufgabenbereich wichtig war. Nachdem die Beiden Johns Unterlagen zum Aufbau der dritten Testrakete, die gerade einmal aus dem Mantel und den

Brennstoffzellen bestand, genau durchgegangen waren, schlug John vor, dass sie erst einmal eine kleine Pause einlegen sollten. Alex, die sichtlich begeistert von dem Projekt war, kannte man eine gewisse Erschöpfung an. Sie stützte ihren Kopf mittlerweile ständig auf den linken Arm, und reagierte kaum noch auf Johns ausführliche Erläuterungen.

Erleichtert über Johns Vorschlag nahm sie dankend an und folgte ihm in die Cafeteria. Alex, die sich langsam ein Bild von der ganzen Sache machen konnte, trank in Ruhe einen Kaffee und probierte die Snacks. Schmeckte wohl nicht ganz so gut wie es aussah. Sie verzog verkrampft das Gesicht und suchte verzweifelt eine Serviette, um sich von dem Bissen schnellstmöglich zu entledigen. John reichte ihr lachend die Küchenrolle und meinte: „Dies ist eine Spezialität der hiesigen Bevölkerung. Keine Ahnung, was sie da alles zusammenmischen, aber es hat bis jetzt noch keinen umgebracht.“

Alex, die zum ersten Mal seit Stunden einen Blick auf die Uhr warf, riss erschrocken die Augen auf. „Was? So spät schon!“

Mit einer so langen Führung hatte sie nicht gerechnet. Sie hatte sich eigentlich vorgenommen, dass sie den restlichen Tag an ihrer Abschlussarbeit schreiben würde, die sie nächste Woche abgeben musste.

John lachte abermals, nahm ihr das Brötchen

aus der Hand, und meinte: „Ja, das geht mir auch immer so. Wenn man etwas mit Begeisterung macht, vergisst man komplett die Zeit. Ich bringe Sie zum Wagen.“

John, höflich wie er war, öffnete ihr die Autotür und wies den Chauffeur an, sie bis nach Hause zu fahren.

„Mr. Bartensin meldet sich dann bei Ihnen, um mit Ihnen den Zeitpunkt abzusprechen, ab wann Sie mich bei meiner Arbeit unterstützen.“

Alex nickte und zog mit einem „Ja, Dankeschön. Bis bald.“ die Autotür zu. John blickte noch eine Weile der Limousine hinterher, bis er sich zu Mr. Bartensins Büro aufmachte. Der war natürlich äußerst neugierig darauf, wie sich seine neue Angestellte denn so machen würde.

John lehnte sich gegen den Schreibtisch und blickte mit verschränkten Armen auf Mr. Bartensins Papierkrieg. John wunderte sich jedes Mal über den endlosen Berg an Zetteln auf Mr. Bartensins Schreibtisch. Das war wohl seine Art der Aktenablage. Ein buntes Wirrwarr aus allen möglichen Plänen, und Rechnungen und Personalakten. John hatte es längst aufgegeben, Mr. Bartensin von der Errungenschaft eines Computers zu überzeugen. Hält *er in all seinen anderen Lebensbereichen eine strickte Ordnung für unerlässlich, scheint er sich in der Unordnung seines Arbeitsplatzes sehr wohl zu fühlen. Nun ja, jeder hat irgendwo seine Macken, die einen jeden Menschen zu einem Unikat machen.*

Mr. Bartensin meinte immer, dass sein Schreibtisch ihn daran erinnerte, aus welchen Zustand er sein Lebenswerk aufgebaut hatte. In dem Keller, in dem er seine ersten Geräte zusammengezimmert hatte, musste er sich auch zwischen all den Werkzeugen und Gerümpel zurechtfinden. Er meinte stets: „Das hier ist mein Leben. Für einen Außenstehenden, der nur einen kurzen Blick darauf wirf, das reinste Chaos. Mit der Zeit aber erkenne man darin ein Meisterwerk." Diese Aussage, erinnerte John an Evie und ihr Bild. Genauso hatte John doch die Tische beschrieben, die auf der Interpretation der Seele des Bildes zu sehen waren.

John klopfte einmal auf den Tisch, und wandte sich Richtung Tür.

„Ich geh dann wieder zu meinen Lebenswerk. Das man übrigens schon mal ein Rattenloch nannte. Viel Spaß mit Ihrem Lebenswerk, oder besser gesagt, Chaos im Wahnsinn."

Mr. Bartensin schüttelte den Kopf und zeigte Richtung Ausgangstür. „Nichts in die Luft jagen beim Rausgehen."

Kaum dass Alex ihren Abschluss in der Tasche hatte, startete ihre Arbeit bei Mr. Bartensin. Von nun an konnte sie John, der nachwievor mit der Bewältigung des Antriebsproblems feststeckte, aus der Patsche helfen. John schlug zunächst Alex vor, sich ihren Arbeitsplatz einzurichten, und alles gründlich vorzubereiten. Wenn sie ihm eine Liste mit Werkzeugen und Materialien zusammenstellte, die sie bräuchte, würde er oder Fredi sich darum kümmern. Ach ja, Fredi. Alex war wohl nicht so begeistert davon, dass ein Zwölfjähriger in dem Labor herumlief. Immer wenn dieser etwas in die Hände nahm, um es genauer unter die Lupe zu nehmen, schrie sie sofort auf.

„Finger weg, das ist kein Spielzeug.“

Genervt davon, dass ihn Alex stets wie ein kleines Kind behandelte, und ihn sofort zum Kaffeeholen schickte, hielt er sich mit der Zeit nur im Labor auf, wenn auch John zugegen war. Dieser merkte natürlich die Reiberei zwischen den Beiden, und wollte, dass sich Alex ein wenig mit Fredi anfreundete. Nur missmutig stimmte diese zu.

„Wenn etwas schiefläuft, dann bist du selbst dran schuld. Immerhin bin ich kein Babysitter, und Ablenkungen sind nur kontraproduktiv.“

Alex war ein Einzelkind und es nicht gewöhnt, mit anderen zusammenzuarbeiten. Selbst an der Universität war sie grundsätzlich Gruppenprojekten aus dem Weg gegangen. Sie meinte immer, dass sie allein besser arbeiten könne und auch die besseren Ergebnisse erzielen würde. Und so ließ man ihr ihren Willen. Immerhin war sie eine der besten Studenten, die die Universität je besucht hatten.

Es vergingen die Wochen und Monate, bis endlich die dritte Testrakete fertig gestellt war. Diesmal war es Alex, die fest davon überzeugt war, dass alles ganz nach Plan laufen würde. John, Mr. Bartensin und Fredi nahmen diesen Test mittlerweile weniger als Durchbruch in Augenschein, sondern eher als weiteren Versuch. Alex bestand darauf, dass sie dieses Mal den Auslöseknopf drückte. John hatte keine Einwände. Mit gespanntem Blick auf die Monitore sah die Gruppe der Rakete zu, wie die Triebwerke zündeten. Es schien so, als ob dieses Mal alles nach Plan verlief. Allerdings nur bis zur fünften Sekunde. Nach ungefähr hundert Metern der Teststrecke, als die Drosseln langsam mehr Energie freigeben sollten, krachte es abermals. Alex' Welt schien zusammenzubrechen. Ihr kamen die Tränen und sie musste erst einmal von Fredi getröstet werden. Die Beiden hatten sich mit der Zeit dann doch zusammengerauft. Auch wenn des Öfteren das Werkzeug durch die Gegend flog und einmal John beinahe im Gesicht getroffen hätte. Auf die Frage, ob sie denn verrückt seien, bekam er bloß ein: „Bei deinem Gesicht, wäre eine Schramme ohnehin eine Verschönerung."

Nachdem die Messwerte ausgewertet waren, war klar zu erkennen, dass Alex' so angepriesene makellose Arbeit ihrerseits doch nicht perfekt war. Scheinbar spielte die Drosselsteuerung, für die sie verantwortlich war, etwas verrückt. Alex konnte es einfach nicht fassen, dass ihr irgendwo einen Fehler unterlaufen war. Sie war es offensichtlich nicht gewöhnt, dass ihre Pläne nicht nach ihren Vorstellungen verliefen. Von ihren bisherigen Erfolgen an der Universität und auch im privaten Leben, in dem sie an einigen sportlichen Veranstaltungen teilnahm, verwöhnt, mussten sich die drei erst einmal um ihre geknickte Seele kümmern, bevor sie wieder an ihre Arbeit gehen konnten.

Ihr klar zu machen, dass jeder Fehler keinesfalls als ein Scheitern zu interpretieren war, brauchte doch etwas länger. Drei Stunden länger, um genau zu sein, und eine ausführliche Geschichte über Mr. Bartensins Unternehmertum.

MR. BARTENSINS FABRIK

Mr. Bartensin erzählte von seinen Anfängen als Firmengründer. Kaum jemand hatte damals an ihn und seinen Erfolg glauben wollen. Seine Familienangehörigen taten es als Utopie ab, und die Banken und Finanzinstitute wollten ihm den nötigen Kredit nicht bewilligen, den er so dringend für die Errichtung seiner ersten Fabrik brauchte. Dabei handelte es sich nicht um das Werk, das er jetzt in der Stadt betrieb, sondern lediglich um eine alte Lagerhalle, die er fürs erste mit Maschinen ausstattete, die aus Insolvenzen billig veräußert wurden. Eigentlich eine Geldsumme, die er heute an einem Tag einnahm. Seine ärmlichen Verhältnisse sollten aber nicht der ausschlaggebende Grund sein, warum man ihn keinen Kredit zusprach. Er fand erst ein paar Jahre später heraus, dass die Oberschicht bewusst alle neuen aufstrebenden Geschäftsleute sabotierte, die aus dem Getto kamen. Scheinbar hatten viele Angst, dass wenn sich zu viele aus der Randgesellschaft bis ganz nach oben arbeiten würden, diese eine politische Wende einleiten könnte. Immerhin war jedem bewusst, dass das vorherrschende System nur weiter funktionieren würde, wenn es genügend Menschen gab, die man als billige Arbeitskräfte ausbeuten konnte. Von Lohn- und Steuergerechtigkeit war da keine

Rede.

Auch das Bildungssystem war so aufgebaut, dass sich nur die oberen Schichten eine Ausbildung leisteten, die man auch als Bildung ansehen konnte. Das, was man Kindern in den Schulen der ärmeren Bevölkerungsgruppen beibrachte, war weit entfernt von dem, was man als Bildungsstandard bezeichnete. Ob es der Regierung egal war, oder ob sie dies sogar mit voller Absicht so hielten, über das konnte man nur spekulieren. Vor jeder Wahl wurden Verbesserungen versprochen, die im Nachhinein allesamt in irgendwelchen Schubladen verschwanden.

Aber Mr. Bartensin ließ sich nicht davon abhalten, sein Geschäft zu gründen. Nur woher das benötigte Startkapital hernehmen? Ihm blieben damals nicht viele Möglichkeiten. Eigentlich nur eine. Und das waren diverse fragwürdige Geldhaie. Alles natürlich höchst inoffiziell und mit horrenden Zinsen. Anfangs lief alles wie erhofft, die ersten Erfolge stellten sich ein. Allerdings war auch er damals ein blutiger Anfänger, und so hatte er es versäumt, sich über die Steuerabgaben genauestens zu informieren. Und als nach der ersten Steuerüberprüfung, die einige gravierende Missstände aufzeigte, eine saftige Geldstrafe ins Haus flatterte, machten auch noch einige der Maschinen Probleme. So kam es, wie es kommen musste, Mr. Bartensin rutschte in erheblichen Verzug mit den Raten. Seinen Geldgebern war dies natürlich egal, und sie brachten keinerlei Verständnis für seine Misere auf.

Mit der Androhung, dass wenn er nicht termingerecht zahlen würde, er den Fischen im nahe gelegen See einen Besuch abstatten würde, musste Mr. Bartensin einen weiteren Kredit aufnehmen, um den ersten zu finanzieren. Zum Glück stieg dieses Mal eine Bank ein. Hatte er immerhin jetzt einige Sicherheiten. Die wurden zwar allesamt von den Kredithaien finanziert, aber offiziell waren es seine. Damals verbrachte Mr. Bartensin Tag und Nacht in seiner Fabrik. Er schlief meistens nur vier oder fünf Stunden am Tag und das in seinem kleinen Büro auf einer von Ratten zerfressenen Couch. Diese steht sogar in seinem Büro in der jetzigen Fabrik. Als ein Andenken an seine Anfänge, die ihm immer daran erinnern, dass so groß die Probleme auch sein mögen, es immer einen Ausweg gibt. Man müsse stets die richtigen Fragen an die richtigen Menschen stellen.

Kaum jemand hatte damals die entsprechende Ausbildung, die man brauchte, um mit den Maschinen umzugehen. Daher war er dazu gezwungen, alle selbst auszubilden. Um die richtigen Arbeiter an die richtigen Maschinen zu stellen, bedurfte es sehr viel Fingerspitzengefühl und vor allem Menschenkenntnis. Er musste auf jeden Fall seine Produktion so schnell wie möglich ins Laufen bringen, damit er das geliehene Geld zurückzuzahlte. Und da wären langwierige Anlernphasen so ganz und gar nicht hilfreich gewesen. Mr. Bartensins unermüdliches Schuften hatte sich allmählich ausgezahlt, und schon nach zwei Jahren, hatte er all seine Schulden getilgt. Von nun an konnte ihm nichts mehr aufhalten. Dachte er zumindest. Der ewige Stress, Schlafmangel und die ungesunde Ernährung zollten seinen Tribut. Ihm fiel es immer schwieriger, sich zu konzentrieren und er rastete bei jeder Kleinigkeit aus. Als dann auch noch die ersten Arbeiter, die er selbst ausgebildet hatte, seinen ewigen Unmut nicht mehr aushielten und kündigten, musste sich Mr. Bartensin, ob er wollte oder nicht, eine Auszeit nehmen. Er stellte zwei Angestellte ein, die seine Büroarbeit machten, und zwei Techniker, die die Maschinen am Laufen hielten. Eine Maßnahme, die allemal sein Budget verkraftete. Die Techniker waren ihr Geld wert, was man von einen der beiden Bürokräfte nicht sagen konnte. Dieser machte es sich zur Gewohnheit, die Ein- und Ausgaben etwas zu frisieren. Nicht um Fehler in seiner Kalkulation zu überdecken, sondern um laufend das erwirtschaftete Kapital in seine Taschen wandern zu lassen. Scheinbar war dieser in extremer Geldnot. Dies fiel aber erst auf, als Mr. Bartensin eine neue Maschi-ne anschaffen wollte, und überprüfte, in welchen Zeitraum sie sich refinanzieren ließe. Als ihm die Zahlen allerdings eigenartig vorkamen, überprüfte er die Geschäftsbücher auf Herz und Nieren und musste entsetzt feststellen, dass er ein riesiges Defizit hatte. Erzürnt darüber, dass man ihm so hinters Licht geführt hatte, nahm er voller Wut den Schreibtischsessel und warf ihn durch das Bürofenster. Zum Glück war es Sonntag, und es befand sich niemand auf der Straße vor dem Gebäude.

Am nächsten Tag entließ er den Mitarbeiter fristlos, und wechselte auch unverzüglich seine Bank. Immerhin hatte diese es versäumt, ihm darüber in Kenntnis zu setzen, dass er jeden Monat gewaltige Verluste machte, und sein Konto seit langen tief in den Roten Zahlen lag. Doch auch aus dieser Krise konnte sich Mr. Bartensin wieder herauswirtschaften. Mittlerweile war er so erfolgreich, dass er sich alles leisten konnte, was er sich nur wünschte, und das ohne auch nur mit der Wimper zu zucken. Er war für viele ein Vorbild.

Alex, die von Mr. Bartensins Geschichte sichtlich beeindruckt war, hatte den Frust über ihren Fehler einigermaßen verkraftet, und war bereit, sich sofort wieder an ihr Werk zu machen. Doch John und Mr. Bartensin lehnten diese Idee ab. Sie sollte erst einmal die Wunden lecken und alles ein wenig sacken lassen. Evie pflegte immer zu sagen, in der Ruhe liegt die Kraft. Bei ihr schien es auch so zu sein. Sie behielt stets den Überblick bei ihrer Arbeit, auch wenn die Bar noch so voll gewesen war, und alle gleichzeitig bestellten. Dies nahm auch John hin und wieder zum Anreiz, um eine Pause einzulegen, wenn er an einer Stelle nicht weiterwusste. Die kleinen Pausen wirkten wie ein Wunder auf ihn, und er konnte danach um einiges konzentrierter weiterarbeiten.

Sichtlich besser gelaunt und entspannter begannen John und Alex eine Woche später mit Testrakete Nummer Vier. John konnte mittlerweile auch die genaue Ursache des letzten Fehlversuches ausmachen. Scheinbar liefen die Energiedrosseln nicht alle synchron, und so erzeugten diese ein Ungleichgewicht im Triebwerk, das wiederum eine Kettenreaktion auslöste und den Antrieb auseinander riss. Allerdings mussten sie sehr schnell feststellen, dass es unmöglich war, die Drosseln so genau aufeinander abzustimmen, dass alle dieselbe Energiemenge freisetzten.

Fredi musste wieder her! Der scheinbar jedes Mal, wenn ein Problem aussichtslos war, den entsprechenden Lösungsansatz schuf, auch wenn er diesen nur durch eine seiner blöden Bemerkungen in die Wege geleitet hatte. Nur wo steckte der Kleine bloß? Normalerweise würde er zu dieser Zeit im Labor herumhängen. Da John ohnehin nicht weiterwusste, machten sich er und Alex auf die Suche nach dem Jungen. Richtung Fabrik konnte er nicht verschwunden sein, denn das wäre aufgefallen, der Aufzug wartete immer noch am Eingang zum Labor. Demnach gab es nur eine ersichtliche Möglichkeit: Wahrscheinlich hatte er Sehnsucht nach seiner alten Heimat bekommen, und war durch den Lüftungsschacht dorthin verschwunden.

„Wohin konnte er denn sonst gegangen sein?“, grübelte John.

Doch zurück im Labor saß Fredi genüsslich am Tisch und stopfte einen Burger in sich hinein. Mit vorwurfsvollem Blick starrten die Beiden Fredi an. Dieser zuckte bloß mit den Schultern.

„So zu gaffen ist unhöflich. Was ist denn los mit euch? Noch nie jemanden essen gesehen?“

Da machte sich wohl genau der Richtige Gedanken über Knigges Benimmregeln.

„Ich hab auch für euch ein paar der Burger mitgenommen.“ John, der daraufhin wieder ein freundliches Gesicht aufzog, steckte sich ebenfalls einen Burger in den Mund.

Alex hingegen stand nach wie vor angewurzelt da, und rastete fast vor Entsetzten aus. „Habt ihr denn nicht alle Tassen im Schrank? Das ist ein Labor und keine Kantine. Hier drinnen hat Essbares nichts zu suchen!“

John und Fredi lachten über Alex‘ Äußerung.

„Wenn du wüsstest, wie gut die schmecken, dann wäre dir das auch egal. Außerdem, so schlimm ist das nicht.“

Fredi warf ihr einen der verpackten Burger zu. „Probier doch einen!“

Diese weigerte sich allerdings, und schob den ihrer Meinung nach ungesundem Fraß wieder beiseite. John, der eigentlich auch sehr genau darauf achtete, was er zu sich nahm, riet Alex auf jeden Fall einen Burger zu probieren. Immerhin kam es auf die Menge und die Häufigkeit an, mit der man sich damit ernährte. Ein Burger würde so ganz und gar nichts ausmachen. Da musste ihm Alex recht geben, und biss, wenn auch etwas zögerlich, vom Burger ab. Scheinbar schienen sie ihr doch so sehr zu schmecken, dass sie keinerlei Skrupel mehr zeigte, und noch einen zweiten und dritten verschlang.

„Jetzt ist aber genug“, meinte sie, „man müsse ja nicht alle auf einmal durch den Schlund würgen.“

Das war wohl der ausschlaggebende Satz, den Alex brauchte, um auf die Lösung des Problems der Ungleichheit der Energiedrosseln zu kommen.

„Natürlich!“, schrie sie. „Wir lassen einfach zu Beginn nur ein paar der Triebwerkpartien zünden.“ John und Fredi, die immer noch in sich hinein schaufelten, zuckten bloß mit den Schultern. Bis zum Anschlag voll mit Burgern machte es keinen Sinn, mit der Arbeit zu beginnen. Außerdem war es schon sehr spät. Also beschlossen die drei für heute die Arbeit ruhen zu lassen, und erst morgen mit voller Kraft neu durchzustarten.

Immerhin wüssten sie jetzt, womit sie weitermachen müssten.

Ein Unerwarteter Besuch

Am nächsten Tag starteten Alex und John, voller Tatendrang und Enthusiasmus, erneut ihr Werk. Den stetigen Fortschritt im Auge war John voller Zuversicht, dass sie diesmal schon nach einen Monat, anstatt der üblichen zwei bis drei Monate, den nächsten Testlauf initiieren könnten. Mr. Bartensin war natürlich sehr glücklich über diese Nachricht. Immerhin kosteten ihm Johns Basteleien, wie er seine Arbeit gelegentlich nannte, jeden Monat ein kleines Vermögen, das er bis jetzt geschickt in den Geschäftsbüchern verbergen konnte. Selbst bei der letzten Steuerprüfung war den Beamten nichts aufgefallen. Es schien ganz so, als würde es Mr. Bartensin regelrecht genießen, die Behörden über seine Machenschaften hinters Licht zu führen.

Bis sich allerdings eine außerplanmäßige Kontrolle seitens der Stadtverwaltung ankündigte, die Mr. Bartensin sehr merkwürdig fand. Immerhin war sein Unternehmen so groß, dass es eigentlich in die Zuständigkeit der nächst höheren Instanz fiel. Er witterte, dass da so einige Unannehmlichkeiten auf ihn warten würden, und dass man so lange nach einem Fehler suchte, bis die Beamten auch einen gefunden hätten. Alex, John und Mr. Bartensin spekulierten einige Zeit, was wohl der

Auslöser für die Untersuchung wäre.

Niemand außer den Dreien, und Fredi natürlich, wusste über den sogenannten Keller Bescheid. Die Belegschaft, die im Werk vor Ort arbeitete, dachte, dass der Fahrstuhl lediglich ein Stockwerk tiefer fuhr. Mr. Bartensin, schlau wie er war, hatte damals die Bohrarbeiten nicht von einer der ansässigen Firmen in Auftrag gegeben, sondern sich Experten aus einem ganz anderen Teil des Landes geholt. Allerdings konnte jemand mit ein bisschen Hausverstand erahnen, dass John und Mr. Bartensin etwas Illegales im Keller trieben.

Da sich Mr. Bartensin immer wieder mit der Stadtregierung anlegte, da er so ganz und gar nicht mit deren Sozialprogrammen einverstanden war, suchte diese einen Grund, ihn aus dem Weg zu räumen, und seine Fabriken zu schließen. Vermutlich bot man den Arbeitern immer wieder kleine Bonis bei den Steuerabgaben an, wenn diese Details über Mr. Bartensins Geschäfte preisgaben. Allerdings hielten bis jetzt alle artig den Mund. Bis jetzt. Jeder Mensch hat wohl seinen Preis.

Mr. Bartensin musste auf jeden Fall John und Alex über die bevorstehenden Unannehmlichkeiten informieren und begab sich zu ihnen ins Labor.

„Na ihr Beiden, wie geht die Arbeit voran?“

„Ganz gut, würde ich sagen“, erwiderte John.

„Was verschafft uns die Ehre?"

„Nun ja, scheinbar bekommen wir bald Besuch seitens der Behörden. Man will die Fabrik auf Herz und Nieren überprüfen."

Alex riss die Augen auf „Oh mein Gott, was machen wir denn jetzt? Die finden sicher das Labor."

„Das halte ich für ausgeschlossen." Mr. Bartensin sah Alex an, dass sie kurz vor einen Nervenzusammenbruch stand. „Setz dich, alles halb so schlimm."

„Nur halb so schlimm? Das ist doch wohl nicht Ihr Ernst." Alex eilte aufgebracht hin und her. „Für Sie vielleicht nicht, aber ich will nicht hinter Gittern landen."

John schnappte sich Alex und starrte ihr in die Augen. „Du landest nicht hinter Gittern. Das ist vollkommen ausgeschlossen."

„Woher willst du das wissen? Bist du auch noch Hellseher?"

Johns Blick schweifte zu Mr. Bartensin. „Die Firmenbücher sind alle in Ordnung, und der Aufzug fährt auch in den Keller, wenn ihn jemand anderer betritt. Stimmt doch?"

„Ja, natürlich. Nur wir kennen die Tastenkombination, um hierher zu gelangen, und die Bücher, die sind absolut wasserdicht", warf Mr. Bartensin ein.

„Ja, gut, aber was soll ich denn sagen, was ich hier in der Fabrik mache?"

„Einfach die Wahrheit. Dass du im Labor an neuen Antrieben arbeitest. Nur eben an Spielzeugantrieben.“

Alex beruhigte sich allmählich. „Das könnte klappen. Wir sollten uns dort aber schleunigst breitmachen und dementsprechend dekorieren, dass es plausibel aussieht.“

„Da hast du allerdings Recht“, merkte John an. „Am besten wir fangen gleich damit an.“

Da Fredi seit einiger Zeit auch reges Interesse an diversen Experimenten hegte, hatte er sich im besagten Kellerlabor eingerichtet. Dementsprechend sah es dort auch aus. Brandspuren zierten Tische und Wände, und Reste der in die Luft gegangenen Versuchsaufbauten lagen überall wahllos verstreut herum. Vollkommen verschmutzte Reagenzgläser türmten sich genauso auf wie zerlegte Elektronik und diverse Löt-und Schweißübungen.

„Was um alles in der Welt, treibt der denn hier?“ Alex schlug entsetzt die Hände zusammen.

„Nun ja, sieht ganz nach forschen und experimentieren aus“, erwiderte John grinsend. „Die Jugend eben.“

Mr. Bartensin stieß einen lauten Lacher aus. „Ja, die Jugend, was für eine Zeit. Forschen und experimentieren.“ Alex schüttelte über die zweideutigen Bemerkungen den Kopf. „Neandertaler.“

„Wer jetzt, wir oder Fredi?", erwiderte John.

„Alle drei. Ihr mit euren primitiven Bemerkungen und Fredi mit seinem Saustall." Alex ging langsam durch den Raum. „Seht euch das nur an. Überall liegt das Werkzeug verstreut herum, und was ist das? Sind das etwas Essensreste? Wie ekelhaft!"

Es kam niemand aufräumen wegen dem Betriebsgeheimnissen und so. Nur gut, dass die Entlüftung funktionierte, sodass man kaum einen üblen Geruch wahrnahm. Außerdem schien der Duft von Fredis gebastelten Raumerfrischer alle üblen Gerüche zu überdecken. Ein paar Parfümflaschen, die kopfüber auf einen Gestell hingen, über ein Stofftuch langsam ihren Inhalt an die Umgebung abgaben, und durch den Ventilator im Raum verteilt wurde. Entsetzt über Fredis Unordnung, meinte Alex, dass sie erst einmal alles säubern sollten. Dass kaufte ihnen doch keiner ab, dass sie dort so wüten würden. Auch wenn sie die unzähligen Gebrauchsspuren sehr begrüßte, der Unrat war zu viel des Guten. John stimmte ihr bei, und so machten sich die Beiden an die Arbeit, wieder alles an seinen rechtmäßigen Platz zu schaffen.

Als Fredi nach seinem Unterricht in seinem Zweitreich auftauchte, sah er den Beiden erst einmal genüsslich zu. Nur nicht bemerkbar machen. Sein Reinigungspersonal sollte doch die Möglichkeit haben, in aller Ruhe den Müll beiseite zu schaffen. Als ihn dann John allerdings entdeckte, wie er mit äußert genügsamen Gesichtsausdruck in der Tür stand, meinte dieser, wie es denn wäre, wenn er ihnen helfen würde, seinen Saustall aufzuräumen. Fredi, der stets eine freche Ausrede wusste, meinte nur: „Was denn für einen Saustall, bitte? Das hat alles seinen Sinn, wo wie was liegt.“

Alex zog eine Augenbraue in die Höhe und deutete schweigend auf den verschimmelten Burger, der auf einer der Ablagen lag.

„Wie gesagt, hat alles seinen Sinn. Die Schimmelpilzkultur, die darauf wächst, kreuze ich dann mit der der Banane, die von der Decke hängt. Das wird dann sicher so was wie Penizillin. Ihr beide zerstört gerade die Zukunft aller medizinischen Heilmittel.“

„Na klar, unser kleiner Dr. Fleming Frankenstein“, erwiderte Alex, und blickte Richtung Decke. Die verschimmelte Banane war ihr bis dahin nicht aufgefallen. Vor Ekel schüttelte sie sich und trat sicherheitshalber einen Schritt zur Seite. Immerhin hing die Banane direkt über ihrem Kopf. John, der sich köstlich über Fredis Ausflüchte amüsierte, warf Fredi ein Paar Handschuhe entgegen.

„Schluss mit dem Blödsinn. Jetzt hilf uns lieber. Morgen tanzen die Beamten mit ihrer Untersuchung an.“

Widerwillig beteiligte sich Fredi schließlich

doch.

Am Abend war dann alles so weit hergerichtet, um den Anschein zu erwecken, dass dort John und Alex an Mr. Bartensins Spielsachen arbeiten würden. Guten Gewissens verließen sie daraufhin die Fabrik in Richtung ihrer Wohnungen.

Am nächsten Tag warteten bereits die Männer und Frauen der Stadtverwaltung vor den Fabriktoren, als John zur Arbeit erschien. Allerdings auch die gesamte Belegschaft des Werks. Scheinbar hatten die Beamten die Anweisung, niemanden hineinzulassen. Nicht einmal Mr. Bartensin. Erst nachdem zwei der Beamten ihn begleiteten, betrat Mr. Bartensin seine Fabrik. Man wollte wohl verhindern, dass er irgendwelche Unterlagen in letzter Sekunde vernichten ließ. Da leuchtete es John und Alex erst ein, dass dies nicht nur eine außerordentliche, sondern auch eine überraschende Untersuchung sein sollte. Was für ein Glück, dass Mr. Bartensin auch im Rathaus seine Freunde hatte, die ihm über die bevorstehende Aktion rechtzeitig informiert hatten. Einer nach dem anderen wurde dann in die Fabrik gelassen, stets in Begleitung eines Beamten, und auch nur, um von diesem in einem der Aufenthaltsräume gründlich über die Vorgänge in der Fabrik befragt zu werden. Danach wurde ein jeder nach Hause geschickt, mit dem Hinweis, dass die Untersuchungen eine Woche dauern würden.

John wurde ganz genau unter die Lupe genommen. Immerhin war er der engste Vertraute von Mr. Bartensin und deshalb dachte man, dass dieser auch alles über dessen Geschäfte und Beziehungen wissen müsse. John, der allerdings der felsenfesten Überzeugung war, dass nicht nur seine perfekte falsche Identität halten würde, sondern auch nichts von seinen Forschungsarbeiten im Bergwerk rauskäme, nahm die Angelegenheit äußerst locker. Er nutze sogar die Gelegenheit, um seinen Unmut über die politische Führung, und die Missstände, die in den sozialen Schichten herrschten, anzuprangern. Genervt von Johns ewigen Genörgel, schickte man auch ihn nach drei Stunden der Unterredung nach Hause.

Alex verhielt sich um einiges angespannter. Allerdings unterliefen auch ihr keine Fehler, und ging, mit äußerst ungutem Gefühl, ebenfalls nach Hause. Einzig Mr. Bartensin blieb übrig. Doch dieser wusste von seinen Rechten, und erlaubte niemanden ohne sein Beisein irgendwelche Räume zu betreten. Musste er doch befürchten, dass man ihm auch gegebenenfalls etwas unterschieben würde.

Und so vergingen die Tage. Die Vertreter der Stadt wurden immer missmutiger, da sie keinen Hinweis auf eventuelle Missstände fanden. Mr. Bartensin wurde hingegen immer lockerer, und genoss letztendlich auch ein wenig die Untersuchung. Mal etwas anderes als der alltägliche Wahnsinn aus Rechnungen, Aufträgen und sonstigem Bürokram. Er setzte sogar noch eines auf die Spitze, und ließ alle Beamten, die den Keller betreten wollten, eine Verschwiegenheitsklausel unterschreiben. Immerhin würden man dort an Betriebsgeheimnissen arbeiten. Als aber auch im fingierten Labor alles seine Ordnung hatte, zogen die Beamten endlich wieder ab.

Nun konnte alles erneut seinen geordneten Lauf nehmen, und John und Alex verschwanden wieder an ihrer gewohnten Arbeitsstätte. Nur nicht Mr. Bartensin. Dieser wusste, dass die Stadtregierung nicht so schnell kleinbeigeben würde, und so reichte er bei der nächsthöheren Instanz Beschwerde ein. Sehr zum Ärger des Bürgermeisters. Diese Beschwerde hatte nämlich zu Folge, dass dieser, mit all seinen Amtsgeschäften, seitens der Landesbehörden ebenfalls in Augenschein genommen wurde. Man fand dann in dessen Büchern einige Ungereimtheiten, die ihn in äußerste Erklärungsnot brachten und letztendlich seinen Posten kosteten. Scheinbar zahlte man an so manchen Bürger dessen Steuerabgaben zurück, die keinesfalls gerechtfertigt waren.

Als Mr. Bartensin davon erfuhr, konnte er seine Schadenfreude kaum zurückhalten, und lief eine Woche lang mit breitem Grinsen durch die Hallen.

DAS GLÜCK DES MR. BARTENSIN

Mit der Gewissheit, dass sie in nächster Zeit keine unliebsamen Unterbrechungen stören würden, machten John und Alex enorme Fortschritte. Schon bald war die nächste Testrakete an der Reihe. Doch Mr. Bartensin sagte seine Anwesenheit zur Verwunderung der anderen einfach ab. Eine Erklärung gab es nicht.

Fredi entwickelte rasch eine Theorie. Er meinte, dass er eine Verabredung haben könnte. Immerhin träfe sich Mr. Bartensin schon des Öfteren mit einer Frau. Wer sie war, wüsste er aber auch nicht. Etwas verblüfft über die Neuigkeiten, zuckten Alex und John allerdings bloß mit den Schultern, und gingen nicht weiter auf das Thema ein.

Punkt 20 Uhr drückte John den Startknopf. Die Rakete zog die Teststrecke entlang, bis sie letztendlich am Tunnelende an der Wand zerschellte. Ein voller Erfolg. Diesmal lief alles ausnahmslos nach Plan. Die Erleichterung war Alex und John ins Gesicht geschrieben. Nun konnte man sich an die nächste Etappe machen. Da allerdings keiner die geringste Ahnung von der Raumfahrt hatte, vergruben sich Alex und John wochenlang in diversen Büchern und Videos über die Astronautik. Immerhin musste der erste Versuch, den man wagte, um auch wirklich ins All zu fliegen, auf Anhieb funktionieren. Ein solches Unterfangen konnte man ab den Start nicht mehr vertuschen. Würden John, Alex, und Mr. Bartensin bei einem geglückten Flug ins Weltall Lob und Anerkennung zustehen, so würde ihnen mit Gewissheit bei einem Scheitern das Gefängnis drohen. Dazu würde ein Misserfolg ein unerwünschtes Aufflammen, der ohnehin angespannten militärischen Lage zwischen den Beiden Nachbarländern, bedeuten. So nah an der Grenze und noch dazu in dem eigentlich geschlossenen Bergwerk, das würde die hiesige Staatsspitze gehörig unter Druck setzten. Um doch irgendwie einige Testreihen durchzuführen, beschloss man ein leeres Chassis zu bauen, und dieses mit den benötigten Antriebsaggregaten auszustatten. John schlug vor, in einem der leeren Abbauhallen dieses schweben zu lassen, um zu sehen, ob sich alles nach Wunsch entwickle. Erst dann würden sie nach und nach alle Einzelheiten einbauen, bis es einsatzbereit im Bergwerk stünde. Auf Alex' Frage, wie sie dann das Fluggerät nach draußen schaffen würden, meinte John kaltschnäuzig, dass sie es natürlich wieder zerlegten. Alex war scheinbar nicht sehr begeistert davon. Immerhin würde dies die dreifache Arbeit bedeuten. Zusammenbauen, zerlegen und erneut zusammenbauen. Außerdem wären sie jetzt ohnehin an einen Punkt angelangt, an dem sie nicht mehr alles allein machen können. Der Aufbau eines

Raumschiffs würde sonst Jahrzehnte dauern, und sie wollte keinesfalls ihr ganzes Leben in einem Bergwerk verbringen.

John, der sich auch schon so einige Nächte darüber den Kopf zerbrochen hatte, hatte bereits ein paar Mal versucht, mit Mr. Bartensin über ein Aufbauteam zu reden, doch dieser hatte diese Angelegenheit immer verschoben. Scheinbar war doch eine ernsthafte Liebelei im Spiel, die ihn vom gemeinsamen Projekt ablenkte.

Neugierig geworden über Mr. Bartensins Privatleben machten sich John und Alex auf, um ihn einen Besuch abzustatten, und ihn nach dem Rechten zu fragen. Also fuhren die Beiden zu seinem Anwesen. Leider war dieser nicht zu Hause, und am Telefon war er auch nicht erreichbar. Die Hausbediensteten meinten nur, dass er höchstwahrscheinlich bald wieder zurückkommen würde. Demnach beschlossen John und Alex, es sich in der Bibliothek gemütlich zu machen und auf dessen Rückkehr zu warten. Genüsslich durchstöberte Alex die Plattensammlung. War sie immerhin eine begeisterte Klavierspielerin, und hörte am liebsten die alten klassischen Werke der großen Komponisten. Sie meinte immer, dass diese Art der Musik eine Wohltat für die Seele sei, und es so ganz und gar nicht verstehen würde, was man an dem Gedröhne der modernen Musikrichtungen großartig finden könne.

Diese sein doch Gift für das Gehör, und es würde sie nicht wundern, wenn alle eines Tages deswegen Durchdrehen würden. John war dies ziemlich egal. Hatte er keine bevorzugte Musikrichtung, er hörte sich eben von allem ein wenig an, je nachdem wie seine Stimmungslage wäre.

Nachdem sich John zwei Stunden lang Alex' Schwärmen von diversen Komponisten und ihres Erachtens nach Meisterwerken der Menschheitsgeschichte anhören musste, traf endlich Mr. Bartensin ein. Erfreut über den Besuch der Beiden, gesellte er sich sogleich zu ihnen, und fragte nach dem Grund der doch unerwarteten Gesellschaft.

„Ich vermutete mal, alles läuft nach Plan? Immerhin macht Alex einen zufriedenen Eindruck."

Alex, die eine Schallplatte in den Händen hielt, runzelte die Stirn. „Warum schließen Sie ausgerechnet auf mich? John sieht auch nicht gerade niedergeschlagen aus."

„Ja, aber er hält auch das Grauen der modernen Musik als unablässigen Beitrag zur heutigen Kultur." Mr. Bartensin grinste hämisch, und ließ sich in seinen Lieblingssessel fallen.

John, der befürchtete sich jetzt wieder Ewigkeiten eine Standpauke über seinen Musikgeschmack anhören zu müssen, und zwar diesmal von Beiden, meinte bloß: „Ja, ich bin nicht zurechnungsfähig."

Mr. Bartensin, der nachwievor Richtung Alex blick-te, deutete mit einen leichten Nicken auf John. „Einsicht ist der erste Schritt zur Heilung. Irgendwas sagt mir, dass ihr beide nicht gekommen seid, um mit mir über Musik zu sprechen."

Alex legte die Schallplatte zur Seite, und schaute Mr. Bartensin mit einem hämischen Grinsen an. „Und, wie heißt die Glückliche?"

„Sie heißt Evelin, und das geht euch gar nichts an!"

Doch so leicht ließ sich Alex nicht abwimmeln und bohrte auch dementsprechend nach. Mr. Bartensin stieß einen kleinen Seufzer aus. Eine der Kontrolleurinnen hatte wohl eine Schwäche für Männer seines Charakters. Nicht, dass sie das ihm gegenüber gesagt hätte, allerdings war sie im Vergleich zu den anderen Beamten, die damals seine Fabrik auf den Kopf stellten, sehr höflich und zuvorkommend gewesen. Fast schon fürsorglich.

Natürlich konnte er sie nicht gleich um eine Verabredung bitten. Er ließ ein paar Tage vergehen, bis er über seine Spitzel im Rathaus herausfand, wer sie war, und organisierte sich ihre Telefonnummer. Sie sind seither ein paar Mal miteinander ausgegangen, und wie es schien, bahnte sich zwischen den Beiden etwas an, das über eine Freundschaft hinausgehen würde. Aber der Rest sei dann wirklich privat.

Damit gab sich Alex vorerst zufrieden, und John kam auf das eigentliche Thema zu sprechen. Der Aufbau des Raumschiffes stünde als nächstes an, und das ginge einfach nicht mehr ohne die entsprechende Unterstützung. Mr. Bartensin nickte und atmete einmal kräftig durch.

„Natürlich, natürlich. Das Team.“

Das bereitete Mr. Bartensin scheinbar Kopfzerbrechen. Er hätte auch schon nach geeigneten Kandidaten Ausschau gehalten, nur noch niemanden gefunden, der erstens die Qualifikation mit sich bringen würde, und zweitens vertrauenswürdig wäre. Mr. Bartensin wollte keinesfalls ein Risiko eingehen, besonders nach der unangekündigten Überprüfung. Jemanden aus der Gegend zu engagieren, wäre seines Erachtens nach auf lange Sicht ein Fehler. Es bliebe ihnen eben nur Anwerbungen aus anderen Regionen des Staates übrig. Da könnten sie zumindest davon ausgehen, dass diese keinerlei Verbindungen zu den korrupten Politikern vor Ort hatten.

Der Unrat der Menschheit

Mr. Bartensin war die nächsten Tage damit beschäftigt, Fachkräfte auszumustern, die nicht nur das benötigte technische Geschick mit sich brachten, sondern auch eine gewisse Unzufriedenheit mit ihrer derzeitigen Lebenssituation hatten. „Nichts binde einen mehr, als die Tatsache, dass die Aufgabe, der man nachgeht, auf eine gewisse Weise lebenserfüllend ist. Außerdem sind Menschen, die einem ihren derzeitigen Lebensstandard verdanken, weit aus loyaler", so erklärte Mr. Bartensin John sein Vorhaben.

Dementsprechend leicht, war es letztendlich eine Mannschaft zusammenzustellen, die hoch und heilig versprach, alles für sich zu behalten, was im Bergwerk von statten ging. Außerdem war nach der erfolgreichen Antriebsentwicklung ein weiterer Grund vorhanden, sich Mr. Bartensin, John und Alex loyal zu verschreiben. War der Ruhm immerhin schon zum Greifen nahe. Wer würde nicht in den ewigen Geschichtsbüchern als einer der Menschen eingetragen werden wollen, die einen Meilenstein in der Raumfahrt eingeleitet hatten? Als John und Alex ihr Team voller schräger Vögel zum ersten Mal sahen, konnten sie ihren Augen nicht trauen, und baten Mr. Bartensin zunächst um eine Unterredung. John wusste nicht so recht, was er davon halten sollte. Immerhin kannte er Mr. Bartensin mittlerweile seit einigen Jahren, und wusste seine Person und die Entscheidungen, die er traf, stets zu schätzten. Alex hingegen bezeichnete diese, als den Unrat der Menschheit, den es von der Erde zu tilgen galt. Da sprach das wohlhabende Elternhaus aus ihr. Dass sie ein Problem mit denen hatte, die auf der Straße lebten und ständig um Geld bettelten, war nichts Neues. Sie meinte dann stets zu diesen, sie sollen sich gefälligst eine Arbeit suchen, und nicht ihren Mitmenschen zur Last liegen. John, der wusste, wie hart das Leben sein kann, sah dies nicht ganz so dramatisch. Natürlich wären die meisten durchaus in der Lage, ihr Leben von Grund auf zu einem Besseren zu ändern, und nicht von den Almosen anderer zu leben. Allerdings gab es auch die, die ohne Eigenverschulden dort gelandet waren. Durch die Verhältnisse, in die sie hineingeboren wurden, oder durch einen persönlichen Schicksalsschlag. John versuchte jedes Mal, wenn ihm ein Bettler um etwas Kleingeld bat, damit er sich etwas zu essen zu kaufen könne, abzuwägen, ob er es auch wirklich ehrlich meinte, oder ob sich dieser bei der nächsten Gelegenheit Schnaps oder Drogen damit kaufen würde. Sofern es ihm möglich war, und es die örtlichen Begebenheiten zuließen, gab er diesen kein Geld, sondern kaufte ihnen etwas zu Essen. Wenn er allerdings eine Zigarette oder irgendeine

Art von Alkohol entdeckte, ging er ohne sie eines Blickes zu würdigen vorbei, und das waren leider die meisten.

John dachte häufig darüber nach, was diese Menschen von all denen unterschied, die ihr Leben auf die eine oder andere Weise zumindest so gestalteten, dass sie sich eigenständig einen gewissen Lebensstandard ermöglichten. Was war es, das Menschen wie ihn, Mr. Bartensin oder auch Fredi von all den anderen abhob? Sie stammten aus ähnlich ärmlichen Verhältnissen, und dennoch hatten sie es geschafft, sich in Wohlstand und Ansehen zu erheben. Hätte man eine Umfrage zu diesem Thema gemacht, dann wäre mit Sicherheit herausgekommen, dass sie einfach nur Glück hatten, oder zur richtigen Zeit am richtigen Ort waren. Dies würde zwar bei einem Lottogewinner zutreffen, aber sicher nicht für die Drei. Es war wohl der verbissene Wille, sich nicht mehr ihren Umständen zufrieden zu geben und nach einem Ziel zu streben, dass in ihren Träumen schon immer Realität war. Ihre Ziele trieben sie an, gaben die Richtung vor, aufgrund derer machten sie Fehler, die sie nicht als ein Scheitern ansahen, sondern viel mehr als eine Lektion, aus der sie lernen und wachsen konnten. Wenn ein Problem sie in eine Sackgasse katapultierte, gaben sie nicht auf, sondern suchten nach einer Lösung. Klar, jeder Mensch hatte das Ziel, in Wohlstand zu leben. Aber nur die wenigsten waren auch bereit, sich mit allen zur Verfügung stehenden Mitteln dafür zu verschreiben. Nicht aufzugeben, bis sie dieses auch erreicht hatten.

Aber um wieder zu dem Team zurückzukommen, das Mr. Bartensin zusammengestellt hatte. Diese waren nicht gerade das, was man als gepflegt betrachten konnte, und von Manieren war auch weit und breit nichts zu spüren. Da waren Alex' Einwände durchaus berechtigt. Und Alex weigerte sich auch beharrlich, mit diesen zusammenzuarbeiten, wenn Mr. Bartensin sie nicht erst einmal mit den üblichen Gepflogenheiten, was Körperpflege und Anstand anging, vertraut machte. Ein Problem, das Mr. Bartensin auch zu bewältigen wusste: Er schickte seine neuen Angestellten zu einem Benimmkurs. Zunächst allerdings ohne Erfolg.

Der erste Trainer in Sachen Etikette gab schon nach einen Tag auf, und mit den nächsten drei, verlief es nicht viel anders. Einer meinte sogar, dass man einen Neandertaler eher Tischmanieren beibringen würde, als diesen rüpelhaften Maden. Ja, er hatte diese wirklich als Maden bezeichnet. Wohl ein schreckliches Schimpfwort für jemanden seines Schlages.

Auf die Frage, warum er diesen Halbaffen Manieren beibringen will, antwortete Mr. Bartensin stets damit, dass er eine Wette abgeschlossen hätte, die darin bestand, dass diese edlen Herrschaften bei einem Opernbesuch mit anschließenden Essen unter all den Gästen der oberen Gesellschaftsschicht nicht auffallen würden. Erst der Fünfte wusste das Benehmen der Truppe in den Griff zu bekommen. Ein Mann, den anscheinend nichts aus der Ruhe bringen konnte. Beharrlich trichterte er diesen immer wieder die Verhaltensregeln der High Society ein, bis jeder diese verinnerlicht hatte. Alex, die erstaunt war über deren Veränderung, war letztendlich dann doch bereit, mit ihnen zusammenzuarbeiten, dazu im selben Raum. Auch wenn sie auch brav und artig waren, während der Arbeit gaben sie ihre Herkunft in vollen Zügen zum Erkennen. Von Arbeitssicherheit oder geordneten Arbeitsverhältnissen weit und breit keine Spur. Alex, die es anfangs noch versuchte, allen den Vorteil von Ordnung und Sicherheit am Werkplatz zu überzeugen, stellte dies jedoch schnell ein. Scheinbar konnten diese nur ihre volle Konzentration und ihr Geschick zum Tragen bringen, wenn sie so arbeiteten, wie sie es seit eh und jäh gewohnt waren. Die wunderschöne zierliche Alex, unter zehn Arbeitern, die allesamt mit Tattoos und Piercings überdeckt waren. Zigarre, Zigarette und Flachmann, als unabdingbares Arbeitsmittel einsetzten. Und so manches Rülps- und Furzkonzert war ein Schauspiel für sich. John musste sich jedes Mal vor lauter Lachen den Bauch halten, wenn Alex eine Besprechung einrief und sie mitten in dem Haufen stand. Er meinte immer, sie sei ein Engel unter Gottes abscheulichen Dienern.

Und so vergingen die Monate und ein erfolgreicher Test schloss den nächsten an. Immer wieder ließ John das im Aufbau befindliche Raumschiff in der Abbauhalle schweben, um stets die Kontrolle zu wahren, dass die Antriebe auch das Gewicht stabil halten können. Alex und die anderen leisteten ganze Arbeit, und verschmolzen Tag für Tag mehr mit Johns Projekt. Natürlich war auch Fredi immer mit von der Partie. Er genoss die Anwesenheit der Arbeiter, und holte sich den einen oder anderen Rat zu Tattoos und Piercings. Er nannte sie immer die Säulen der Menschheit, auf deren Schultern die Zukunft der Erde lastete. So hatte eben jeder seine eigene Meinung. Für eine war es der Abschaum, der von der Erde getilgt werden müsse, für den anderen Gottes abscheuliche Diener und für wieder einen anderen äußerst anstrebenswerte Persönlichkeiten. Lag alles im Auge des Betrachters.

Johns seltsame Träume

Nach Monaten der unermüdlichen Arbeit blickten alle voller Stolz auf das fertige Raumschiff. Eine kleine Feier stand an, inklusive Namensfindung und Taufe. Alex war natürlich für einen Namen, der der alten griechischen Mythologie entstammte. Der für Aufbruch oder Erneuerung stand. Wären die Anderen mit immer ausgefalleneren Namen daherkamen, die, so vermutete Alex, von den Prostituierten stammten. Mr. Bartensin war erstaunt, und auch zugegebener Maßen angetan über die Kreativität der Namensgebungen, gab aber John den Vorzug einen auszuwählen. Immerhin war es sein Projekt, und damit gebührte ihm auch die Ehre. Jetzt glaubten natürlich alle zu wissen, wie er es taufen würde, nämlich nach seiner Freundin Evie. Doch weit gefehlt, John hatte keinen Namen. Er würde es gerne nach der Frau benennen, die immer wieder in seinen Träumen auftauchte. So wie sie nur in seiner Vorstellung existierte, war auch dieses Projekt vor all den Jahren, nichts weiter als eine Vorstellung in seinem Kopf gewesen.

Dass John gelegentlich von einer Frau träumte, wusste bis dahin keiner. John hatte wohl nicht damit gerechnet, dass er mit dieser Äußerung eine Diskussion über seinen Verstand lostreten würde, die das Problem mit der Namensgebung komplett in Vergessenheit drängte. Jetzt wollten natürlich alle wissen, was er im Schlafe erlebte. Insbesondere sämtliche Details über seinen, wie er sie nannte, Engel seiner Träume.

Wirklich mit der Sprache rausrücken wollte John zu Beginn allerdings nicht. War es dann doch ein sehr privates Thema. Aber die anderen ließen nicht locker und so blieb ihm nichts anderes übrig.

„Wenn ihr erwartet, dass ich euch Gesichtszüge und Körpermaße präsentieren kann“, begann John zu erzählen, „dann muss ich euch enttäuschen. Keine Ahnung. Ich kann's einfach nicht. Ist mehr ein Eindruck, als eine genaue Detailbeschreibung. Jedenfalls hat sie rote Haare. Allerdings ein rot, dass ich noch bei keinem anderen Menschen, der mir in all den Jahren über den Weg gelaufen ist, je gesehen habe. Und natürlich ist da dieses Lächeln. Wahnsinn. Ein Lächeln, das das gleißende Strahlen der Sonne weit hinter sich lassen würde. Ein Leuchten in den Augen, das ich meinen würde, mein Herz höre auf zu schlagen. Jedes Mal, wenn sie auftaucht, löst sich die Traumwelt auf, so als würde nichts weiter als sie und ich existieren. Kennt ihr das Gefühl, wenn alles an Bedeutung verliert, und nur mehr der Moment zählt? Dieses wohlig warme Gefühl, das einen umgibt, und völlig in Besitz nimmt. Wenn Raum und Zeit nicht mehr existieren. Diese ewige Sekunde. Sie taucht immer nur für einen Augenblick auf, aber in dieser Sekunde, in der sie erscheint, ist alles anders. Ich kann das Gefühl nicht beschreiben. Es ist eine so tiefe und innige Ruhe, die all den Lärm meiner Gedanken mit einem Schlag auslöscht. Und es hallt auch ewig nach. Selbst jetzt, wenn ich nur daran denke, hab ich das Gefühl, das mir nichts und niemand etwas antun kann. Eine unheimliche Geborgenheit. Keine Ahnung, wie ich es erklären soll. Die Wörter, die sie auch nur ansatzweise beschreiben könnten, existieren einfach nicht.“

„Wahnsinn“, merkte Alex an. Alle starrten John mit offenen Mund und weit aufgerissenen Augen an. Niemand wusste so recht, was sie sagen sollten. So überwältigend waren Johns Worte. Scheinbar hatte sie Johns Engel in diesen paar Sätzen auch erreicht, und einen Art inneren Frieden ausgelöst. Bis auf Fredi, der hatte natürlich wieder eine blöde Bemerkung parat. „Ihr arbeitet alle mit einem Irren zusammen, und das in einem Raum, der nur einen Ausgang hat. Euch wird hier unten nie wer finden. Wenn das, was auch immer in ihm steckt, aus ihm herausbricht, wird es euch alle zerfleischen.“

Mr. Bartensin verdrehte auf Fredis Bemerkung hin seine Augen, schüttelte den Kopf, und meinte zu John: „Ich dachte, dass ich dich nach all den Jahren in und auswendig kennen würde. Und dann so was.“

„Tja, ich bin ein offenes Buch. Allerdings

handgeschrieben. Und meine Handschrift ist echt grauenhaft.“

Teufels Werk und Gottes Nachgeschmack

Ohne Namen für das Raumschiff stieß man eben auf Johns geheimnisvolle Schönheit an, und feierte ein wenig. Mr. Bartensin erteilte jeden erst einmal eine Woche Urlaub. Um sozusagen einen Schlussstrich zu ziehen, bevor der Wahnsinn wieder von vorne anfing. Aber eben nur eine Woche. Immerhin rückte der Tag, an dem sie Geschichte schrieben, in greifbare Nähe.

Urlaub, das klang vorerst wie Balsam in den Ohren der versammelten Mannschaft. Immerhin hatte man seit Wochen annähernd pausenlos geschuftet, und der eine oder andere, die Sonne nicht mehr gesehen. John, der immer noch seiner Traumerzählung nachhing, wollte seinen Urlaub wohl mit seinem realen Engel verbringen. Er verabschiedete sich bei allen und ging Richtung alte Heimat. Dies sollte ihm auch vergönnt sein. Irgendwie schien John zu ahnen, dass er Evie für eine sehr lange Zeit nicht mehr zu Gesicht bekommen würde. Es sei denn, alles liefe genau nach Plan und Wunsch.

So sehr er daran glauben wollte, und eigentlich alles auf einen gelungenen Abschluss deutete, blieb immer ein dezent mulmiges Gefühl übrig. Es blieben einfach zu viele Unsicherheitsfaktoren. Ein Flug ins All, mit einem Raumschiff, das bisher bloß fünf Meter über dem Boden schwebte, glich einer KamikazeAktion. Und dann erst die volle Zündung der Triebwerke. Die Wahrscheinlichkeit, dass diese das Raumschiff dabei im Bruchteil einer Sekunde zerrissen, wollte er sich nicht ausrechnen. Und selbst wenn der Flug zur vollen Zufriedenheit verlief, was würde man mit ihm machen, nachdem er landete? Dann musste er sich der Regierung stellen.

Wie auch immer ein Zurück kam ohnehin nicht mehr in Frage, also noch einmal schnell zu Evie und dann ab ins Ungewisse. Immerhin plagte ihm die Frage, was es wohl mit dem Kuss auf sich hatte, den ihn Evie vor einer gefühlten Ewigkeit gegeben hatte.

An ihrer Wohnung angekommen, war sie natürlich abermals nicht zu Hause. Also, rauf auf die Feuerleiter und rein durch das Fenster. Das kannte sie ja schon von ihm, und würde sich deswegen sicher nicht aufregen. Da es gegen Mittag war, war sie wahrscheinlich gerade auf dem Heimweg. John wollte ihr eine Freude machen, und beschloss kurzerhand etwas für sie zu kochen. Ein gutes Essen würde ihr ganz bestimmt den Tag versüßen. Und John in ein gutes Licht rücken. Alex hatte ihm in den letzten Wochen gelegentlich ein paar Lehrstunden im Kochen verpasst, da sie seinen ungesunden Ernährungsstil nicht mehr ertrug. Da Mr. Bartensin in seiner

Fabrik eine richtige Küche eingerichtet hatte, die zwar tagsüber von den Köchen der Belegschaft benutzt wurde, hatten John und Alex nachts einen Ort, an dem sie sich kulinarisch austoben konnten. John lernte ziemlich schnell, auch wenn er es mit den Gewürzkombinationen nicht so genau nahm. Scherzeshalber sagte er immer, das ist so wie bei der Entwicklung seines Raumschiffes. Wenn es auf der einen Seite ein Problem gab, das man nicht korrigieren konnte, musste man eben auf der anderen Seite etwas dazu packen. Und so hielt er es auch beim Kochen. Wenn er bei einer Zutat zu viel erwischte, dann korrigierte er es einfach damit, dass er von all dem anderen auch etwas mehr gab. Mengen wurden ohnehin nur abgeschätzt. Obwohl es am Ende nicht allzu selten ganz anders schmeckte und aussah wie erhofft, war er stets mit dem Ergebnis zufrieden. Die anderen scheinbar auch. Abgesehen natürlich von Alex, der Perfektionistin. Selten, dass sie Johns Essen auch nur gekostet hatte.

John hatte auch eine eigene Kreation erschaffen, die er „Teufels Werk und Gottes Nachgeschmack" nannte. Satt machende Zutaten willkürlich auswählen, in die Pfanne werfen, und dann ordentlich würzen. Alex, die auch einmal davon gekostet hatte, war im Grunde davon sehr angetan, und wollte die verwendeten Zutaten wissen. Beim nächsten Mal schaute sie ihm über die Schulter, bewaffnet mit Stift und Zettel. Zu Beginn der Kochstunde à la John schrieb sie noch fleißig mit. Doch als er eine breite Palette an Gewürzen vor sich in einer Reihe aufstellte, und mit verschlossenen Augen danach griff und in die Pfanne kippte, brach sie vor Schock mit den Notizen ab.

John, der sich seiner Sache allerdings mehr als sicher war, schmeckte kurz ab, murmelte irgendetwas von etwas mehr Schärfe vielleicht, und voila. Fertig war sein Meisterwerk.

So verhielt er sich auch in Evies Küche. Leider stand ihm nicht die gleiche Auswahl an Zutaten zur Verfügung, aber dies sollte keinen Abbruch bedeuten.

Gerade war er dabei, das letzte Mal abzuschmecken, als Evie wieder nach Hause kam. Als sie das offene Fenster sah, wusste sie natürlich, wer bei ihr eingestiegen war. Allerdings, John in der Küche beim Kochen zu ertappen, stellte doch eine Überraschung dar.

„Du kannst kochen?“

„Klar, ist doch ganz einfach.“

Ungläubig, ob John auch wirklich etwas Genieß-bares zustande bringen würde, nahm sie ihm die Gabel aus der Hand, und kostete vorsichtig. Doch auch sie musste zugeben, dass er ganze Arbeit geleistet hat-te. John hatte auch den Tisch dementsprechend dekoriert. Sogar mit Kerzen und Blumenstrauß. John bat zu Tisch, und servierte ihr seine Eigenkreation mit einem Glas

Wein.

„Und wie nennt sich dein Gericht?“

„Teufels Werk und Gottes Nachgeschmack.“

Evie musste lachen.

„Nur gut, dass es nicht andersrum ist. Bei Teufels Nachgeschmack hätte ich mir nämlich ernste Sorgen über meinen nächsten Toilettengang gemacht.“

John sah Richtung Teller und zog eine Augenbraue hoch. Das verwirrte Evie dann doch. Als er schließlich zu lachen begann, schüttelte sie bloß den Kopf und begann zu essen. Obwohl sie Johns Kochkünste sehr genoss, und den schönen Moment nicht ruinieren wollte, kam sehr schnell die Frage auf, warum er dieses Mal zu Besuch sei. Immerhin hatte sie nicht viel Zeit, denn die Arbeit in der Bar ginge bereits in drei Stunden los.

John begann auch gleich, von den Vorkommnissen der letzten Monate zu erzählen. Von den neuen Mitarbeitern, die ihm Mr. Bartensin zugewiesen hatte, der unerwarteten Kontrolle und natürlich auch von dem Verlauf seiner Arbeit. Als er dann meinte, das als nächstes der Ab- sowie Neuaufbau in einer Halle oberhalb des Bergwerkes starten würde, merkte Evie, dass ihm die ungewisse Zukunft ernste Kopfschmerzen bereitete. Seine ruhige Stimme und der starre Blick Richtung Teller ließen daran auch keine Zweifel. Auch wenn die Neukonstruktion ein gewisses Risiko bedeuten würde, war es wohl der Erstflug, der

John in Wirklichkeit schwer zu schaffen machte. Evie war sich natürlich der Risiken bewusst. John könnte beim Testflug sterben. Doch ihn zu überreden, dass jemand anderes den Premierenflug machen solle, wäre ohnehin zwecklos. Sie versuchte lieber, ihm die Angst zu nehmen, und seine Gedanken wieder Richtung Zuversicht zu lenken. „Wird schon schiefgehen", meinte Evie dementsprechend. John schmunzelte und fragte daraufhin, ob sie denn wüsste, dass man so etwas nicht sagen solle. Er hätte einmal ein Buch über derartige Redewendungen gelesen, in dem genau erklärt wurde, dass diese Art von Sprüchen sehr kontraproduktiv wären. Immerhin sei das Wort *schiefgehen* darin enthalten. Und das Wunderwerk Gehirn würde dann unbewusst den Verlauf einer Aktion manipulieren, da es eben dazu befehligt wurde, dass etwas schiefgehen solle. Evie war erstaunt über diese Erkenntnisse und meinte bloß: „Wann hast du denn überhaupt Zeit neben deiner Schufterei im Bergwerk auch noch ein Buch zu lesen?"

„Ach", merkte John an, „ab und zu muss ich einige Zeit auf der Toilette verbringen, und da bietet sich die Gelegenheit ganz gut an." Daraufhin mussten beide laut loslachen. John fühlte sich wohl in Evies Nähe, und umgekehrt war das auch der Fall. Allerdings wollte scheinbar keiner dieses Thema ansprechen. Zu ungewiss waren beider Zukunft. Sich darüber Gedanken zu machen, ob da mehr als nur Freundschaft sein könnte, hatte momentan einfach keinen Platz. So verstrich die Zeit im rasenden Tempo, bis Evies Wecker wieder einmal läutete. Die liebe Arbeit.

Damit blieb den Beiden nichts als eine herzliche Verabschiedung und sich ein baldiges Wiedersehen zu wünschen. Wenn auch keiner mehr etwas sagte, als sie auf der Straße standen, und sich ihre Wege in die jeweils entgegengesetzte Richtung trennten, so erschwerte die lange und feste Umarmung sichtlich den Abschied.

John hatte während der Zugfahrt bis zur Grenze jede Menge Zeit, um nachzudenken, und sich wieder einigermaßen zu sammeln, bevor er Alex und die Anderen zu Gesicht bekommen würde. Evie allerdings musste sich auf ihre Arbeit in der Bar konzentrieren. Normalerweise war sie diejenige, die die Tische im Lokal bediente, doch nachdem sie das dritte Glas zu Boden fallen ließ, und sich auch andauernd bei den Bestellungen irrte, verbannte sie ihr Chef hinter die Theke. Aber auch sie bekam nach ein paar Stunden wieder die Kurve, und als sie erneut zuhause war, und das schmutzige Geschirr abwusch, war sie einigermaßen wieder sie selbst. Stets nach vorne blickend und mit freudiger Erwartung auf den nächsten Tag. Der ohnehin in ein paar Stunden beginnen würde.

STERNENKARTEN

Als John wieder im Labor ankam, und eigentlich dachte, einige Zeit für sich zu haben, erwartete ihn bereits Alex. Urlaub war wohl nichts für sie. Allerdings war die Neugierde dann doch stärker, als der Drang zur Arbeit. Immerhin wollte sie wissen, was zwischen ihm und der Unbekannten aus dem anderen Land gelaufen sei. Doch John wollte nicht darüber reden, und meinte bloß, dass das Universum voller unergründbarer Rätsel sei. Enttäuscht von Johns Verschwiegenheit schickte sie ihn auch gleich zu Mr. Bartensin weiter. Immerhin hätte er nach ihm gefragt.

Das kam John ganz Recht. Mr. Bartensin fragte seinen Gegenüber nicht bis aufs Knochenmark aus, was wann wo passiert sei. Er war stets der Meinung, dass jede Geschichte, die es Wert sei zu erzählen, irgendwann auch erzählt werden würde.

Mr. Bartensin bearbeitete, so wie die meiste Zeit seines Lebens, in seinem Büro einen Berg von Zetteln. John setzte sich in aller Ruhe an den Schreibtisch und beobachtete Mr. Bartensin eine Weile, bis dieser sich seiner widmen konnte. Wenn man ihn nämlich unterbrach, dann wurde er meisten etwas misslaunig.

Als dieser hochblickte, schnaufte er einmal kräftig durch, und lächelte.

„Wie sieht es denn mit dem weiteren Vorgehen aus? Ich hoffe ganz stark, dass die nächsten Arbeiten Alex auch allein koordinieren kann.“

John, der mittlerweile keine Zweifel mehr an
Alex‘ Integrität hatte, meinte, dass sie ein großes
Mädchen sei, und sicher alles überaus ordentlich
über die Bühne bringen würde. Scheinbar hatte
Mr. Bartensin eine andere Aufgabe für John.

Mr. Bartensin war, wie bereits erwähnt, kein
großer Freund der modernen Technik, zumindest
derer, die den Menschen das Denken abnahmen.
Deswegen trug er John auf, sämtliche Sternenkarten zu lernen. Wenn er erst einmal im All wäre, und nach dem erfolgreichen Belastungstest
des Antriebs diesen wieder abstellen würde, dann
wäre er irgendwo. Irgendwo im Nirgendwo. Auf
jeden Fall würde er das Sonnensystem nicht mehr
ausmachen können, das zurzeit den leider einzig
bewohnbaren Planeten beherbergen würde. Es
wäre eines von vielen Lichtpunkten am Horizont.
Er wüsste zwar, dass das Navigationssystem, das
John und Alex entwickelt hätten, einen aus-
reichenden Schutz bieten würde, um wieder nach
Hause zu finden, allerdings, der Teufel schläft
nicht. Wenn man da draußen erst mal verloren
ist, dann kommt auch keiner, um nach einem zu
suchen. Also besser Sternkarten wochenlang lernen, als in einem metallenen Sarg zu enden. Das
leuchtete John ein. Sicher ist sicher. Immerhin
ging es um sein eigenes Leben.

Mr. Bartensin hatte ihm einen Experten in Sachen Astronomie organisiert, der ihm in den verbleibenden Wochen so viel wie möglich über das All mit seinen Galaxien, Sternen, Planeten und sonstigen Gestirnen beizubringen. John wunderte sich über den Einsatz eines Privatlehrers, der dazu ein renommierter Wissenschaftler war. Immerhin wollte er nicht stundenlang über die Eigenschaften von Planeten und anderen Himmelskörpern unterrichtet werden, sondern sich bloß die vorhandenen Sternenkarten einprägen.

Als ihn der Astronom zum ersten Mal in einen eigens geschaffenen Raum an der Universität brachte, in dem man mit einem Projektor den Nachthimmel auf eine Kuppel projizieren konnte, staunte John nicht schlecht. Eine schier endlose Zahl an Sonnensystemen. Ihm war definitiv nicht bewusst gewesen, dass es so viele wären. Immerhin konnte er sich nicht erinnern, jemals einen so vollen Sternenhimmel gesehen zu haben. In keinem seiner Schulbücher und schon gar nicht mit dem bloßen Auge. Auch wenn er die eine oder andere Nacht damit verbracht hatte, seltene Himmelsereignisse wie den Halley'schen Kometen oder die Laurentiustränen zu beobachten. Das war dem Professor natürlich klar. Er meinte, dass die Projektion ohne Umgebungslicht aufgenommen worden war. Damit wurde John schlagartig bewusst, dass es einige harte Wochen werden würden, bis er zumindest das Nötigste wisse.

Und so verstrichen die Tage. Alex und ihr Team zerlegten das Raumschiff, um es in der Halle oberhalb des Bergwerkes neu zusammenzubauen. Das passierte gezwungener Maßen bloß nachts, nachdem die Belegschaft nach Hause gegangen war. Johns Studium fand tagsüber statt, sodass es ihm die Freiheit gab, abends vorbeizuschauen. Doch er störte bloß, und Alex würde sich schon melden, wenn sie seine Hilfe benötigen würde. Damit blieben John nur seine Sternenkarten. Hunderte. Er träumte sogar zeitweise von diesen. Nach und nach lernte er, die einzelnen Punkte zu ordnen, und den großen Plan dahinter zu verstehen. Astronomie schien doch nicht eine so trockene Wissenschaft zu sein, die mehr auf Vermutungen basierte, wie John immer gedacht hatte. Es schien ganz so, als würde in ihm der Astronom erweckt worden sein, und er interessierte sich immer mehr über Gesteins- und Gasbrocken, die im Universum herumschwirrten. Allerdings kam auch die Angst wieder hoch, ob er niemals wieder die Erde betreten würde, sobald er die volle Leistung des Antriebes seines Raumschiffes testete. Diesmal machte ihm nicht die Navigation Angst, sondern eher das mordlüsternde Universum mit seinen schier endlosen Gefahren. Eine Fülle von Asteroiden, die ein Dauerbombardement versprachen, und kosmische Strahlung, die einen die Haut vom Leibe brutzeln würde.

John verirrte sich allerdings des Öfteren ins Werk, um sich den Fortgang der Arbeiten rund um sein Raumschiff zu begutachten. Er genoss es, Alex und den anderen bei ihrer Arbeit zuzusehen. Hin und wieder spannte man ihn auch ein, um dies oder das zu holen. Alex hatte alles voll im Griff. John, der sich daran zurückerinnerte, wie er ganz zu Beginn, allein mit all seinem Geschick am Werke war, wurde kurzerhand zum Laufburschen abkommandiert. Das machte ihm allerdings nicht das Geringste aus. Nach dem ewigen Lernen war es sehr angenehm, gelegentlich nicht denken zu müssen, und einfach nach der Pfeife anderer zu tanzen. Das erinnerte ihn an seine Arbeit in der Fabrik, in der er früher seinen Lebensunterhalt verdiente. Was für Zeiten. Ein Leben nach der Stechuhr, ohne zu wissen für was genau man welchen Handgriff wieder und wieder ausführte.

John erinnerte sich ebenfalls an all seine Freunde zurück, die er bei seinem Aufbruch ins neue Land zurückgelassen hatte. Was die wohl alle jetzt machten? Wahrscheinlich noch immer dasselbe oder fast dasselbe. Evie hatte zwar gemeint, dass sein früherer Kumpel ein echtes Alkoholproblem entwickelt habe, aber wer weiß, vielleicht hatte er doch noch die Kurve bekommen, und verfolgte jetzt ein ganz anderes Leben.

Wie sich die Zeiten verändert hatten, und vor allem wie sich John verändert hatte! Von dem eher schüchternen Fabrikarbeiter, der zu allem Ja und Amen sagte, zu einem absolut selbstsicheren Wissenschaftler und Teamleiter, der zur Tarnung ein doppeltes Leben als hoch angesehener und respektierter Techniker in Mr. Bartensins Fabrik führte. Was alles ein Gedanke ausmachen konnte ... Ein Gedanke kann zweifelsohne Berge versetzten.

Ihn würde allerdings schon interessieren, was an Kosten für sein mehr oder weniger kleines Forschungsprojekt angefallen war, und welche noch entstehen würden, bis es Mr. Bartensin gewinnbringend an die Öffentlichkeit vermarkten konnte. Aber dazu schwieg Mr. Bartensin beharrlich. Entweder, weil er seine tatsächlichen Vermögenswerte nicht preisgeben wollte, oder er mittlerweile wieder bei diversen Banken auf der Schuldnerliste stand. Was auch immer, ihm schien es nicht zu beunruhigen. Eher lebte sein Freund und Geschäftspartner dabei auf. Wahrscheinlich gab es ihm eine weitere Aufgabe, die ihm antrieb, und ihn davon abhielt, einer von den Menschen zu werden, die nur noch dafür lebten, sich über alle anderen zu stellen. Oder, und darauf wettete Fredi mit jedem, seine Freundin hatte sein Gehirn zu Matsch verwandelt. Wie auch immer, Mr. Bartensin war froh, John kennengelernt zu haben und John war, froh Mr.

Bartensin kennengelernt zu haben. Und alle Anderen wurden dementsprechend entlohnt, damit sie Freude an der Arbeit hatten. Alex allerdings würde ziemlich sicher auch ohne Entlohnung arbeiten. Hatte sie sich offensichtlich in das Raumschiff verliebt, und sah mittlerweile nicht nur das Forschungsprojekt, das sie zu Ruhm und Anerkennung bringen würde, sondern einen größeren Sinn dahinter.

Ach ja, da war ja auch noch Fredi, der nachwievor darauf bestand, dass man das Bergwerk als sein Eigentum ansah. Johns Projekt war ihm hingegen einigermaßen egal. Er half zwar tatkräftig mit, wenn man ihn brauchte, allerdings schien es ganz so, als würde er seine eigenen Pläne und Ziele entwickeln. Und die hätten so gar keinen Zusammenhang mit John, Alex oder der wissenschaftlichen Arbeit. Ihn faszinierte die Art und Weise, wie Mr. Bartensin mit seinen Mitmenschen umging. Er verfolgte jedes Gespräch mit voller Aufmerksamkeit, ebenso war er sehr an der Lebensgeschichte eines jeden Menschen, der ihm über den Weg lief interessiert. Insbesondere an denen, die sich trotz ähnlicher Lebensumstände, in ganz andere Richtungen entwickelt haben. Es würde keinen wundern, wenn er einmal Psychologie studieren würde. Und da hätte er auf jeden Fall einen enormeren Vorsprung an Wissen gegenüber denjenigen, die aus gutem Hause stammten und bloß ihre sorgenfreie Umgebung kannten. Diese müssten sich dann erst durch Bücher und Videos über weitaus schlechtere Lebensumstände informieren. Und da reden wir noch nicht einmal über John oder Mr. Bartensin. Sondern Johns abscheuliche Diener Gottes, die alle Fassetten der Menschlichkeit widerspiegelten. Diese waren keine Durchschnittsmenschen, die aus einem geregelten Leben stammten.

Und so hatte eben jeder seinen Vorteil aus der gemeinsamen Zeit gewonnen, auch wenn sich die meisten anfangs schwer miteinander taten und sich erst mit der Zeit aneinander gewöhnten. Mr. Bartensin meinte immer, dass es im Grunde keine Abgrenzung zwischen den einzelnen Kulturen und Gesellschaftsschichten gäbe. Jeder Mensch würde mit Leichtigkeit in der Lage sein, sich mit jedem anzufreunden. Die so unüberwindbaren Grenzen würden nur in unseren Köpfen bestehen. Einmal eingerissen würden alle die gleichen Chancen erhalten. Doch es blieb leider nur bei einigen wenigen, die es trotz widriger Umstände, trotz aller Hürden des Lebens, bis ganz nach oben schafften und Großartiges vollbrachten. Johns großartiges Werk war eben das Raumschiff. Das auf jeden Fall die Welt verändern würde. Daran hatte keiner auch nur den gierigsten Zweifel.

Voller Stolz stand das Team rund um John, Mr. Bartensin und Alex nach einigen Monaten

der harten Arbeit endlich vor dem fertigen
Raumschiff und war bereit, sich in den ewigen
Hallen der Geschichte zu verewigen.

Aufbruch ins Unbekannte

Was es doch für ein unbeschreibliches Gefühl sein muss, nach all den Jahren endlich vor dem zu stehen, was man sich als das große Lebensziel vorgenommen hatte. John ging ganz langsam um sein Raumschiff herum, und glitt dabei mit der Hand über dessen kalte, metallene Hülle. Was für ein Meisterwerk. Ein schwarz schimmerndes Ungetüm. Irgendwie glich die Form der einer Computermaus, nur eben sehr viel größer. Und natürlich ausgestattet mit Johns Antriebstechnik, die sich am Heck wie ein Gürtel entlang zog.

Morgen würde John Geschichte schreiben, und danach zumindest für eine Weile ins Gefängnis wandern. Aber das war ihm ohnehin von Anfang an klar gewesen. Was Alex anging, mit etwas Geschick, würde man sie als eine Unwissende von Strafen fernhalten können. Fredi war zu jung und die anderen zehn Männer tauchten nicht namentlich in den Unterlagen auf. Daher beschlossen Mr. Bartensin und John, erst einmal die volle Verantwortung auf sich zu nehmen. Und erst dann würden sie all jene auf die große Liste der Helden aufnehmen, die auch an diesem großartigen Projekt mitgearbeitet hatten. Das klang für alle vernünftig. Ginge etwas schief, dann würde die Öffentlichkeit sie kaum feiern.

Demnach gingen alle an diesen Abend nach Hause, um sich am nächsten Tag entsprechende Alibis vorzunehmen. Was John anging, er wollte gleich bis morgen im Raumschiff warten, und noch ein paar Tests machen. Nachdem sich alle verabschiedet hatten, ließen sie John allein zurück und eine Stille senkte sich über die Halle. John setzte sich seelenruhig in einen Sessel, machte sich ein Bier auf, und starrte gen Himmel. Es war eine bewölkte Nacht, allerdings riss zwischendurch immer wieder die Wolkendecke auf. Welch wunderschöner Anblick, diese Sterne.

„Na, die Hosen voll?" Mr. Bartensin hatte sich John genähert. Er schnappte sich ebenfalls einen Sessel und gesellte sich zu ihm. John reichte ihm ein Bier, doch Mr. Bartensin lehnte dankend ab. Das Trinken hätte er schon vor einigen Jahren komplett aufgegeben. Er würde nur einen Schluck seines Gin genießen. Und das auch nur, weil er den Geschmack äußerst anregend finde. Die Tatsache, dass einige seiner alten Freunde ihre alltäglichen Probleme und Sorgen im Alkohol ertränkten, hatte ihm dazu bewegt, für den Rest seines Lebens davon abzulassen. Und er war sehr glücklich damit, wohl auch deswegen, weil er gesundheitlich in bester Verfassung war. Er meinte, obwohl der Verzicht anfangs schwerer gewesen war als gedacht, so war er froh darüber, es beinhart durch-gezogen zu haben. Der psychische Schmerz, der durch den Verzicht entstand, hatte sich irgendwann zum reinsten Glück verwandelt. Aber das ist im Grunde in jedem anderen Lebensbereich dasselbe. Zuerst sich abquälen und dann kommt irgendwann die Erkenntnis und die Freude.

„Deswegen bin ich hier", meinte John.

„Deswegen sind wir hier", entgegnete Mr. Bartensin, „geteiltes Glück, ist doppeltes Glück."

Die beiden Philosophen waren nach langer Zeit unter sich. Sie hatten wohl einiges nachzuholen, und so vergingen die Stunden wie im Fluge. Kein Thema wurde ausgelassen. Allerdings teilten sie nur selten dieselben Ansichten. Aber das war ja nichts Neues, man respektierte einander, und somit auch die Meinung des anderen. In einer Frage waren sie sich doch einig. Und zwar auf die Antwort auf die Frage der Fragen.

„Nach dem Leben, dem Universum und dem ganzen Rest"[1]. Das war mit absoluter Gewissheit: „Zweiundvierzig".

Nachdem die beiden ein paar Stunden im Raumschiff geschlafen hatten, immerhin baute man extra gemütliche Pilotensitze ein, war der große Moment gekommen. John verabschiedete sich von Mr. Bartensin mit einem kühlen Händedruck. Ganz so wie sie es voneinander gewöhnt waren. Außerdem würden sie sich ohnehin in ein paar Minuten wiedersehen.

Als Mr. Bartensin das Raumschiff verlassen hatte, verschloss John die Luke und startete das

System. Alles auf grün. John gab Mr. Bartensin das Signal, dass er bereit wäre. Daraufhin öffnete dieser das große Hallentor, und ging vorsichtshalber ein paar Schritte zur Seite. Kaum zu glauben, was für ein Tag.

John steuerte vorsichtig das Raumschiff aus der Halle. Ganz langsam beschleunigte er und hob letztendlich gen Himmel ab. Mit einem lauten Getöse verschwand er in der Wolkendecke.

Nun hieß es für Mr. Bartensin erst einmal warten und hoffen. Nach einigen Minuten des Bangen, hörte er das erlösende Grollen, welches sich schnell näherte. Allerdings stellte sich die Ernüchterung sogleich ein. Es war nicht John, sondern die Regierung, die mit einem Großaufgebot von Kampfhubschraubern aufwartete. Dennoch hatte er gehofft, dass John wieder da sei, bevor diese eintrafen.

Das war dann wohl Mr. Bartensins großer Auftritt.

Winkend und mit einem Lächeln empfing er die ersten Militärangehörigen, die schwer bewaffnet auf ihn zustürmten. Allerdings auch an ihn vorbei. So, als würde er nicht existieren. Man vermutete wohl, dass noch mehr Menschen in der Halle zugegen wären, die es zuerst zu sichern galt.

Als sich der Staub der Hubschrauberrotoren legte, bekam Mr. Bartensin erst das ganze Ausmaß an Militär zu Gesicht. Es war alles vertreten. Vom einfachen Soldaten, über Panzern, die aus Transporthubschraubern ausfuhren, und natürlich mobile Flak-Raketensysteme. Mr. Bartensin, der von Soldaten umzingelt war, versuchte vergebens diesen zu erklären, dass es sich um keinen Angriff auf den Staat handelte, bloß um ein Experiment im zivilen Transport. Immerhin wollte Mr. Bartensin auf jeden Fall verhindern, dass jemand die Nerven verlor und John beim Landeanflug vom Himmel schoss.

Nach ein paar weiteren Minuten des Bangens geleitete man ihm dann zu einem der Helikopter und setzte ihn hinein, ohne ein Wort mit ihm zu wechseln. Als dieser abhob, blickte Mr. Bartensin auf die Uhr. Eine halbe Stunde war vergangen, seitdem John die Atmosphäre verlassen hatte. Alex und John hatten zehn Minuten für den ersten Flug berechnet, maximal fünfzehn. Irgendetwas musste schiefgelaufen sein. Das war's dann wohl mit Ruhm und Anerkennung für Mr. Bartensin. Ab jetzt nur noch der Blick durch Gitterstäbe.

Mit so viel Luxus wollte man ihn vorerst nicht verwöhnen, und sperrte ihn in einen Raum im Keller des nahegelegenen Militärstützpunktes. Mr. Bartensin wusste, dass ihn nun endlose Verhöre und Anschuldigungen erwarteten, von Allgemeingefährdung bishin zum Staatsverrat. Auf einen Anwalt brauchte er auch nicht hoffen. Ab jetzt war er den Launen der Regierung ausgeliefert.

Auf den Radarbildern war mit Sicherheit zu erkennen, dass das Raumschiff von der Erde in unbekannter Art und Weise abgehoben war. Was für einen militärischen Nutzten man daraus ziehen konnte, wollte sich Mr. Bartensin erst gar nicht vorstellen.

Aber was war mit John passiert? Hielt das Chassis den unglaublichen Kräften der Beschleunigung doch nicht aus und zerbarst? Oder gab es ein anderes technisches Gebrechen? Mr. Bartensin kam nicht mehr aus dem Grübeln heraus. Sämtliche mögliche Horrorszenarien schwirrten plötzlich durch seinem Kopf.

Ein gelungener Flug?

Bei John lief alles wie erwünscht. Nachdem er die Atmosphäre verlassen hatte, und damit außer Reichweite diverser Flugabwehrraketen war, stoppte er den Antrieb. Er wollte erst einmal sämtliche Systeme erneut überprüfen, bevor er den eigentlichen Test startete. Noch war die Erde in Sichtweite. Ein entscheidender Faktor, für den Fall, dass sich ein Problem anbahnen würde, und er schleunigst zurückkehren müsse. Das dauerte natürlich. John war auch nicht wirklich zur Eile getrieben. Alex hatte aufgrund ihres Perfektionismus' das Raumschiff mit zusätzlichen Sauerstofftanks ausstatten lassen. War wohl etwas mehr in Sorge gewesen als John, dass er da draußen feststecken könnte. Außerdem füllte sie eine Vorratskiste mit Wasserflaschen und Trockennahrung.

Alex und die Anderen hatten alles außerordentlich sorgfältig zusammengebaut. Kein einziger noch so kleiner Fehler tauchte bei Johns Kontrollgang auf. Also wieder rein in den Pilotensitz und weiter zu Test zwei: der vollen Belastung der Antriebe, Johns Meisterwerk. Nochmals ein Blick in Richtung Erde, und Zündung. Das Raumschiff beschleunigte mit einer enormen Geschwindigkeit. John verschmolz regelrecht mit seinem Sitz. Keine Chance sich zu bewegen.

Wenn schon, denn schon, dachte sich John wohl vorher, und programmierte den Autopiloten auf die maximalste Beschleunigung, die das Raumschiff ertragen würde. Nach zehn Sekunden war der Spuk vorbei, und die Antriebe schalteten wieder ab.

„Was für ein Flug", langsam kam John wieder zu Atem.

Alles verlief ganz nach Plan. John genoss erst einmal die Aussicht.

„Wunderschön." Er ganz allein unter Millionen von Sternen. Und weit und breit nichts von der Erde zu sehen. Ein kurzer Blick auf das Navigationssystem. Alles in Ordnung. Er war genau dort, wo er auch auskommen wollte. Jetzt war er sich absolut sicher, dass er gerade seinen Stempel in den Geschichtsbüchern hinterlassen hatte. John träumte bereits von Ehrungen und Anerkennungen, die auf ihn einprasseln würden. Allerdings musste er dazu heil auf der Erde landen, und zu Mr. Bartensin zurückkehren, der sich sicherlich schon riesige Sorgen machte. Die Presse und Regierungsmitglieder müssten ebenfalls schon am Hangar versammelt sein.

„Dann nichts wie zurück." John schloss wieder seinen Sicherheitsgurt, und gab die neuen Koordinaten in das Navigationssystem ein. Nach einer kleinen Schleife zündeten die Antriebe abermals mit voller Wucht. John raste wieder Richtung Heimat. Kurz darauf schalteten die

Triebwerke erneut ab, und Johns Puls beruhigte sich allmählich. Allerdings nur kurz. Eigentlich müsste doch die Erde zu sehen sein. War sie aber nicht. Da war nichts. Gar nichts, alles schwarz, außer Millionen von Lichtpunkten. Doch weit und breit keine Erde. Johns Herz setzte wieder zum Sprint an. Eigentlich sollte er sich jetzt unmittelbar vor dem Eintritt in die Erdatmosphäre befinden. Sein Navigationssystem ließ da keinerlei Interpretationsmöglichkeiten frei.

„So ein Mist", schimpfte John, und schlug auf den Bordcomputer ein. „Warum in alles in der Welt, bin ich nicht da, wo ich sein sollte?"

Nachdem er sich nach seinem Wutanfall wieder beruhigt hatte, suchte er die Mappe mit den Sternenkarten heraus, die er sich sicherheitshalber mitgenommen hatte. Zum Glück, denn ohne die wäre er jetzt komplett verloren. Nach und nach verglich er die Sternkarten mit dem, was er durch sein Fenster sah. Bild für Bild ging er akribisch durch. Allerdings konnte er keine hundertprozentige Übereinstimmung finden. Davor hatte ihm sein Professor allerdings gewarnt. Er meinte stets, dass die Karten aus Sicht der Erde gemacht wurden, wie das Sternenbild aus einem anderen Teil des Universums aussehen würde, darüber könne man nur spekulieren. Also blätterte John ein weiteres Mal alles durch, um zumindest Übereinstimmungen zu finden. Und das ganze wieder und wieder. Bis er sich einigermaßen sicher war, wo er sich in den unendlichen Weiten befand. So wie es aussah, hatte sich das Steuersystem um ein halbes Grad in der Ausrichtung verrechnet. Und das hatte zur Folge, dass John Milliarden und Abermilliarden von Kilometern an der Erde vorbeigeflogen war.

Um sein Navigationssystem zu korrigieren, führte John ein paar Testflüge mit geringem Schub durch. Immer auf einen Stern fixiert, flog er eine Stunde ohne Kurskorrektur. Nach und nach konnte John somit die Fehlerberechnungen seines Computers ausmerzen. Jetzt war er schon beinahe einem ganzen Tag im Weltall, und die Müdigkeit machte ihm zusehends zu schaffen.

„Nur keine Fehler machen“, murmelte er, und schlief für ein paar Stunden ein, der Stress ließ ihn jedoch nicht zu Ruhe kommen. Andauernd kreisten seine Gedanken um das nachjustierte System. Also beschloss er, das Schlafen sein zu lassen, noch einmal die Sternkarten mit der Umgebung zu vergleichen, danach einen Testflug zu starten, und dann nichts wie nach Hause. Gesagt, getan. Karte, Testflug, und Zündung zur Heimat. Ernüchterung kam auf. John landete wieder nicht in der Nähe der Erde. Jetzt war er wirklich verzweifelt. Ohne sich auch nur im Geringsten zu rühren, saß er stundenlang in seinem Sitz und starrte auf die vielen Lichtpunkte im unendli-chen Nichts. Es schien fast so, als hätte er sich mit seinem Schicksal abgefunden. John dachte an Evie,

Mr. Bartensin und an die Anderen. *Wie es denen wohl jetzt geht? Sicher machen sie sich riesige Sorgen. Oder werden von Staatsmännern stundenlang befragt.* Ob Mr. Bartensin es letztendlich schaffen würde, alles auf seine Kappe zu nehmen, hielt John weiterhin für sehr fragwürdig. Aber daran konnte er nichts mehr ändern.

Dann allerdings rührte er sich doch. Abermals nahm er die Sternenkarten zur Hand und begann mit dem Prozedere aus Abgleichen und Neuberechnen von vorne. Es wäre auch äußert verwunderlich gewesen, wenn John, der eigentlich nie aufgab, sich mit seinem Schicksal abfinden würde. Mit der tickenden Uhr in seinem Hinterkopf, die die Sauerstoffreserven, und damit seine Lebenszeit herunter zählte, machte er dieses Mal nur zwei Korrekturflüge. Das Navigationssystem schien jetzt einwandfrei zu funktionieren. Auf gut Glück navigierte John abermals sein Raumschiff Richtung Erde und zündete die Antriebsaggregate. Wieder ohne Erfolg, wieder irgendwo, und wieder weit und breit nichts von der Erde oder zumindest seinem Sonnensystem zu sehen.

„Na dann, auf ein Neues", murmelte John. So falsch konnte er nicht liegen, und wenn er nur genügend Versuche unternehmen würde, käme er mit Sicherheit irgendwann in Sichtweite der Erde. Mal um Mal zündete die Triebwerke, um stets im Irgendwo zu landen. Durch die Müdigkeit gezeichnet, warf er die Sternenkarten in eine Ecke, und versank abermals verzweifelt in seinem Pilotensitz. Es schien ganz so, als würde seine Erfindung sein erstes Opfer fordern, und dazu erwischte es seinen Schöpfer höchstpersönlich.

Wenigstens trifft es mich, dachte sich John.

Unvorstellbar, wenn er das Leben eines anderen riskiert hätte, und dieser jetzt an seiner Stelle, hier draußen im Weltall treiben würde. Um nur dazusitzen und auf den Tod zu warten. John schloss seine Augen, und versuchte abermals einmal ein wenig zu schlafen. Vielleicht war sein Glück nicht auf das Tempo eingestellt, und brauchte einfach noch ein wenig, bis es wieder zu ihm aufgeschlossen hätte.

Nach einem kurzen Nickerchen wieder munter, steuerte er ohne einen Blick auf das Navigationssystem oder eine der Sternenkarten. Allerdings immer nur für zwei Sekunden. So weit entfernt von der Erde konnte er doch nicht sein. Und wer weiß, vielleicht erblickte er bald vertraute Konstellationen in der Ferne. Immer nur leichte Kurskorrekturen. Doch jedes Mal, nach dem die Antriebe abschalteten, erwartete John das gewohnte Bild. Schwarz mit Millionen kleiner Lichter. Eines blinkte sogar. John meinte, kurz einen Stern verschwinden zu sehen. Lag wohl eher an seiner Übermüdung. Immerhin hatte er seit zwei Tagen nicht mehr als vier Stunden geschlafen. Die Ruhe erinnerte ihm an den Abend, bevor er abhob, und in die Sterne blickte. *Eigentlich*, dachte sich John, *bin ich jetzt genau da, wo ich sein wollte. An keinem anderen Ort wäre ich jetzt lieber.* Diese regungslose Stille. Bis auf einen weiteren Stern, der kurz aufblinkte. Er tat es abermals als einen Scherz seines Verstandes ab, der wohl versuchte, ihn auf andere Gedanken zu bringen, als über den Tod zu grübeln. Stattdessen beobachtete er teilnahmslos, wie das Licht eines Sternes sich verdunkelte und ein wenig später ein neuer aufblinkte. John beschloss, sich der Sache genauer zu widmen. Mit geringem Schub steuerte er sein Raumschiff in Richtung der blinkenden Sterne. Allerdings schien es so, als würde es vor ihm davonlaufen. John musste ständig seinen Kurs korrigieren. *Merkwürdig,* dachte sich John, und erhöhte immerwährend den Schub. Irgendwann müsse er doch beim Ursprung des Blinken ankommen. Jedoch ohne Erfolg. Adrenalin füllte Johns Venen. Er hatte kein gutes Gefühl und beschloss erst einmal den Antrieb zu stoppen, um weiter aus sicherer Entfernung zu beobachten. *Vielleicht ein Komet, der seine Bahnen zog, und immer wieder den Blick auf einen Stern mit seiner Masse verdeckt, und so das vermeintliche Blinken verursacht.* Dem wollte er keinesfalls zu nahe kommen, immerhin hatte ihm der Astronomieprofessor von diesen heimtückischen Himmelskörpern ausführlich berichtet. So manch einer zog einen langen Schweif mit Gesteinsbrocken hinter sich her.

Immer wieder verschwand ein Stern und

tauchte sofort wieder auf, sein Kurs eine gerade verlaufende Linie. John kam zum Entschluss, dass es sich tatsächlich um einen Kometen handelte, oder noch schlimmer, um einen ganzen Planeten, der bei einer Sternenexplosion, durch die hohen Fliehkräfte aus seinem Sonnensystem geschleudert wurde. Das soll es hier draußen auch geben, und zwar häufiger als man vermuten wolle. John war dennoch froh über die Ablenkung, immerhin dachte er jetzt seit mehr als einer Stunde nicht mehr über seinen Tod nach. Er konnte bald sehr gut abschätzen, welcher Stern sich als nächstes verdunkeln würde. Doch dann hörte plötzlich das Blinken auf. Beim ersten Stern, der eigentlich verschwinden müsste, dachte sich John noch nichts, als aber der zweite und auch der dritte ausblieb, wurde er nervös.

Wäre er noch vor einer Minute beinahe eingenickt, waren seine Sinne wieder voll geschärft.

Ein Dunkler Riese

John konnte es nicht fassen. Es passierte das, womit er nie gerechnet hätte, als er von der Erde abhob. Vor ihm tat sich ein riesiges Raumschiff auf. So sehr sich John auch bemühte, genauere Umrisse auszumachen, war dies nahezu unmöglich. Ein Dunkler Riese in mitten der Dunkelheit. John versuchte erst gar nicht, seine Triebwerke zu starten, um zu fliehen. Ihm war klar, dass dies schlecht für ihn ausgehen würde. Jemand, der ein so großes Raumschiff bauen könne, wäre auch mit Sicherheit in der Lage, ihn zu verfolgen. Oder schlimmeres. John wartete einfach. Kommunikationseinrichtungen hatte er keine, und Lichter wurden auch nicht installiert, mit denen er Lichtzeichen hätte geben können. Also Abwarten und Tee trinken. Ohne Tee eben, davon hatte er selbstverständlich auch keinen mit.

So sehr John auf irgendeine Reaktion seines Gegenübers auch wartete, es passierte nichts. Stundenlang. Als würden Beide darauf warten, dass jeweils der andere einen Zug machte. Bis es John zu langweilig wurde. Er hatte ohnehin nichts zu verlieren. Also startete er die Triebwerke und steuerte direkt auf seinen großen unbekannten Gegenüber zu. Anscheinend wartete man genau darauf. Denn kaum hatte sich John in Bewegung gesetzt, öffnete sich ein Hangartor, am äußeren Ende des Raumschiffes. John sah es als Einladung an und korrigierte seinen Kurs in Richtung der Öffnung. Doch aus dieser schossen zwei Flugobjekte hervor, die direkt auf ihn zusteuerten. John drosselte seinen Antrieb und wartete ab.

Während eines der beiden Flugobjekte in sicherem Abstand ebenfalls zum Stehen kam, bewegte sich das Zweite unvermindert auf John zu und setzte sich direkt vor ihn ab. Scheinbar war er seinem Gegenüber ein ebenso großes Rätsel, wie er für John. Um nicht wie ein Stein dazusitzen, machte er das, was er auch auf der Erde getan hätte, wenn man ihm in seinem Auto angestarrt hatte. Winken und Lächeln.

Es dauerte noch einige Minuten, bis sich sein Gegenüber wieder bewegte, und zurück in Richtung Hangar steuerte. Als das andere Flugobjekt allerdings regelmäßig stoppte, und wieder anflog, setzte John sich langsam in Bewegung. Er vermutete, dass er folgen sollte.

Vorsichtig näherte er sich dem Hangar und musste erstaunt feststellen, dass er in einigen Momenten eine andere Spezies zu Gesicht bekommen würde. Ganz langsam schwebten John und seine Begleiter in das Innere des gewaltigen Raumschiffs. Überall hingen diese kleineren Raumgleiter in ihren Buchten. John fing erst gar nicht an zu zählen, sicherlich waren es über Hundert. Außerdem war er von dem Anblick so fasziniert, dass er alle Eindrücke auf sich einwirken ließ, und immer tiefer in den großen Unbekannten hineinflog. Kurz vor dem Ende des Hangars landeten Johns Begleiter. John tat es ihnen gleich.

John konnte keinesfalls die Tür öffnen. Immerhin hatte er keinen Raumanzug dabei, der es ihm erlaubt hätte, sich außerhalb seines Raumschiffes aufzuhalten. Also wieder warten. Bis ein Alien vor ihm auftauchte, doch der Statur nach wirkte es menschlich. So hatte sich John keinen Außerirdischen vorgestellt. Gut, die Filme und Comics auf der Erde hatten auch einen sehr prägenden Einfluss auf die Vorstellung hinterlassen, wie ein Alien aussehen könnte. Spindeldünner Körper und riesen Schädel. E.T.-mäßig eben. Allerdings hatte dieses Alien keine Nase oder Haare. Auch keine Ohren, allerdings Augen, die denen einer Katze ähnelten und einen viel größeren Mund. Irgendwie furchteinflößend, so als wären sie aus einem Horrorfilm entsprungen. Das Alien wollte scheinbar, dass auch John aus seinem Raumschiff aussteige. Zumindest interpretierte John dessen Bewegungen dementsprechend. So gerne er dem auch nachgegangen wäre, er würde sofort ersticken. Also versuchte er wiederum mit Handbewegungen seinerseits dem Alien verständlich zu machen, dass das seinen Tod zur Folge hätte.

Ohne Vorwarnung verschwand das Alien wieder. Ob man John verstanden hatte oder nicht, blieb allerdings ungeklärt. Kurz darauf kehrte dieses mit einer Gruppe weiterer zurück, die Hände beladen mit allerlei Geräten. Eines ähnelte einem Bohrer. Scheinbar wollten sie sich gewaltsam Zugang zu Johns Raumschiff verschaffen. John konnte ohnehin nichts dagegen machen und so kam es, wie es kommen musste. Eines der Aliens fing an, ein Loch zu bohren. John hoffte, dass die Atmosphäre auf dem Raumschiff die der Erde ähnelte, sonst käme es mit Sicherheit nicht zu einen Handschlag zwischen ihm und den Fremden. Er verharrte gespannt in seinem Sitz und beobachtete das Treiben außerhalb seines Gefährts. Die Gegenstände, die sie nach und nach aus ihren Kisten auspackten, sahen eher wie Messinstrumente aus.

Mit einem Zischen durchbohrte das Alien die Hülle von Johns Raumschiff, sofort wurde eine Sonde ins Innere geschoben und das Loch wieder sorgfältig verschlossen, so dass keine weitere Luft entwich. Scheinbar hatten ihn die Außerirdischen doch verstanden, und wollten jetzt herausfinden, wie Johns Atmosphäre zusammengesetzt sei. Nach einer kurzen Diskussion, die außerhalb Johns Sauerstoffinsel stattfand, fingen sie wieder an, alles zusammenzupacken und abzutransportieren. Allerdings um etwas später mit neuen Kisten aufzutauchen.

Ein äußerst interessantes Schauspiel bot sich John. Nach und nach verwandelte sich die Umgebung zu einem Chemielabor, mit jeder Menge gasflaschenähnlicher Behälter. Es wirkte ganz so, als würden die Außerirdischen versuchen, Johns Atemluft zu reproduzieren. Das käme John ganz gelegen, immerhin hatte er nur noch für einen Tag Sauerstoff. Aber warum denn ausgerechnet direkt in dem Hangar? In so einem großen Raumschiff gäbe es doch sicher auch dementsprechende Einrichtungen, indem es für sie mit Sicherheit einfacher gewesen wäre. Vielleicht, um John zu zeigen, dass sie ihm nichts Böses wollten? Aber zu welchem Zweck John am Leben erhalten? Eine so weit fortgeschrittene Spezies hatte doch sicher die Existenz der Menschen im Universum bemerkt. Und Menschen gäbe es genügend auf der Erde, die man studieren konnte. Die Technologie des Raumschiffs konnten sie auch untersuchen, ohne John am Leben zu lassen.

John rasten Fragen über Fragen durch den Kopf.

Mehr als beobachten blieb ihm allerdings nicht übrig. Also beruhigte er sich mit der Zeit selbst, und gelang zu der festen Ansicht, dass diese Wesen seine Rettung und der Weg zurück in seine Heimat bedeuteten.

Nach einer Stunde des Experimentierens und einiger kleinerer Explosionen schienen die Aliens mit ihrer Arbeit zufrieden zu sein. Sie begannen, ein paar kleinere Gasflaschen zu befüllen. Eines der Aliens deutete kurz daraufhin auf das Bohrloch, in dem immer noch die Sonde steckte. Die verschwand allerdings kurz darauf, und es schob sich ein Schlauch durch die Öffnung.

Abermals erweckte eines der Aliens Johns Aufmerksamkeit. Dieses versuchte anscheinend John zu erklären, dass er sich den Schlauch in den Mund stecken und ein- und ausatmen solle. Nur ein oder zweimal, um zu sehen, ob das zusammengemischte Gas funktionierte.

John versuchte sein Glück und signalisierte schnell den Erfolg.

Jetzt musste nur noch eine passende Atemmaske aufgetrieben werden. Doch die, die die Außerirdischen für ihre Zwecke verwendeten, schienen nicht ganz zu passen. Immerhin waren deren Köpfe größer. Kinderatemmasken hatten sie wohl keine an Bord. Aber dafür jede Menge Klebeband. John musste lachen, als man ihm demonstrierte, dass sie die Maske an sein Gesicht kleben würden.

Wenn er das nur aufnehmen könnte, das würde ein Renner in einer Sketchshow auf der Erde werden. John deutete abermals mit dem Daumen nach oben. Diese Geste funktionierte schon ganz gut, um sich zu verständigen.

John atmete ein paar Mal tief ein, und öffnete die Luke. Sein Herz raste, und da das einen sehr schnellen Sauerstoffverbrauch seines Körpers bedeutete, war auch dementsprechend Eile geboten. Die Außerirdischen fackelten auch nicht lange herum. Kaum war John aus dem Raumschiff, drückte man ihm die Maske aufs Gesicht, und wickelte seinen Kopf mit Klebeband ein. Seine neuen Freunde begannen lautstark zu lachen. Wenn man das seltsame Gekrächze so deuten konnte, war wohl John jetzt das Objekt der Belustigung. Er erwartete allerdings, dass man sein Raumschiff sofort in Beschlag nehmen, und alles bis aufs kleinste Detail untersuchen würde. Doch dem war scheinbar nicht so. Sie schauten sich zwar alles sehr genau an, jedoch einsteigen wollte keiner, und auch anfassen wollte niemand etwas. Entweder hielten sie diese Technologie für veraltet und damit für uninteressant, oder sie wollten nichts kaputt machen.

Als man Johns Gasflache auf ein kleines Wägelchen verlud und ihn den Griff in die Hand drückte, deutete ein Alien ihm zu folgen, während der Rest im Hangar aufräumte. Seine neuen Freunde machten zwar einen sehr offenen Eindruck, allerdings misstraute man John ganz offensichtlich ein wenig. In einem gewissen Abstand begleiteten John und seinen Führer nämlich zwei bewaffnete Wachen.

Daumenkarussell

Das Ziel der Aliens entpuppte sich als ein Besprechungsraum. Während John nicht die geringste Ahnung hatte, wie er sich verständigen sollte, hatten seine neuen Freunde bereits eine Lösung gefunden. Im Tisch war ein Bildschirm eingelassen, auf dem Bilder abgespielt wurden. John sollte die Objekte wohl nachsprechen. Zumindest interpretierte er die Gesten seines Gegenübers dementsprechend, der ihm wieder mit Hilfe seines ganzen Körpers zu erklären versuchte, was John zu tun hatte.

Kaum hatte John drei Bilder betitelt, unterbrach man ihm schon wieder. Er hatte dann doch etwas falsch verstanden. John rechnete mit einer neuen Runde Pantomime, doch bedachte man ihn nur mit einem Starren, bis die Türe aufging, und ein weiteres Alien mit einer Kiste hereinkam. Wie selbstverständlich packte es diese auf den Tisch und öffnete sie. Da war sie wieder, die Bohrmaschine. *Also dann doch sezieren*, dachte sich John und schluckte. Einer der Bewacher packte Johns Kopf, und hielt ihn so fest, dass John fürchtete, zerquetscht zu werden. Einen Augenblick später starrte John auch schon in die laufende Bohrmaschine, die sich mit einem schrillen Surren seinem Gesicht näherte. Johns Herz stockte. Das nahende Ende vor Augen, kniff er diese zusammen und hielt verkrampft den Atem an. Einen kurzen Augenblick später, als das Surren abrupt verschwand, öffnete er wieder langsam die Augen, und sah so etwas wie ein Mikrophon in seiner Maske stecken.

Zu seiner Überraschung zeigte dieses Mal eines der Aliens den Daumen hoch. Jetzt verstand auch John. Scheinbar war die Tonqualität durch seine Atemmaske in einem äußerst inakzeptablen Zustand gewesen. Das gefiel John, Perfektionisten mit einem Hang zur unkomplizierten Improvisation.

Und so begann er, abermals die Bilder auf seinem Bildschirm zu benennen. Diesmal war man offensichtlich zufrieden und spielte ein Bild nach dem anderen ab. Stundenlang. Ein paar tausend.

Die Stunden zogen vorbei und John signalisierte seinem Bewacher, dass er etwas zu trinken brauche. Dieser wollte ihn aber nicht wieder zu seinem Raumschiff gehen lassen, in dem er einige Vorräte gehabt hätte. Also versuchte John, sich ein wenig abzulenken. Daumenkarussell. Ein beeindruckendes Schauspiel. Sein Bewacher war geradezu angetan von Johns schnellen Daumenbewegungen, begann es sogar auszuprobieren. Derweil drehte John ein paar Runden im Raum und nahm alles unter die Lupe. Sein Bewacher ließ John einfach gewähren. Sie hatten wohl keine Geheimnisse, die sie vor John verbergen mussten, oder man war sich sicher, dass er ohnehin nichts verstehen würde.

Und dann ging endlich die Türe auf. Diesmal kamen gleich zehn von Johns neuen Freunden in den Raum und setzten sich an den Tisch. Auch John bat man wieder Platz zu nehmen. Ein paar Sekunden später hatte John auch wieder das Mikrofon in der Maske zu stecken. Einer der Außerirdischen begann zu sprechen, und siehe da, John konnte ihn verstehen. Sie hatten wohl ein Programm mit seinen gesprochenen Bildbeschreibungen gefüttert, das im Bruchteil einer Sekunde alles zu übersetzten vermochte.

Sein Gegenüber kam auch gleich auf den Punkt. Er stellte sich weder vor, noch hieß er John willkommen. Seine ersten Worte waren, dass sie seine Hilfe benötigten. John blickte verdutzt. Seine Hilfe? Wobei könne er denn ihnen behilflich sein?

Als John nicht gleich eine Antwort gab, wandte sich sein gegenüber von ihm ab, und hin zu seinen Kameraden. „Kann mir jemand sagen, ob das Übersetzungsmodul funktioniert? Kann der uns verstehen, oder was ist los?“

Da brachte John dann doch ein Wort heraus und warf ein: „Doch, doch. Ich kann Sie verstehen. Das ist unglaublich. Wie machen Sie das?“

„Sehr gut.“ Das Alien drehte sich wieder zu John. „Also, wir benötigen Ihre Hilfe!“

„Wobei kann *ich* Ihnen denn bitte behilflich sein?“

„Wir haben ein dezentes Problem mit unserem Antrieb. Wir kommen kaum von der Stelle."

„Ok. Aber was hat das mit mir zu tun? Ich wage zu bezweifeln, dass ich Ihr System reparieren kann."

„Das mag schon stimmen, allerdings haben wir beobachtet, wie Sie wie aus dem Nichts aufgetaucht sind. Auch wenn der erste Scan zwar auf eine nicht sehr ausgeprägte Technologie schließen lässt, würden wir uns trotzdem die Funktionsweise interessieren. Eventuell können wir etwas davon übernehmen."

John versuchte immer noch die Situation zu begreifen. „Wieso übernehmen? Ihre Antriebstechnologie müsste doch der meinen überlegen sein."

Johns Gegenüber starrte fragend in die Runde.

„Kann ich mir bitte etwas zu trinken aus meinen Raumschiff holen?" Johns trockener Mund machte sich wieder bemerkbar. Das Alien, das die Gespräche führte, wollte die Unterredung jedoch nicht unterbrechen und gab sogleich der Wache den Befehl, dass er Johns Wunsch nachkommen solle.

„Normalerweise hätten wir uns einem so winzigen, fremden Raumschiff nie zu erkennen gegeben. Allerdings hatten wir keine andere Wahl."

„Und da soll ich helfen können? Ich?" John zog die Augenbrauen hoch und blickte durch die Runde.

„Ja, das hoffen wir zumindest“, fuhr das Alien fort. „Sehen Sie unser Raumschiff ist nämlich ein Prototyp und unser Antrieb ist defekt. Ein gewisser Restantrieb besteht nach wie vor, allerdings sind wir nicht mehr zu hohen Geschwindigkeiten in der Lage. Leider fehlen uns die Mittel hier an Board, um diesen Defekt zu reparieren.“

„Und warum rufen Sie nicht um Hilfe von Ihrem Heimatplaneten?“

„Hatten wir, allerdings reagiert niemand auf unsere Nachrichten.“

„Naja, die werden Sie doch vermissen, und mit Sicherheit auch suchen? Ich würde einfach ein wenig abwarten.“

„Wir treiben seit annähernd zwanzig Jahren im All herum. Die Aussicht auf Rettung ist also sehr unwahrscheinlich.“

John verschlug es die Sprache, ehe er murmelte: „Zwanzig Jahre?“

Das Alien nickte. „Aber jetzt sind Sie aufgetaucht. Ein glückliches Ereignis in den Weiten des Weltalls, das mit Sicherheit kein zweites Mal auftreten wird.“

„Das glaub ich gerne. Aber warum sind Sie zunächst davongeflogen?“

John bekam eine ausführliche Erklärung.

Die Programmierung des Autopiloten war der Grund, warum sie sich von ihm entfernt hatten. Nach einem Jahr der verbitterten Reparaturversuche hatten sie enttäuscht beschlossen, sich in ihren Schlafkojen in eine Art Tiefschlaf zu versetzen und das Schiff auf Autopilot mit geringer Geschwindigkeit Richtung Heimatplaneten treiben zu lassen. Das wäre für sie die einzige Chance gewesen zu überleben. Selbst diese Heimreise hätte Jahrhunderte gedauert. Und der Bordcomputer war eben darauf programmiert, dass er sämtlichen Annäherungsversuchen anderer Objekte auszuweichen habe. Als John allerdings nicht locker ließ, hatte er einen Teil der Mannschaft aus dem Tiefschlaf geholt, die nachdem sie volles Bewusstsein erlangt hatten, sofort den Kurs änderten.

Der defekte Antrieb erklärte die Gastfreundschaft, die sie John gegenüber aufbrachten. John erkannte zudem die missliche Lage, in der sie sich befanden. War sie auch nicht viel besser als die seine. Abgesehen natürlich davon, dass er nur noch für einen Tag Sauerstoff gehabt hätte und es danach sein Tod gewesen wäre. John, der nachwievor hoffte, dass die Außerirdischen ihn nach Hause bringen könnten, stimmte daraufhin ein, ihnen zu helfen. Oder es zumindest versuchen würde. Daher schilderte er ihnen ebenfalls sein Problem, und den Grund, warum er in diesem Quadranten gelandet sei.

Endlich bekam John sein ersehntes Wasser. Nachdem er ein paar Schlucke zu sich genommen hatte, erklärte er: „Ich helfe, wo ich nur kann, versprechen kann ich aber nichts.“

Erleichtert bedankte sich sein Gegenüber. „Danke, das freut uns zu hören.“

„Ähhh, wie auch immer das ausgehen wird, mit Erfolg oder auch nicht, was passiert dann mit mir? Lassen Sie mich wieder gehen oder muss ich bei Ihnen bleiben?“

„Oh, Sie sind nicht unser Gefangener. Sie dürfen natürlich jederzeit gehen.“

„Das klingt gut. Könnten Sie mir eventuell helfen, meinen Heimatplaneten zu finden?“

„Aber natürlich. Das ist doch eine Frage des Anstandes und des gegenseitigen Respekts.“

Erleichtert von den Entwicklungen mussten sie allerdings erst seine Versorgung besprechen. Die Aliens hatten bereits einige ihrer besten Leute mit einer praktischeren Lösung für Johns Atmung beauftragt. Damit war John überaus glücklich. Jeder Menge netter Aliens, die alles dafür taten, um sein Leben zu erhalten. Besser konnte es für ihn in seiner Situation wirklich nicht laufen.

Damit zufrieden, dass John ihnen helfen würde, löste sich die Runde auf. John bat man allerdings, sich vorerst in diesen Raum aufzuhalten und weiterhin Bilder zu benennen, um die letzten Übersetzungsfehler auszumerzen.

John willigte natürlich ein. „Ach, eine Frage hätte ich noch, wenn Sie erlauben.“

„Natürlich“, erwiderte das Alien, das die Besprechung angeführt hatte.

„Wie nennt ihr euch denn eigentlich?“

„Menschen.“

John staunte nicht schlecht. „Menschen?“

„Nein, Menschen.“

John blickte etwas verdutzt drein. „Ach die Übersetzungsfehler.“

John hatte natürlich noch kein Bild mit dementsprechenden Namen für seine neuen Freunde bei der Bilderbenennung gehabt. Daher übersetzte der Computer sie einfach als Menschen. Da die Laute der Aliens für ihn nicht nachzusprechen waren, verpasste John ihnen einfach selbst einen Namen. Salveten. Klang für ihn ganz gut. Seinen neuen Freunden schien es egal zu sein. Das Alien lächelte bloß, nickte und verschwand durch die Tür. Außerdem musste John sämtliche Fachbegriffe benennen, und er wusste aus eigener Erfahrung, dass so ein Raumschiff aus sehr vielen, verschieden Einzelteilen bestand.

Zunächst legte John sich jedoch in einem Sessel schlafen, dieses Mal fand er tatsächlich Ruhe. Immer-hin war sein Leben nicht mehr in unmittelbarer Bedrohung.

Während John schlief, brachte man einige seiner Essensvorräte aus seinem Raumschiff, und beobachtete ihn sehr genau beim Atmen. Seine derzeitige Atemhilfe war alles andere als alltagstauglich und die Aliens mussten zunächst erforschen, welche anderen Möglichkeiten bestanden. Da John hauptsächlich durch die Nase ein- und ausatmete, schien man dann eine recht einfache Ersatzlösung für seine Atemmaske zu finden.

Als John später erwachte, war er sichtlich erfreut über den gedeckten Tisch. Nur hatte niemand bedacht, dass er mit der Maske nicht essen könne, und so blieb ihm vorerst nichts anders übrig, als sich mit seinem Wasser zu begnügen, dass er zum Glück mit Hilfe eines kleinen Schlauches zu sich nehmen konnte.

Hungrig widmete er sich wieder den Bildern, die man ihm erneut für das Übersetzungsprogramm vorspielte. Einen ganzen Tag lang, oder besser gesagt, es kam ihm so vor wie ein ganzer Tag, ging er Foto für Foto durch. Bis er endlich ans Ende der Galerie angelangt war. Vom Hunger mittlerweile sehr geplagt, und erschöpft vom ewigen Starren auf den Bildschirm, schlief John wieder ein.

Als man ihn das nächste Mal unsanft weckte, präsentierten die Aliens ihm seine neue Atemmaske. Oder besser gesagt, Atemstöpsel. Zwei Stöpsel, die er sich in die Nase stecken sollte und mit einem Schlauch an eine kleine Tasche befestigt waren. Diese Tasche war wohl sein neuer Sauerstoffvorrat. Auf die Frage, wie lange er denn damit Luft bekäme, meinten seine neuen Freunde, einige Tage, und sie würden ihm alles später erklären.

Neugierig probierte John die neue Technik aus. Zuerst musste jedoch die alte Maske von seinem Kopf, und das war mit all dem Klebeband nicht so einfach. Klebeband und Haare. Ein schmerzhaftes Erlebnis. John ließ alles über sich ergehen, denn mit den neuen Stöpseln konnte er endlich etwas essen. Was für eine Wohltat. Allerdings musste er ständig darauf achten, dass er nur noch durch die Nase atmete. Wenn auch die Atmosphäre der Salveten für ihn nicht giftig zu sein schien, schmeckte sie grauenhaft.

Gestärkt und von der Last des Wagens befreit, der seine Sauerstoffflasche transportiert hatte, konnte er sich auch endlich frei bewegen. Es wurde ihm ein ständiger Begleiter zugewiesen, der ihm durch das riesige Raumschiff führte.

John war vorerst hauptsächlich um sein eigenes Wohl bedacht, und wollte wissen, wie sie ihn ernähren wollten, wo er schlafen würde, wie es mit einer Toilette aussah, und der Körperhygiene. Geduldig wurden all seine Fragen beantwortet. Es schien ganz so, als würden die Körper der Menschen und die der Salveten ähnlich funktionieren, und auch dieselben Bedürfnisse haben. Ebenso legten sie auf Luxus einen einigermaßen großen Wert. Immerhin war die Kabine, die man ihm zuwies, so ausgestattet wie ein kleines Haus, mit Küche, Bad, Toilette und Schlafraum. John war begeistert, und nahm als erstes eine Dusche. Was da aus dem Duschkopf kam, war ihm ziemlich egal, es kam Wasser sehr nahe, und fühlte sich einfach nur gut an.

Allerdings blieb das Problem der Nahrung bestehen. Die Salveten ernährten sich von einer Art Brei, den sie in allen erdenklichen Formen und Variationen auftischten. In dieser Substanz wären alle erdenklichen Nährstoffe enthalten, die sie zum Überleben bräuchten. Allerdings, ob Johns Körper ebenso mit deren Nahrung zurechtkommen würde, konnte keiner voraussagen. Und so blieb John nichts anderes übrig, als zu probieren. Erst einmal nur ein wenig. Um mögliche Vergiftungserscheinungen so gering wie möglich zu halten. Ohne ersichtliche Nebenwirkungen steigerte er von Tag zu Tag die Dosis, bis er endgültig auf seine Essensvorräte, die er noch von der Erde hatte, verzichten konnte.

John kam der Gedanke erst Tage später, dass ihn die Mikroorganismen, die normalerweise in jedem natürlichen Produkt vorkamen, töten müssten. Er staunte nicht schlecht, als die Salveten ihm die Technologie erklärten, die sie zur Herstellung ihrer künstlichen Nahrung verwendeten. Sie hatten ein riesiges Lager, in dem nur eine einzige Substanz gelagert wurde. Aus dieser reproduzierten sie alles andere.

Eine Technologie, die Johns Verständnis über das Spalten von Elementen weit überstieg, und ihn dazu zwang, es einfach so zu akzeptieren, wie es war.

Die 500

Nach und nach machte man sich mit dem jeweils anderen Antriebssystem vertraut. Ob man die so unterschiedlichen Triebwerksarten kombinieren konnte, das wagte bis dahin noch keiner vorauszusagen. John verstand auch allmählich, wo das Problem bei deren System lag. Es basierte ebenfalls auf einer Technologie des Strahlungsausstoßes, das zwar in ihrem Sonnensystem funktionierte, allerdings nicht in den leeren Weiten des Alls. Ihre Heimat lag in mitten eines riesigen galaktischen Nebels. Und dieser Nebel diente wohl als Rückstoß. John erklärte sich das so ähnlich wie den gängigen Düsenantrieb der Menschheit. Aber warum um alles in der Welt baut man denn ein so riesiges Raumschiff, und testet es dann nicht gründlich, bevor man so viele Leben ins Unglück schickt? Auf diese Frage wollte man ihm nicht so recht antworten. Scheinbar gab es dann doch das eine oder andere Geheimnis, dass sie nicht vorschnell preisgeben wollten. John bohrte aber immer wieder nach, bis sie letztendlich erklärten, dass sie in einen Krieg mit einer anderen außerirdischen Spezies, die John später als Prädoreaner bezeichnen sollte, geraten waren. Eigentlich entsprachen die Salveten einem sehr friedlichen und genügsamen Volk, dass Jahrmillionen allein in jenem dichten Nebel existiert hatte. Eines Tages allerdings erschien ein fremdes Raumschiff in ihrer Galaxie und nahm mit ihnen Kontakt auf. Anfangs machte man ihnen mit allen Mitteln weiß, dass es sich bei den Prädoreanern um reine Forscher handelte, die das ganze Universum auf der Suche nach einer anderen Spezies durchstreiften. Nach endlosen Gesprächen und zahlreichen Geschenken war man der festen Überzeugung, dass man in Frieden miteinander leben könne. Überprüfen konnten sie dies mit ihrem Technologiestand eh nicht. Auch weil ihnen die Antriebstechnologien versprochen wurde, stimmte man dem Austausch zu. Aber nur dann, wenn sich die Prädoreaner ein Bild von ihrer Spezies gemacht hätten, und sicherstellen konnten, dass sie auch bereit dafür wären. Eine riesengroße Verlockung. Das wäre die Chance gewesen, ebenfalls das Universum zu erkunden.

Als sie herausfanden, dass nur ihre Technologien ausspioniert wurden, war die Enttäuschung umso größer. Die Führung der Salveten war erzürnt über die niederträchtige und hinterlistige Art. Als sich auch noch herausstellte, dass ihr Planet kurz vor einer Invasion stand, und die Salveten versklavt werden sollten, kochten sie vor Wut. Da sie wussten, dass sie den Prädoreanern militärisch nicht gewachsen waren, forschten sie selbst mit enormem Nachdruck an eigenen Raumschiffen. Außerdem stellten sie eine kleine

Armee zusammen, die aus den besten Leuten ihrer Art bestand und auch mit dementsprechenden Mitteln ausrüstet wurde. Jene Armee lebte auf diesem Raumschiff, steuerte und wartete es. John, der wusste, dass die Kriege auf der Erde mit Millionen von Menschen ausgetragen wurden, wunderte sich, dass es nur die paar tausend Krieger waren, die die gesamte Streitmacht darstellten. Immerhin bevölkerten mehrere Milliarden ihren Heimatplaneten. Der Grund war die Art und Weise, wie die Prädoreaner Kriege ausfochten. Diese waren nicht darauf bedacht, eine Reihe von einzelnen Schlachten zu schlagen, um nach und nach das verfeindete Gebiete zu erobern. Sie vernichteten ganze Armeen in einem Erstschlag, denn dann blieb den Unterlegenen nichts anderes mehr übrig, als zu kapitulieren.

Dass die Salveten überhaupt die wahren Hintergründe ihrer neuen Bekanntschaft herausgefunden hatten, verdankten sie einem Zufall. Eines der Raumschiffe der Prädoreaner stürzte beim Landeanflug auf ihrem Planeten ab. Es wurde dabei völlig zerstört. Mit der Gewissheit, dass die Salveten daraus keine Erkenntnisse über die verwendeten Technologien der Prädoreaner gewinnen konnten, überließ man ihnen die Wrackteile. Die Salveten konnten allerdings einen Teil des Bordcomputers und dessen Speicher reaktivieren. Der Rest war einfach. Als sie erst einmal die Datensätze der Prädoreaner entschlüsselt hatten, lagen ihnen genug Informationen über deren Geschichte und Absichten vor. Dem drohenden Krieg und der Versklavung ins Auge blickend, mussten sie schnell eine Strategie entwickeln, die sie vor dem Untergang bewahren würde. Am besten wäre es, einen Präventivschlag auszuführen. Damit hätten die Prädoreaner keine Zeit zu reagieren, und die Salveten konnten den Krieg von ihrer Heimat fernhalten. Eine Schlacht auf deren eigenen Grund und Boden hätte den Einsatz von schweren Geschützen nicht erlaubt.

Eigentlich eine gute Strategie, dachte sich John, das könnte auch wirklich funktionieren. Allerdings nicht mit den paar Soldaten, auf einem einzigen Raumschiff.

Wenn sich da John mal nicht täuschen sollte.

Denn jeder einzelne ihrer Soldaten, war deren der Prädoreaner um ein Vielfaches überlegen. Während diese ihre Stärke in der Masse konzentrierten, legte man bei ihnen sehr großen Wert auf Technologie und Ausbildung. Mit einer Schildtechnologie ausgestattet, die ursprünglich als Schutz gegen die widrigen Umweltbedingungen in ihrer Heimat entwickelt wurde, war es nicht möglich sie mit Schusswaffen zu besiegen. Einzig im Nahkampf. Und darin lag eben die Stärke der Salveten. Nicht nur deswegen, weil sie um einiges größer und stärker waren, sondern weil sie über ein zweites Paar Arme verfügten, das es ihnen ermöglichte, es gleich mit mehreren Gegnern auf einmal aufzunehmen.

„Ein zweites Paar Arme?“ John runzelte die
Stirn. „Wo habt ihr die denn? Ich hab bis jetzt
noch niemanden mit vier Händen gesehen.“

„Nun ja“, erwiderte sein Führer. „Wir verstecken sie eigentlich seit deiner Ankunft unter
unseren Gewändern.“

John blickte auf die Löcher in der Jacke seines
Be-gleiters. „Warum das denn? Ist das nicht un-
bequem?“

„Ja, schon, aber wir wollten dich nicht schockieren.“

„Wieso schockieren? Eure ganze Erscheinung
war doch neu für mich, was hätte da ein zweites
Paar Arme großartig geändert?“

„Einige unserer Artgenossen waren damals
über die Prädoreaner so entsetzt, dass sie ver-
einzelt in einen schweren Schock fielen. Die
Prädoreaner haben auch nur zwei Arme.“

„Oh, das wolltet ihr bei mir wohl vorsorglich
vermeiden.“

„Genau, immerhin wusste niemand, wie man
bei dir einen Schock behandelt. Deine Gesund-
heit hat nun mal oberste Priorität.“

„Ihr hättet es doch erwähnen können.“

Johns Begleiter zuckte mit den Schultern.

„Jetzt lass mal sehen. Der Anblick haut mich
sicher nicht um. Immerhin kenn ich so was ohnehin schon.“

„Achso, woher denn? Gibt’s denn auch auf
deinen Heimatplaneten eine Spezies, die vier Ar-

me hat?"

„Ja, ist aber eine Gottheit. Die hat glaube ich sogar noch mehr Arme."

„Eine Gottheit?"

„Frag erst gar nicht genauer nach." Davon überzeugt, dass John deren Anblick in voller Pracht vertragen würde, streckte sein Begleiter das zweite Armpaar durch das Gewand.

John war ein wenig neidisch, und dachte sich: *Was würde ich für ein zusätzliches Paar Hände geben. Alle Arbeiten würden doppelt so schnell vonstattengehen.*

Nachdem John seinen Gegenüber ein paar Minu-ten betrachtete, fuhr dieser mit der Erzählung über die Ereignisse fort, die sie zu Johns Begegnung geführt hatten.

Damals schien der Plan nach ihren Vorstellungen zu verlaufen, als sie mit dem Raumschiff Richtung Feind aufbrachen. Allerdings konnten sie nicht mehr beschleunigen, nachdem sie das erste Mal abbremsten, um den Kurs zu korrigieren. Ihr Antrieb schien im leeren Raum nicht zu funktionieren. Im Nebel hatten sie genügend Widerstand, der sie vom Fleck katapultieren ließ. Doch ohne Teilchen, eben nur heiße Luft. Zu weit draußen im All erkannte niemand auf ihrem Heimatplaneten die Notsituation, und so trieben sie nun schon seit Jahren herum. Daran, dass die andere Spezies ihre Heimat mittlerweile unterjocht hatte, hatten sie keinen Zweifel. Allerdings war man der festen Überzeugung, dass man dann doch die Herrschaft wiedergewinnen könne, wenn man erst einmal zurückgekehrt sei.

John wusste nicht, was er darauf sagen sollte. Immerhin schien er ihre einzige Chance zu sein, um das Volk der Salveten vor der endgültigen Ausrottung zu bewahren. John kannte aus der Geschichtsschreibung der Menschheit, dass die Eroberer stets darauf bedacht waren, die ursprünglichen Bewohner aus deren Territorien zu verdrängen.

Mit dieser erschütternden Erkenntnis über seine neuen Freunde fiel es John an diesen Abend sichtlich schwer einzuschlafen. Immerhin könnte dieses Schicksal eines Tages auch seinen Heimatplaneten treffen. Und die Menschen wären mit Sicherheit nicht im Geringsten gewappnet, um auch nur den Hauch einer Chance zu haben.

Johns Verbundenheit mit den Außerirdischen vertiefte sich mit jedem Tag. Nicht nur aus dem Grund des beiderseitigen Vorteils, sondern weil man sich wirklich gut untereinander verstand. Da John anfangs keinen markanten Unterschied in den Gesichtszügen erkannte und auch in deren Aussprache nur schwer einzelne Wörter aus deren Sätzen heraustrennen konnte, war es ihm gar nicht aufgefallen, das sich die Salveten nie mit einem Namen ansprachen. Erst als er sich mit ihrer Schriftsprache vertraut machte, verstand er, dass die Zeichen auf ihren Gewändern Nummern waren und keine Namen.

„Warum habt ihr Nummern auf euren Jacken zu stehen?", fragte John seinen Begleiter, der ihm die Schrift beibrachte.

„Das vereinfacht den Kampf", erklärte er ihm.

„Ja, aber habt ihr denn richtige Namen?"

„Klar, aber die benutzt noch kaum einer. Wir haben uns an unsere Nummern gewöhnt."

John war etwas verwundert darüber, dass man eine Nummer dem Namen vorzog. „Auch du hast mittlerweile eine Nummer", fuhr sein Begleiter fort.

„Ach ja? Und die wäre?"

„Die 500."

„Warum ausgerechnet die 500? Ihr seid doch Zehntausend, wie kommt es, dass die 500 noch frei ist?"

„Nun ja, das ist auf unseren Planeten eine Unglückszahl und damit nicht vergeben. Und da du im Unglück aufgetaucht bist, beschlossen wir, sie dir zu geben."

John musste daraufhin lachen und bedankte sich herzlich dafür.

Mit seiner Nummer wurde John endgültig einer von ihnen, und so behandelte man ihn auch. Überall war er willkommen. Nicht nur wegen seines offenen Charakters, sondern auch weil er sehr schnell verstand, wie deren Antriebstechnologie funktionierte. Nur wie er und seine Freunde die beiden Antriebe kombinieren konnten, war die

Herausforderung schlechthin. Um Johns Antriebsmodell einfach zu kopieren und auf das Mutterschiff aufzubauen, fehlten die Ressourcen. Die Art und Weise, wie sich das Raumschiff fortbewegte, stützte sich dennoch auf derselben Grundidee, nämlich der Resonanz von Energiewellen. Der große Unterschied: Johns Variation trieb sich von selbst an, die Version der Außerirdischen brauchte ein Medium, um einen Rückstoß zu erzeugen.

John schlug vor, dass sie das nukleare Grundkonzept so ließen wie es war, allerdings den Aufbau des Antriebs komplett neu konstruierten. Begeistert war keiner davon, es hatte aber niemand eine bessere Idee.

Bevor man allerdings das halbe Mutterschiff im All zerlegte, wollten sie auf Nummer sicher gehen, und testeten es bei einem der kleinen Raumgleiter, die John einst in den Hangar geleitet hatten. Es schien zu funktionieren, sogar besser als Johns eigene Konstruktion.

Äußerst glücklich über den Fortschritt planten sie auch gleich die Arbeitseinteilung. Arbeitskräfte waren ja zu genüge vorhanden, wenn man alle aus dem Tiefschlaf geholt hatte. Dass es dann mit der idyllischen Ruhe auf dem Mutterschiff vorbei sein würde, musste John eben hinnehmen. Immerhin waren es bald nicht mehr fünfzig Aliens, die ihm zu allen möglichen Themen ausfragten, sondern hunderttausend. Er wollte nicht jedem seine Lebensgeschichte erzählen, das wäre ihm auf Dauer zu mühsam. Also bat er gleich zu Beginn, dass sie doch bitte allen erklären sollten, wer er sei, woher er komme und so weiter.

Da für John alle Salveten nach wie vor gleich aussahen, und auch keinerlei Rangabzeichen auf ihren Uniformen zu erkennen waren, hatte er Müh und Not einen Anführer unter ihnen herauszufiltern. Es schien ganz so, als erteilte mal der eine einen Befehl, mal der andere. John fragte jedes Mal nach, wenn er ein Anliegen hatte, wer die richtige Ansprechperson sei. Verwundert darüber, dass er immer auf den richtigen Salveten traf, der auch die entsprechende Entscheidungsgewallt innehatte, ließ er sich deren Befehlskette erklären.

„Sag mal, woran erkenne ich eigentlich euren Kommandeur?“

„Kommandeur?“

„Ja, derjenige, der die letzte Entscheidungsgewalt hat.“

„Ach so. So etwas haben wir nicht.“

„Wie? So etwas habt ihr nicht. Wer gibt denn dann die Befehle?“

„Niemand und jeder. Wir sind sozusagen alle gleichgestellt. Bis auf den Kapitän des Schiffs natürlich, aber den erkennst du an seiner anderen Uniform.“

„Dann ist er eurer Anführer?“

„Nein, und ja. Nur bei Fragen zur Steuerung

des Raumschiffes. Sonst ist er auch allen andern gleich gestellt." Ein System ohne Hierarchie. Unvorstellbar auf der Erde. Aber es schien zu funktionieren. Sie bildeten eine Einheit und jedes Individuum war stets danach bestrebt, nicht nur sich zu nützen, sondern der Gesellschaft. Vergleichbar mit einem Ameisenhaufen, allerdings eben ohne Königin. Oder besser gesagt, der Zweck war die Königin.

John war das ganz Recht, damit ersparte er sich großartige Diskussionen über mögliche Entscheidungen. Wenn jemand etwas zu sagen hatte, tat er dies einfach, und der Rest wog ab, ob es etwas von Nutzen war oder nicht. Wenn ja, wurde es umgesetzt, und wenn nein, ließ man es bleiben.

Ein mentales Upgrade

Und so vergingen die Wochen. Nach und nach nahm das Heck des Raumschiffes neue Formen an. John war stets von der Disziplin und dem gegenseitigen Respekt beeindruckt. Vor allen Dingen, weil es keinerlei Möglichkeiten gab, um mal die Sau rauszulassen. Keine Bars, Kinos oder Ähnliches, um zu entspannen und abzuschalten. Ein Raumschiff, das für den Krieg gebaut wurde, hatte nun mal keine Vergnügungsmeilen.

Also fragte John nach, was die Salveten in ihrer Freizeit machten, um einen Ausgleich zu der ständigen Schufterei zu schaffen. Daraufhin zeigte man ihm den allgemeinen Tagesablauf. Natürlich stand das militärische Training ganz oben auf der Liste. Was aber darauf folgte, war für John eine Überraschung. Sie studierten. Nicht so, wie auf der Erde, in dem man sich in eine Schule setzte und einem Lehrer zuhörte, sondern durch eine Injektion. Jeder der Aliens hatte in seinem Kopf ein Implantat, das man mit einer Schnitt-stelle an den Bordcomputer anschloss. Durch gewisse elektrische Impulse wurden dann die Gehirnregionen stimuliert, in denen das Wissen gespeichert werden sollte.

Auf diese Art wurden ihnen auch die Informationen zugeführt, die sie jeden Tag brauchten, um bei der Arbeit da weiterzumachen, wo letzterer aufgehört hatte, ohne sich beim Wechsel großartig auszutauschen. Das ersparte natürlich immens an Zeit.

John war begeistert und fragte sich insgeheim, ob man diese Technik auch bei ihm anwenden könne. Warum sollte sein Wissen nicht auch auf diese Weise bereichert werden? Immerhin hatte der Bordcomputer ein immenses Arsenal an Literatur, Geschichte und Wissenschaften gespeichert. Je mehr sie ihm über diese Technologie erzählten, umso größer wurde der Drang, es auch bei ihm anzuwenden. Da der Antriebsumbau auch ohne seine Hilfe von statten gehen würde, suchte er unerbittlich nach einer Möglichkeit, ihm ebenfalls eine Schnittstelle in seinen Schädel zu operieren. Allerdings stieß er auf wenig Begeisterung, nicht, weil die Salveten ihre Technologien für sich behalten wollten, sondern weil man davon ausging, dass es ihn umbringen würde. Für John schien das Risiko akzeptabel zu sein. Also machten sich er und ein paar seiner neuen Freunde auf, um sein Gehirn genauestens zu untersuchen, und seine Gehirnströme aufzuzeichnen. John hatte erneut Glück. Die Wellen des elektrischen Impulses mussten zwar angepasst werden, aber es sollte funktionieren. John konnte es als Einziger kaum erwarten, sich unters Messer zu legen. Seine Freunde reagierten reservierter. Das Risiko war sehr hoch, dass auch nur der kleinste

Fehler bleibende Schäden hinterließ. Doch John ließ nicht locker. Er wollte unbedingt und fragte so lange, bis sich endlich jemand dazu bereit erklärte.

Als John nach der Operation wieder aufwachte, waren alle vorerst erleichtert. Bis auf John, dem pochte der Schädel, als hätte er drei Tage lang durchgefeiert. Während John abwarten musste, bis die Wundheilung abgeschlossen war, brachte man ihn eine Technik bei, die die Außerirdischen sehr gerne durchführten, um ihre Gedanken ins Reine zu bringen. John war natürlich begeistert davon, und so setzte er sich zu einem seiner Begleiter.

„Gut, sitzt du bequem?"

John rückte sein Sitzkissen noch etwas zurecht. „Ja, kann losgehen."

„Also, das, was ich dir jetzt erkläre, bewirkt sozusagen einen bewusst bewusstlosen Zustand."

„Einen was?" John kniff verwirrt die Augen ein wenig zusammen.

„Ja, wie erklär ich das am besten. Ähhmm. Kennst du so was, wenn man zwar bei vollen Bewusstsein ist, also nicht schläft, und auch alles um einen herum wahrnimmt, nur nicht denkt?"

John überlegte kurz. „So wie ins Narrenkastl schauen."

Jetzt blickte der Salvet verwundert drein. „Ich weiß zwar nicht, was ein Narrenkastl ist, aber ich geh mal davon aus, das wir von demselben sprechen.“

„Das ist so ein Moment“, John kratzte sich nachdenklich am Kopf, „ich würde sagen, der einer kurzen Trance am nächsten kommt.“

„Trance ist ein sehr gutes Wort“, warf der Salvet begeistert ein. „Genau darum geht es, eine Trance, nur eben bei vollem Bewusstsein.“

„Oh, jetzt weiß ich, was du meinst, das kenn ich schon. Das nennt sich ‚Meditation‘ auf der Erde.“

„Sehr gut, dann brauch ich auch nichts weiter erklären. Legen wir los!“

John kannte sie allerdings bloß vom Hörensagen, selbst angewendet hatte er sie noch nicht. Er tat sie bis dahin immer als religiösen Aberglauben ab. Die Aliens schworen allerdings darauf. Und zwar ausnahmslos. *Also ausprobieren*, dachte sich John, *und sehen was passiert.* War gar nicht so einfach, auch wenn es für ein paar Sekunden funktionierte, schweiften seine Gedanken immer wieder ab. Und zwar genau dorthin, wo sie sich nicht hinwenden sollten. Nämlich zu Evie und den anderen. Er hoffte, dass sie nicht in irgendeiner Gefängniszelle ihr Dasein fristen müssten. Johns Gedanken malten sich immer wieder die schrecklichsten Szenarien aus. Also fragte er doch genauer nach, wie die Meditation funktionierte.

„Ich will dich jetzt nicht stören, aber das funktioniert irgendwie nicht bei mir.“

Der Salvet öffnete langsam die Augen. „Zu viele Gedanken?"

„Kann man wohl sagen. Es ist doch unmöglich, nicht zu denken."

„Doch das ist möglich, alles eine Frage der Technik und der Übung."

„Eine Frage der Technik? Gibt's denn verschiedene Arten des Nichtdenkens?"

„Ja klar, konzentrier dich einfach für den Anfang auf deine Atmung. Also weniger bewusst ein- und ausatmen. Sondern eher beobachten."

„Meine Atmung beobachten?"

„Ja, atmen tust du immer, auch im Schlaf, und somit benötigt es keinerlei bewusstes Denken."

„Aber dann denke ich doch wieder."

„Nein. Du beobachtest. Dein Bewusstsein ist sozusagen beschäftigt und damit kann es nicht abschweifen."

„Versteh ich nicht." John runzelte die Stirn.

„Mach einfach. Du wirst schon sehen."

„Na gut." John rückte sich abermals sein Sitzkissen zurecht und schloss die Augen.

Es schien zu funktionieren. Immer besser fand John in die Meditation, und das Gefühl der Befreiung war phänomenal. Nie hätte er es für möglich gehalten, dass ihm diese Art des Zeitvertreibs so viel geben könnte. Johns Wunde verheilte bestens, ob das mit der Meditation zu tun hatte, oder einfach dem medizinischen Fortschritt zu verdanken war, spielte für niemanden eine Rolle.

Endlich war es soweit, John schloss sich das erste Mal an den Bordcomputer an. Vorerst nicht in seiner Kabine, sondern auf der Krankenstation, um auf eventuelle Komplikationen so schnell wie möglich reagieren zu können. Die Buchsen für die Verbindungskabel waren ohnehin überall auf dem Schiff anzufinden. John fand das praktisch, in etwa so wie wenn er sein Handy zum Laden an eine Steckdose anstecken würde, nur war es sein Schädel, und nicht um Energie zu laden sondern Wissen. Ein großer Moment für ihn. Man gab ihn noch vorher einige Instruktionen. Schien ganz so, als würde das Verfahren schmerzhaft sein, und auch einen gewissen Grad an Orientierungslosigkeit und Verwirrtheit auslösen. John war das egal, er wollte loslegen, und so begannen die Aliens erst einmal ganz vorsichtig. Mit einem Gedicht, das von ihrem Heimatplaneten stammte.

„Was ist geschehn mein Herz, ich spür dich
   nicht.
Erinnre dich, zurück an mich
An mich mein Herz, an mich dein Licht
Ein Funke klein, erwacht aus Nichts
Der Docht entfacht, die Kerze bricht
Erstickt im Stroh, da irrst du dich
Die Glut erwacht, entzündet sich
Ein Feuer nein, erkennst du dich

Mein Herz, mein ein, nur du und ich.“

Nach zwei sehr intensiven Sekunden war der Spuk vorbei. Denn John brauchte eine Weile, um einen klaren Gedanken fassen zu können. Allerdings mit einem neuen Gedicht in seinem Gedächtnis verankert. Fehlerlos konnte er es wiedergeben.

John wollte jetzt mehr, und zwar viel mehr. Allerdings wurde ihm empfohlen, es langsam angehen zu lassen, bis sich sein Gehirn an die doch fremden elektrischen Impulse gewöhnt hatte. Sonst könnte die Verwirrtheit ein Dauerzustand bleiben.

John steigerte sein Pensum langsam und verbrachte letztendlich jede freie Minute damit, sich das Wissen der Aliens anzueignen. Hauptsächlich das technologische Wissen. Allerdings war er auch sehr an deren Geschichte und Literatur interessiert. Ihre soziale Entwicklung war der der Menschen sehr ähnlich.

John lernte natürlich auch deren Sprache. Zwar konnte er die meisten Worte nicht aussprechen, dennoch verstand er sie, und das brachte ihm den Vorteil, dass er das Übersetzungsmodul nicht mehr mitschleppen musste. Die Außerirdischen hatten ihrerseits längst Johns Sprache gelernt, und so konnte jeder in seiner Muttersprache reden und verstand sich trotzdem.

So vergingen die Wochen, bis der Antrieb

endlich umgebaut und für den ersten Testlauf bereit war. John verschwieg sicherheitshalber, dass der erste Versuch bei seinem Antrieb im Bergwerk kläglich scheiterte, und das Zerstören der Testrakete nach sich zog. Immerhin wollte er niemanden beunruhigen.

Langsam aktivierte man einen Teil des Antriebes nach dem anderen. Kein System meldete ein Problem und das Raumschiff bewegte sich, wenn auch sehr gemächlich. Immer schön langsam, bis auch wirklich alle Tests und Analysen vollzogen waren. Schritt um Schritt erhöhte man die Geschwindigkeit bis zum maximalen Schub.

Wieder auf Schneckentempo gedrosselt, wollte man sich erst einmal bereit machen, und alle Vorkehrungen treffen, bevor sie auf den Heimatplaneten der Außerirdischen zusteuerten. Auch wenn es keiner aussprach, rechnete jeder damit, dass ihre Spezies bereits unterjocht worden war, und ihr Heimatplanet kaum wiederzuerkennen sei. John, der ursprünglich vorgehabt hatte, gleich nach dem Umbau Richtung Erde aufzubrechen, hatte ebenfalls seine Meinung geändert. Ihn verband mittlerweile so viel mit seinen neuen Freunden, dass er beschloss, mit ihnen mitzukommen. Nicht um zu kämpfen, aber um zu helfen.

Seine Begleiter fanden das sehr löblich von ihm, rieten ihm allerdings davon ab. Niemand wusste, ob ihr Überraschungsangriff nicht in einem Fehlschlag enden würde und somit in Johns sicheren Tod.

Die militärische Ausrüstung seiner neuen Freunde bot ein beeindruckendes Bild. Sie waren kaum wiederzuerkennen. Ein Kampfanzug, der nicht nur mit Technologie ausgestattet war, die der der Menschen um einiges voraus war, sondern auch bestückt mit allerhand Feuer- und Nahkampfwaffen. Auf alles gefasst und einsatzbereit, nahmen sie Kurs auf ihren Heimatplaneten und zündeten die Antriebe.

Ein kurzes Ruckeln durchzog das Raumschiff und anschließend herrschte Totenstille. Der Flug würde nur ein paar Minuten dauern, und so starrten alle gespannt auf die Monitore, verharrten fast regungslos an ihren Plätzen, bis sich ein weiteres Ruckeln durch das Schiff zog. John, der auf der Einsatzzentrale war, und alles auf den Bildschirmen beobachten konnte, bot sich vorerst nur der Blick auf den Gasnebel des Sonnensystems. Langsam glitt das Raumschiff hindurch, bis sich der Nebel lichtete, und den Blick auf deren Heimat freigab. Die Salveten erwarteten, sofort angegriffen zu werden, und setzten vorsorglich die gesamte Kampfjägereinheit vor ihren Mutterschiff in Position. Allerdings war alles ruhig. Kein einziges feindliches Raumschiff zu erkennen. Es begann auch kein Beschuss vom Planeten, der durch die dicke Wolkendecke auf sie eingeprasselt wäre.

Ein Unwetter tobte über diese Seite des Planeten, welches den Blick auf die Oberfläche versperrte. Um nicht in einen Hinterhalt zu geraten, setzten erst einmal nur zwei der Kampfjäger an, die in der Wolkendecke verschwanden. Man hätte eine Stecknadel fallen hören können, so still war es auf dem Mutterschiff. Jeder wartete hoch angespannt auf den ersten Bericht. Was dann durch den Funk zu hören war, war alles andere als erfreulich. Sie kamen viel zu spät. Niemand war zu sehen. Weder Salveten, noch Prädoreaner.

Nachwievor war es gespenstisch still an Bord. Langsam näherte sich das Mutterschiff der Oberfläche des Planeten. Was sich ihnen dann für ein Bild bot, als sie durch die Wolkendecke brachen, hätte keiner für möglich gehalten. Kein einziges Gebäude war erhalten und auch sonst glich alles eher einer Wüste, als einem grünen, blühenden Garten. Kein Hinweis auf den Verbleib der Bevölkerung.

Nachdem sich die Jägerstaffel in alle Himmelsrichtungen aufgeteilt hatte, berichtete diese, dass der gesamte Planet davon betroffen war. Die einst vor Leben strotzende Welt war zu einem öden Felsen geworden, auf dem nichts mehr wuchs.

Sie landeten dann in der Nähe des Ortes, der einst als das Zentrum ihrer Spezies galt. Die zentrale Datenbank war dort ansässig gewesen, doch auch diese wurde überirdisch komplett zerstört. Johns Freunde hofften, dass sie einen Zugang zum unterirdischen Teil fanden. Was auch immer sich auf dem Planeten abgespielt hatte, dort würden sie die nötigen Hinweise finden. Ebenso die Antwort auf die Frage, ob sich andere Raumschiffe in Sicherheit gebracht hatten.

Eine neue Reise

Langsam öffneten sich die Luken und die gesamte Einheit schwärmte aus, um die Gegend nach einem Eingang zum unterirdischen Trakt abzusuchen. Zwecklos, es war einfach zu viel Zeit vergangen, und die stürmischen Umweltbedingungen hatten wohl, sofern ein Eingang die Schlacht überstanden hätte, diesen zugeschüttet. Also mussten sie graben, bis sie mittels Bodenradar einen Hohlraum entdeckten. Die ersten Erkundungstrupps berichteten, dass das Tunnelsystem die Kampfhandlungen überstanden hatte. Auch die dort aufgestellten Server schienen noch intakt zu sein. Erst als sie die Daten von den Servern auf das Raumschiff luden, bekamen sie einen Einblick auf das, was sich in ihrer Abwesenheit abgespielt hatte:

Nachdem die salvetische Führung auch nach Wochen keine Rückmeldung von ihrem Raumschiff erhielt, musste sie davon ausgehen, dass die Unternehmung des Präventivschlags auf dem Heimatplaneten der Prädoreaner gescheitert sei, und rüsteten sich auf einen Verteidigungskrieg. Daraufhin starteten die Prädoreaner ihrerseits umgehend einen verehrenden Angriff. Sie hatten anfangs tatsächlich vor, den Planeten und deren Bevölkerung zu unterwerfen. Demnach griffen sie nur militärische Ziele und Einrichtungen an, verschonten alle zivilen Gebäude. Ergeben wollte sich trotzdem keiner. Und so nahm die Verwüstung ihren Lauf. Nach und nach entwickelte sich ein Häuserkampf daraus, der sich über Wochen hinweg zog. Wenn man schon nicht die Bevölkerung unterwerfen konnte, so wollten die Eindringlinge wenigstens die Natur aufrechterhalten und setzten noch keine Massenvernichtungswaffen ein. Wahrscheinlich um den Planeten später neu zu besiedeln, oder für die Nahrungsproduktion zu nutzen.

Die Bevölkerung verlegte allmählich ihre Aktivitäten in den Untergrund, und bekämpfte von dort aus den Feind. Anfangs auch mit sehr großem Erfolg. Waren die Prädoreaner ihnen im Kampf unter der Erde nicht im Geringsten gewachsen. Die Prädoreaner sahen irgendwann ein, dass sie diesen Krieg erst nach Jahren der Belagerung gewinnen würden, entschieden, den Planeten aufzugeben, und bombardierten die gesamte Oberfläche aus dem Weltraum aus. Tagelang, bis sie sicher waren, dass niemand mehr unter dem ständigen Beschuss überlebt hatte. Die meisten der Tunnelsysteme waren nicht tief genug in der Erde, und hielten somit dem Beschuss nicht stand. Die wenigen Überlebenden aus den tieferen Anlagen, fanden einen brennenden Planeten vor. Auch wenn ihre Feinde abgezogen waren, die giftigen Dämpfe in der Atmosphäre erledigten langsam den Rest.

Bis auf die hunderttausend, die ursprünglich freiwillig in einen sicheren Tod flogen, war ihre Spezies ausgelöscht. Von den erschütternden Neuigkeiten schwer niedergeschlagen, wagte tagelang niemand etwas sagen. Die sonst so aufgeweckten Salveten verharrten oft stundenlang an ein und demselben Ort, mit starren Blick auf den Fußboden. Kaum eine Regung war in ihren Gesichtszügen zu erkennen. Zu tief saß der Schmerz über den Verlust. Sie waren die letzten ihrer einst so blühendenden Spezies.

Nach ein paar Tagen lichtete sich die getrübte Stimmung allmählich, und sie wurden geselliger. Immer wieder versammelten sie sich in kleineren Gruppen, um die weitere Vorgehensweise zu beraten. Zu verweilen würde keinen Sinn machen, dort gab es ohnehin nichts mehr. Stattdessen wollten sie zunächst John nach Hause bringen, vielleicht würden sie auf der Erde sogar eine neue Heimat finden. John fand diese Idee natürlich grandios. Immerhin würden die Menschen von ihrer Spezies mit Sicherheit sehr viel lernen können. Damit war es beschlossene Sache, und man startete wieder Richtung Weltall.

John, der längst die Koordinaten der Erde mit Hilfe des Bordcomputers und seinen Sternenkarten herausgefunden hatte, gab diese in das Navigationssystem ein, und zündete den Antrieb. Er war sehr viel weiter von der Erde entfernt gewesen, als er damals in seiner Not vermutete.

Aber das spielte jetzt ohnehin keine Rolle mehr. Jetzt war er wirklich auf dem Heimweg. Allerdings mit einem sehr mulmigen Gefühl im Magen. Wie würde man wohl auf der Erde auf das Antreffen einer Außerirdischen Art reagieren, und noch dazu auf die Tatsache, dass diese vorhatten, mit den Menschen gemeinsam auf ihren Planeten zu leben? Allerdings riet er seinen Begleitern, nicht gleich allzu nahe an den Planeten heranzufliegen. Das würde nämlich mit Sicherheit eine Panik in der Bevölkerung auslösen. Lieber erst einmal auf Abstand bleiben, und sich nur langsam nähern. Dann blieb den Regierungen genügend Zeit, um die Zivilbevölkerung schonend auf ihre Ankunft vorzubereiten. Und es wären auch keine übereilten militärischen Handlungen zu erwarten. Gesagt getan.

Am Rande des Sonnensystems stoppten sie den Antrieb und trieben nur ganz langsam in Richtung Erde. Damit hatten die Menschen zwei bis drei Wochen Zeit, bis sie die Erdatmosphäre erreichten. John wurde mit jedem Tag nervöser. Zwei Tage vor dem Eintritt in die Erdatmosphäre fingen sie auch das erste Funksignal auf. John schickte eine Antwort, eine erste Erklärung, ohne zu wissen, ob die Erde seine Signale entschlüsseln konnte.

Eine neue Zukunft?

Langsam setzte das Raumschiff auf der Erde auf. Es dauerte nicht lange, bis sie von unzähligen Militäreinheiten umstellt waren. Dennoch wollte John sich den Spaß nicht nehmen lassen und als erstes das Raumschiff verlassen. Was für ein Anblick müsse dies wohl für die anwesenden Vertreter der Menschheit sein! Mit der Erwartung ein Alien zu sehen, das eine Erscheinung irgendwo zwischen E.T. und Yoda haben würde, und dann kommt John, ein Mensch. Keiner der Salveten hatte großartig etwas dagegen. Es war seine Heimat, und damit auch seine Entscheidung.

Nachdem sie eine der Luken öffneten und ein paar Sekunden verstreichen ließen, um Spannung aufzubauen, spazierte John winkend mit einem Lächeln die Rampe hinunter. Blieb dann aber sicherheitshalber stehen, damit man nicht gleich auf ihn schoss, wenn er sich den Einheiten der Menschen näherte. Abwarten war die Devise und auf ein Entgegenkommen ihrerseits hoffen. Dies ließ auch nicht allzu lange auf sich warten. Drei Männer in schwarzen Anzügen bewegten sich allmählich auf ihn zu, bis sie sich in der Mitte trafen.

Die drei Männer erklärten ihm, dass sie seine Rückkehr bereits vor Monaten erwartet hätten.

Allerdings nicht mit so einem Gefährt, sondern eher mit dem, mit dem er damals von der Erde gestartet sei.

„Zeiten ändern sich." John fixierte mit seinen Blick sein Gegenüber.

Dieser lächelte kurz auf und meinte: „Zweifellos, und jetzt?"

„Jetzt, will ich erst mal wissen, was Sie mit Mr. Bartensin gemacht haben?"

„Oh, der sitzt wegen Hochverrats in Militärhaft."

„Hochverrat?" Johns Stimme hob sich erzürnt an.

„Hochverrat! Wenn Sie sich jetzt fragen, was mit den Anderen Ihres Teams geschehen ist, die befinden sich wegen Beihilfe zum Hochverrat ebenfalls in unserem Gewahrsam", erklärte der Anzugträger mit einem hämischen Grinsen.

John versuchte seine aufsteigende Wut in Zaum zu halten. Am liebsten wäre er seinem Gegenüber an die Gurgel gegangen.

Doch John ahnte, dass sein Team keinen ordentlichen Prozess erhalten hatte, sonst wären sie zumindest in einem zivilen Gefängnis. Aber mit dem Druckmittel in seinem Rücken würde er sie sicher wieder freibekommen.

John rückte bis auf wenige Zentimeter an seinen Gegenüber heran. „Ihr blödes Grinsen können Sie sich sparen. Wenn Sie sich mit meinen neuen Freunden unterhalten wollen, dann bloß über mich. Und ich will erst einmal mein altes Team in Freiheit sehen!"

Ohne auf eine Reaktion zu warten, machte John kehrt. Ein paar seiner neuen Freunde hatten sich mittlerweile in voller Kampfmontur auf die Rampe gewagt. Das kam John ganz recht. Immerhin verlieh dieser Anblick einen gewissen Nachdruck.

Die drei Männer in ihren Anzügen machten daraufhin auch kehrt. Zwei Stunden später fuhr ein Bus Richtung Raumschiff und hielt mit genügend Abstand an. Mr. Bartensin und die Anderen stiegen aus und John war heilfroh, sie gesund in Empfang zu nehmen.

Erst einmal meine Freunde in Sicherheit bringen, dachte sich John, und führte sie in das Raumschiff. Ganz wohl war diesen dabei nicht, das war kaum zu übersehen. Nur zögerlich gingen sie die Rampe hinauf und näherten sich den beängstigend wirkenden Aliens. John redete die ganze Zeit auf sie ein, dass ihnen nichts passiere, und dass er alles im Inneren erklären würde. Umgeben von dutzenden Aliens nahm John erst einmal alle fest in die Arme, und begrüßte sie mit Tränen in den Augen. Überglücklich, dass sie wieder vereint waren, dauerte die ganze Prozedur dementsprechend lange.

Nach der Begrüßung stellte er seinen alten Freunden die Salveten vor und fing an, seine Erlebnisse in groben Zügen zu erzählen. Details wollte er sich für später aufheben. Immerhin warteten die Vertreter der Menschen gespannt auf einen Erstkontakt. Demnach marschierte John abermals die Rampe hinunter. Dieses Mal in Begleitung von drei seiner außerirdischen Freunde. Diese ließen es sich nicht nehmen, und traten mit samt ihrer militärischen Ausrüstung auf. Das Aufgebot an menschlichen Truppen erweckte nicht gerade einen freundlichen Eindruck. Allerdings stellten sie dieses Mal einen Tisch und Stühle bereit.

Nach und nach erklärte John, warum er mit ihnen zurückgekommen sei, und nicht mit seinem Raumschiff. Jedoch ließ er aus, dass die Salveten die letzten ihrer Art waren. Frage um Fragen ging auf John ein, der die Sprache der Aliens übersetzte. Nach drei Stunden klappte der führende Anzugträger seine Akte zu und merkte an: „Ok. Fürs erste wäre von unserer Seite aus alles geklärt. Wenn Sie noch Fragen haben?"

John blickte kurz zu seinen Begleitern und schüttelte anschließend den Kopf. „Nein, danke."

„Gut, dann darf ich mich im Namen der Menschheit bei Ihnen für Ihre Kooperation bedanken."

„Es war uns eine Ehre."

Langsam erhob sich John von seinem Stuhl. „Ich vermute ganz stark, dass Sie jetzt alles an Ihre Regierung weiterleiten und sich dann wieder melden."

„So ist es." Der Anzugträger erhob sich ebenfalls und reichte John die Hand. „Können wir irgendetwas einstweilen für Sie tun?"

John überlegte kurz. „Ja, natürlich."

John bat noch um ein paar Sachen, die man ihm vielleicht bringen könne. Nachdem all den vergangenen Monaten, hatte er unheimlichen Hunger auf einen Burger und ein kaltes Bier. Auch neue Kleidung wäre nicht schlecht. Seine eigene war von den Arbeiten am Triebwerk schon sehr löchrig. Sichtlich mürrisch wurden Johns Wünsche akzeptiert und man versprach, alles ans Raumschiff zu liefern.

Wieder im Raumschiff angekommen, merkte John, dass seinen Menschenfreunden nachwievor unwohl in der Umgebung der Salveten war. Sie saßen eng beinander an der Wand des Raumschiffes und blickten mit versteinerter Miene in die Gesichter der Außerirdischen. John lächelte und schnappte sich einen Salveten. Er marschierte mit ihm zu Mr. Bartensin.

„Na los, schüttelt euch doch mal die Hände!"

Mr. Bartensin zögerte nachwievor.

„Jetzt haben Sie sich nicht so. Die sind im Grunde ein sehr friedliches und zuvorkommendes Volk."

„Na gut." Mr. Bartensin streckte behutsam seine Hand aus und griff nach der des Salveten.

„Na bitte, war doch nicht so schlimm." John

lächelte und klopfte Mr. Bartensin auf die Schulter. „Jetzt auch die anderen!"

Alex war als nächstes dran. „Hallo, schön Sie kennen zu lernen." Ganz sanft umschloss ihre Hand die des Salveten.

„Nicht so zögerlich, die kann man schon richtig rannehmen." John klatschte den Salveten auf den Rücken, sodass dieser einen Schritt nach vorne machte und Alex vor lauter Schreck mit beiden Händen an den Armen des Salveten klammerte.

„Ups, Entschuldigung. Das war keine Absicht", merkte John schnell an.

Jetzt war das Eis gebrochen und einer nach dem anderen schüttelte den Salveten die Hände. Das lockerte die Runde etwas auf und man begann, John die ersten Fragen zu stellen. John antwortete geduldig und auch die Aliens mischten sich nach und nach in die Gespräche ein. Sie vertrauten John, und damit auch seinen alten Bekannten.

Stundenlang marschierte die Truppe durch die endlosen Gänge des Raumschiffs. Immer dem frohen John hinterher, der unterbrochen von seinem Abenteuer erzählte. Da John nicht abwägen konnte, wie sich die Verhandlungen mit den Menschen entwickeln würden, beschloss er, dass alle vorerst auf dem Raumschiff blieben. Nur zur deren Sicherheit, bis sich die Lage beruhigt hätte. Also wiesen die Salveten jedem ein eigenes Quartier zu. Mr. Bartensin und die anderen vertrauten immer mehr darauf, dass die Außerirdischen gutmütig waren. Und so machte der eine oder andere allein einen Rundgang durch das Schiff. Allerdings stets in Begleitung eines Führers. Sonst hätten sie sich erbarmungslos verlaufen.

Langsam verstrich ein Tag nach dem anderen. Immer wieder gab es Gespräche zwischen den Salveten und den Menschen. John hatte seine neuen Freunde natürlich genauestens über die Eigenschaften des menschlichen Charakters informiert. Nicht um irgendwelche Vorurteile zu wecken, sondern weil er davon ausging, dass die Vertreter der Regierungen nur an deren Technologien interessiert wären. Allerdings würden die Salveten den Fehler ohnehin kein zweites Mal machen. Die Ereignisse mit den Prädoreanern hatten sie genug gelehrt. Dementsprechend schleppend verliefen die Gespräche. Die Menschen wollten ständig Informationen zu deren Technologien und Zugang zu ihrem Raumschiff. Als Zeichen des guten Willens natürlich. Darauf ließen sich die Außerirdischen allerdings nicht ein. Sie bekräftigten jedes Mal, dass sie sich erst ein Bild von der menschlichen Rasse machen müssten, bevor sie ihnen ihre Technologien zur Verfügung stellten. Sie wollten keinesfalls, dass ihre Errungenschaften in die falschen Hände gerieten. Demnach blieb den Menschen keine andere Wahl, als den Aliens Erkundungstrupps zu gestatten. Natürlich in der Hoffnung, dass sie nichts von den zwischenstaatlichen Fehden mitbekämen. Dass das Ganze einen Haken hatte, war ihnen wohl nicht ganz bewusst. Und der Haken hieß John. Nachdem man den Außerirdischen erst einmal erlaubt hatte, sich frei auf der Erde zu bewegen, mischte sich John wieder ein. Wohl im Wissen, dass die Regierungsvertreter keinen Rückzug mit ihrem Zugeständnis machen würden. Denn das hätte ihre so angepriesene Friedfertigkeit und Hilfsbereitschaft sehr in Frage gestellt.

John machte die Salveten als erstes mit dem Internet bekannt. Denn im Internet wurde jede Kleinigkeit preisgeben, alle Fehler und Schwächen der Menschen, und auch die derzeitige soziale und politische Lage. Damit die Außeririschen nicht den Fehler machen würden, zu signalisieren, dass man bloß an Informationen über die menschliche Rasse interessiert wäre, verzichteten sie, sich mit ihrem Mutterschiff an das Netzwerk der Menschen anzuschließen, um alles direkt auf ihren Bordcomputer zu laden. Daher setzten sich immer ein paar an die Computer der Menschen und durchforsteten das Internet. Hauptsächlich ging es ihnen um deren Geschichte und Kultur. Natürlich übertrug man die gesammelten Erkenntnisse in den Bordcomputer, sodass sie jeder abrufen konnte, um sich selbst ein Bild über die menschliche Spezies zu machen.

Letzten Endes war John von den Menschen um einiges enttäuschter, als zu jenen Tag, an dem er die Erde mit seinem Raumschiff verlassen hatte. Mr. Bartensin und die anderen erzählten ihm natürlich, wie es ihnen in seiner Abwesenheit ergangen sei, und wie man sie behandelt hatte. Nicht sehr gut, wie sich herausstellte. Das Militär konnte tatsächlich Johns bemerkenswerten Start in das All vertuschen. Diejenigen, die seinen Start auf irgendwelchen Messgeräten mitbekommen hatten, wurden mit einem gescheiterten Raketentest ihrerseits abgespeist. Und die paar Spinner, die eine Verschwörungstheorie daraus machten, und behaupteten, dass das Alien waren, taten den Rest. Das Militär fand zwar das Labor im Bergwerk und konnte auch einige sehr informative Daten sichern, allerdings fehlte ein entscheidender Faktor für die Rekonstruktion von Johns Raumschiff. Und das war John. Schließlich hatte er kaum Unterlagen über seine Arbeit hinterlassen. Nachdem ohnehin alles logisch für ihn war, bedurfte es keiner Aufzeichnungen, die sein Gedächtnis unterstützten. Dies stellte sich dies als Glückfall heraus, denn damit wurden Mr. Bartensin und die anderen gebraucht, und das Militär konnte sie nicht einfach bei Seite räumen. Immer wieder wurden sie dazu gedrängt Informationen preiszugeben. Allerdings wussten sie sehr genau, dass sie es nie zulassen dürften, dass Johns Antrieb in die Hände des Militärs fiel. Das hätte nämlich einen entscheidenden Vorteil in der Kriegsmaschinerie bedeutet, und damit wohl auch früher oder später eine Militärdiktatur oder gar einen globalen Krieg.

Zu derselben Ansicht kamen auch die Außerirdischen. Das Internet war voll von Nachrichten über die Auseinandersetzungen zwischen den einzelnen Staaten. Allerdings musste man früher oder später mit einigen Technologien aufwarten. Immerhin wollte man mit den Menschen zusammenleben, und eine gesunde Koexistenz entwickeln. Das eine schloss jedoch das andere aus und so gelangten immer mehr zu der Überzeugung, dass sie den Planeten wieder verlassen sollten. Obwohl John sich dagegen aussprach, misstrauten die Salveten den Menschen mehr und mehr, bis sie zum Schluss kamen, dass die Menschheit noch nicht bereit wäre, um mit ihrem umfangreichen Wissen umzugehen. John beteuerte vergebens, dass sich die Menschen ändern könnten, wenn man ihnen nur zeigte, wie sie das Leben lebenswerter gestalten könnten. Das Internet sprach allerdings eine andere Sprache. Die Menschen machten stets dieselben Fehler. Und daraus entstand nur Hass und Leid.

Alle Zeichen standen auf Abschied.

John konnte es nicht fassen. Er hatte sogar Evie immer wieder auf das Raumschiff geholt, und davon geschwärmt, dass dies der Beginn eines neuen Zeitalters sein würde, doch dieser

Traum nahm ein jähes Ende.

Eigentlich wollte John Evie anfangs aus der ganzen Sache heraushalten, damit sie ungestört auch in Zukunft ihr Leben leben konnte. Immerhin war sie bis dahin ein unbescholtenes Blatt und niemand der Regierung hatte von ihr Kenntnis genommen. Allerdings hatte er sie angerufen. Bei einen der Ausflüge, die die Salveten in der nahe gelegenen Stadt machten, schlich er sich im Tumult der Schaulustigen davon und organisierte sich ein Handy.

Evie war überglücklich gewesen, als sie Johns Stimme hörte. Auch wenn sie anfangs noch zufrieden damit war, dass sie mit ihm telefonieren konnte, wollte sie ihn relativ schnell wiedersehen. John versuchte ihr das auszureden. Jedoch vergebens. Evie setzte geschickt ihren Charme ein, den John hoffnungslos ausgeliefert war. Also vereinbarte er mit den Behörden eine uneingeschränkte Reisefreiheit, die ihr problemlos das Überqueren der Grenzen ermöglichte. Sie wurde jedes Mal von einen Militärhubschrauber vom Grenzposten abgeholt und zum Raumschiff geflogen. Wenigstens vor der Presse konnte John ihre Identität schützen.

Bei der ersten Begegnung fiel sie John, ohne auch nur ein Wort zu sagen, um den Hals und klammerte sich minutenlang an ihm. Was für eine Begrüßung. Die Salveten, die dies mitbekamen, waren natürlich sogleich entzückt von Evie und

waren im Anschluss immer äußerst freundlich zu
ihr. Sie waren froh darüber, dass John jemanden
hatte, der ihm die Welt bedeutete. Auch wenn sie
ihre Heimat verloren hatten, hatten sie John
durch die Verkettung der Umstände die seine zu-
rückgegeben.

Ein neues Weltenreich

John haderte mit dem bevorstehenden Abschied. Obwohl er hin- und hergerissen war zwischen Evie und den Abenteuern mit den Salveten, spielte er immer öfter mit dem Gedanken mitzukommen. Er könnte zurückkommen, jetzt wüsste er doch, wo sich die Erde in den Weiten des Universums befand. Die Salveten wären nicht einmal gezwungen, ihn mit ihren Raumschiff durch die Gegend zu kutschieren. Er hatte doch ein eigenes, das er mit deren Hilfe sicher soweit aufrüsten konnte, dass er problemlos zwischen Evie und ihnen pendeln konnte. Das wiederum wollten die Salveten auf jeden Fall verhindern. Anscheinend hatten sie schon ein Reiseziel, welches sie John vorenthalten hatten.

Nachdem John allerdings nicht lockerließ, erklärten sie ihm ihre Absichten. Sie wollten zu ihrem ursprünglichen Ziel fliegen, um das zu erledigen, warum sie vor all den Jahren aufgebrochen seien. John verstand die Welt nicht mehr. Warum denn in einen Krieg ziehen, wenn doch das Ziel der Erhalt ihrer Welt war? Ihre Spezies war doch schon ausgestorben. John nahm daraufhin an, dass die menschliche Moral auf seine Freunde abgefärbt hatte, und diese jetzt Vergeltung ausüben wollten. Nach dem Motto: Auge um Auge. Zahn um Zahn. Dem war zum Glück nicht so. Auch wenn sie vorhatten, dem Feind einen verheerenden Denkzettel zu verpassen, der ihre Gesellschaft um Jahrhunderte zurückwerfen würde, wollten sie keinesfalls Gräueltaten an der zivilen Bevölkerung ausüben. Es ging ihnen hauptsächlich darum, dass das, was ihrem Planeten zuteilwurde, sich nicht wiederholen würde. Das verstand John. Zu verlieren hatten sie ja im Grunde nichts mehr. Abgesehen von ihren Leben. Aber damit hatten sie ihren Frieden schon vor all den Jahren gemacht.

John brauchte ein paar Tage, um seine Gedanken zu sammeln und verkroch sich in seinen Wohnbereich. Die einzige, die ihn besuchen durfte, war Evie. Sie merkte wohl, dass John schon seine Entscheidung getroffen hatte, daher genoss sie einfach die Zeit, die ihr mit ihm blieb. Sie zwang ihm immer wieder für eins ihrer Bilder zu posieren. Am liebsten hätte sie ihm gleich direkt gemalt, aber dafür fehlte die Zeit, und somit schoss sie hunderte Bilder von ihm, die sie später als Vorlage verwenden würde. Das machte John zwar widerwillig, da er sich als nicht photogen ansah, allerdings konnte Evie ihm geschickt bezirzen. Auch die Salveten mussten immer wieder für ihre Bilder stillstehen. Evie hatte ein überaus ausgeprägtes Talent, Fotos zu machen, auf denen die Umgebung und die anwesenden Geschöpfe, ob Mensch oder Alien, so abgelichtet waren, dass es einen in einen Bann zog, dem man nur schwer entfliehen konnte. Irgendetwas war da, das den Blick fesselte und die Zeit verschlang. Nach unzähligen Bildern und Stunden voller Albernheiten, die John und Evie miteinander verbrachten, fühlte der Abschied sich erträglicher an.

John verabschiedete sich ein weiteres Mal von der Erde und von denen, die ihm ans Herz gewachsen waren. Nur dieses Mal mit der Absicht, dass er nicht wiederkommen würde. In einen Krieg zu ziehen, der nur wenig erfolgversprechend war, ließe keinen Platz, um an Wunder zu glauben. Allerdings hielt er dieses Mal den Aufbau seines Antriebes auf Papier fest und überreichte ihn Alex. Da jetzt die ganze Welt von seinem Erfolg Anteil genommen hatte, konnte das Militär seine Idee nicht mehr vereinnahmen. Stattdessen sollte sie jeden Menschen nützen.

Evie wollte nicht dabei sein, wenn das Raumschiff mit John den Planeten verließ, und verabschiedete sich schon am Vorabend. Das war ihm ganz recht, da es das Abschiedsprozedere mit Mr. Bartensin und den anderen um einiges erleichterte. Und wieder standen sich die beiden großen Philosophen vor einem Start gegenüber.

„Also, dann bis gleich“, scherzte John. „Ich flieg nur mal schnell um ein paar Zigaretten zu holen.“

„Ja, bis gleich. Nimm mir eine Flasche Gin von der Tanke mit“, erwiderte Mr. Bartensin.

„Geht klar, den billigen Fusel, oder was Edleres?“

„Überrasch mich mit was Neuem.“

John und Mr. Bartensin mussten lachen.

„Wie könnt ihr denn jetzt herumblödeln?“ Alex war den Tränen nahe.

„Naja, weißt du nicht mehr, Neandertaler machen so was.“ John nahm Alex in die Arme. „Pass mir gut auf meine Affenbande auf, hörst du?“

„Ihr Neandertaler, natürlich. Und ja mach ich. Und du pass auf dich auf. Nicht, dass du auf dem nächsten Planeten Unruhe stiftest.“

John ließ Alex wieder los du wandte sich zu Fredi.

„Wehe du fasst mich an“, warf dieser gleich ein, „auf so ein Gefühlsgedusel hab ich wirklich keinen Bock.“

John schnappte sich ihn trotzdem. „Bin ich froh, wenn ich dich endlich für immer los bin.“

„Na und ich erst. Du schuldest mir übrigens noch etwas Geld.“

„Wieso das denn?“

„Na, wenn du deinen Müll aus meinen Bergwerk nicht ausräumst, muss ich jemanden dafür beauftragen. Das wird sicher nicht billig mein, Freund. Fang schon mal an zu sparen.“

John schüttelte bloß den Kopf, ließ Fredi wieder los und wandte sich zu den abscheulichen Dienern. „Euch will ich nicht zu nahe kommen“, scherzte er. „Wer weiß, was ich mir da für Piercings in den Körper ramme, wenn ich euch umarme.“

„Geht klar, kein Problem“, erwiderte einer. „Wir haben allerdings ein Abschiedsgeschenk für dich.“

„Tatsächlich, was denn? Bitte kein Tattoo auf die Schnelle stechen.“

„Nein, nein, das wäre vergeudete Tinte. Bitte sehr.“

John hatte plötzlich ein Stoffeinhorn vor der Nase. „Ein Einhorn?“

„Ja, toll, nicht. Wegen dem Einhornstaub.“

„Einhornstaub? Wie aufmerksam.“ John nahm das Einhorn an sich und grinste über beide Ohren.

„Dass keiner deine Entscheidung versteht, ist dir schon klar, oder? Was bringt dir denn das Wissen deiner außerirdischen Freunde, wenn du in den sicheren Tod fliegst?“ Mr. Bartensin versuchte ein letztes Mal John zum bleiben zu bewegen.

John musste schmunzeln. Noch vor ein paar Monaten wäre er mit Sicherheit auch dieser Meinung gewesen und auf der Erde zurückgeblieben. Allerdings musste er feststellen, dass die letzten Monate mit den Außerirdischen ihn sehr geprägt hatten. Er sei bei Weitem nicht mehr derselbe, der damals den Planeten mit einem winzigen Raumschiff verlassen hatte.

Jeder Moment im Leben eines Menschen, auch wenn dieser noch so unbedeutend scheint, wirke auf diesen ein. Wenn jemand behaupten würde, dass sich der Mensch oder dessen Charakter nicht ändern würde, der ist zweifellos im Irrtum. Veränderung heißt wachsen, und alles was wächst lebt. Das was zum Stillstand gerät, beginnt zu sterben.

John sah die nächste Stufe seines Wachstums darin, dass er die Erde hinter sich ließ. Ohne auf Mr. Bartensins Frage einzugehen, ging er langsam rückwärts die Rampe hinauf, warf ihnen noch einen Hand-kuss zu, und verschwand hinter der sich schließenden Luke.

Kurz darauf hob das Raumschiff ab und startete in eine mehr als ungewisse Zukunft.

Da John jetzt endgültig einer der Hunderttausend war, wollte er sich auch dementsprechend einbringen. Denn wenn er überleben wollte, dann musste er mitkämpfen. Und so versuchte man auf den schnellsten Weg, ihm mit der Kampftechnik der Außerirdischen vertraut zu machen. Zum Glück dauerte die Reise etwa einen Monat, und so blieb genug Zeit, einen der Kampfanzüge auf seine Person zuzuschneidern. John hätte nie gedacht, dass er überhaupt in der Lage wäre, all die schwere Ausrüstung zu tragen, jedoch war sie federleicht. Sie unterstützte sogar Johns Bewegungsabläufe. Dies verlieh ihm eine Verbesserung in Geschwindigkeit und Kraft. Pausenlos studierte er die Bewegungen ein, die ihm im Nahkampf den entscheidenden Vorteil bringen würden. Selbst wenn er seinen Körper von den Strapazen eine Pause gönnte, schloss er sich an den Bordcomputer an, um alles über Strategie und Kampftechnik zu lernen.

So verflossen die Tage wie im Flug, und ehe sich John versah, gab man ihm Bescheid, dass sie in zwei Stunden am Ziel angelangt seien. John machte sich wie alle anderen für den Kampf bereit und dachte, dass sich die Stimmung so kurz vor dem Zusammenstoß mit den Prädoreanern eigentlich trüben müsste, jedoch schienen die Salveten weder nervös noch angespannt. Sie waren wohl froh, dass das lange Warten endlich ein Ende fand. Voller Zuversicht, dass sie als Sieger wieder vom Schlachtfeld gehen würden, legten sie ihre Rüstungen an und sammelten sich vor den Hangartoren. Dann war es soweit. Das Raumschiff drosselte abrupt seine Geschwindigkeit. Sie waren am Heimatplaneten der feindlichen Spezies angelangt. Der Kapitän hatte die Flugbahn so berechnet, dass sie erst kurz vor der Atmosphäre des Heimatplaneten der Prädoreaner ihre Reisegeschwindigkeit drosselten. Das hatte den Vorteil, dass sie sozusagen unsichtbar für deren Erfassung waren, und somit den Überraschungseffekt so hoch wie möglich hielten. Es dauerte allerdings keine zehn Sekunden, bis die ersten planetaren Verteidigungsgeschütze zu feuern begannen. Da kam es ganz gut, dass das Raumschiff mit der Schildtechnologie ausgerüstet war, die sich vor jeglicher Art Energiewaffen schützte.

Unaufhaltsam näherten sie sich der Oberfläche des Planeten. Stets einen riesigen, pyramidenförmigen Gebäudekomplex im Visier: das Zentrum der Zivilisation der Prädoreaner. Dementsprechend war das Aufgebot an Kampfverbänden so enorm, dass man kaum noch den Planeten vor feindlichen Geschützfeuern sah.

Jetzt entfaltete das Raumschiff erst seine wahre Stärke. Auf Befehl des Kapitäns erwiderte man das Feuer. John konnte kaum glauben, was sich da für ein Bild bot, es mussten hunderte Geschütze gewesen sein, die von dem Raumschiff aus den Feind beschossen. John hatte zwar bei seinen Erkundigungstouren immer wieder eines dieser Geschütze gesehen. Allerdings hatte er das Schiff mehr als Transportschiff angesehen, und nicht als Schlachtschiff. Stetig näherten sie sich mit Dauerfeuer der Oberfläche. Die Prädoreaner verwendeten ebenfalls eine Schildtechnologie, allerdings war diese bei Weitem nicht so effektiv wie die ihre. Und so kam es, dass ein feindlicher Kampfverband nach dem anderen zerstört wurde.

Fast ohne Gegenwehr setzte das Raumschiff auf und tausende Soldaten stürmten hinaus. Stets in Richtung des Gebäudes. Sie stellten sich allmählich einer Armee in den Weg, die die ihre um das zwanzigfache überstieg. Allerdings ohne ersichtliche Kommandostruktur. Scheinbar waren sich die Prädoreaner in ihrer zahlenmäßigen Überlegenheit so sicher, dass allein der Anblick ihrer numerischen Stärke die Salveten zur Umkehr bewegen sollte.

Johns Außerirdische stürmten jedoch unbeeindruckt auf diese zu. Schulter an Schulter. Sofort wurde das Feuer auf sie eröffnet, doch geschützt von den Schildgeneratoren, rannten sie einfach weiter. Eine einzig grell leuchtende Wand. Bei jedem Treffer, der auf die Schilde traf, verwandelte sich die Energie in Licht. Kurz darauf erwiderten sie auch das Feuer und dasselbe Schauspiel zeigte sich auf gegnerischen Seite. Was für ein Szenario. Eine Lichterwand, die auf eine andere Lichterwand zuraste.

Etwa zwanzig Meter vor dem Zusammenprall war es vorbei mit dem Lichtermeer. Die Waffen wurden für den Nahkampf gewechselt. Die Salveten schienen ihre Feinde zurückzudrängen, immerfort rückten sie Richtung Hauptgebäude vor und hinterließen ein Meer aus Leichen. John war das Entsetzten ins Gesicht geschrieben. Seine Hände klitschnass, und sein Atem ganz flach. Ob er auch in der Lage wäre, sich so in das Kampfgeschehen zu werfen? Trainiert hatte er es. Jedoch bloß im Simulator.

Nach und nach brachen sie durch die Reihen der Feinde, bis sie an dem Gebäude angelangt waren, in dem sie die Zentrale Verwaltung vermuteten. Während auf der einen Front die Soldaten eindrangen, näherten sich weitere Kampfverbände der Prädoreaner. Jetzt musste auch der Rest der Einheiten in die Schlacht. Inklusive John. Allerdings ließ man dieses Mal den Feind auf sich zukommen. Sie wollten wohl verhindern, dass man hinter ihren Rücken aus den Transportfliegern, mit denen die prädoreanischen Soldaten herangeschafft wurden, absprang und in das Raumschiff eindrang. Außerdem konnte man so leichter Verletzte in Sicherheit bringen.

Stunde um Stunde verging, eine unaufhörliche Flut an Feindverbänden, die auf die Salveten zurollten. Und John mittendrin. Der Monat des intensiven Trainings zahlte sich ganz offensichtlich aus. Er hielt unerbittlich stand. Bis es immer ruhiger wurde, und plötzlich ganz still. Kein Feind war mehr übrig. Ein paar Wenige suchten das Weite, ohne ihre Waffen, die hatten sie fallen gelassen.

John, der nachwievor von Adrenalin vollgepumpt und völlig außer Atem war, ließ den Blick über das Schlachtfeld schweifen. Ein Meer aus Toten. Jetzt kamen auch diejenigen zurück, die in das Gebäude eingedrungen waren. Sie hatten den kompletten Komplex durchkämmt.

Ein paar der Außerirdischen liefen wieder mit einem Übertragungsmodul in das Gebäude. Sie hatten vor, den zentralen Rechner der Feinde anzuzapfen, um die mögliche Taktik der Feinde zu entschlüsseln. Es dauerte allerdings, bis sie die Zugriffsbarrieren umgehen konnten und vollen Zugriff auf das System hatten.

Das System gab ohne Zweifel zu erkennen, dass sich bis auf die Desserteure keine Kampfverbände mehr auf dem Planeten befanden. Jedoch waren keine Zivilisten zu verzeichnen. Eine ganze Spezies, die nur aus Soldaten bestand? Das konnte keiner glauben. Allerdings zeigte sich auch, dass der Planet nicht deren Heimatplanet war, sondern bloß ein militärischer Außenposten. Da warf man seine ganze Energie in eine Schlacht, die im Grunde keinerlei Bedeutung hatte. Das war nämlich nur einer von hunderten Außenposten.

Nachdem man alle Daten auf das Mutterschiff geladen hatte, starteten sie gleich wieder und flogen hinaus in das All. Es würde mit Sicherheit nicht lange dauern, bis die Prädoreaner mit Schlachtschiffen anrückten. Bevor sie den nächsten Außenposten eroberten, versorgten sie zunächst die Verletzten und werteten die Daten aus. Es gab allerdings auch ein paar Tote zu verzeichnen. Auch wenn es sich nur um ein paar Hundert handelte, war jeder Verlust ein schmerzhafter.

In den Datensätzen offenbarte sich ein gewaltiges Netzwerk aus tausenden Planeten. Die feindliche Spezies unterjochte seit hunderten von Jahren einen Planeten nach dem anderen. Immer mit derselben Absicht: Bevölkerung versklaven und den Planeten entweder militärisch oder wirtschaftlich nutzen. Die explosionsartig wachsende Bevölkerung ließ auch keine andere Wahl. Nun standen Johns Hunderttausend vor einem riesigen Rätsel, wie sie weiter vorgehen sollten. Da es keine zentrale Verwaltung gab, die man angreifen konnte, um zumindest einen Waffenstillstand zu erzwingen, blieb ihnen ohnehin nichts anderes übrig, als ein Ziel nach dem anderen zu erobern. Doch wo sollten sie beginnen? Und wie konnten sie sicherstellen, dass die eben noch eroberten Planeten nicht zurück in die Hände ihrer Feinde fielen? Um auf einen eroberten Planeten die Stellung zu halten und diesen zu verteidigen, dafür waren sie einfach viel zu wenige.

Eine neue Berufung

Tagelang suchten sie nach der idealen Strategie. Allerdings immer mit demselben Resultat. Sie waren einfach zu wenige, um langfristig anhaltende Erfolge zu verzeichnen. John, der sich anfangs überhaupt nicht in die Planungen einmischen wollte, machte dann doch einen Vorschlag. Er würde sich die benötigte Unterstützung einfach holen. Und zwar von genau denen, die die Prädoreaner unterworfen hatten. Mit einen Angriff auf einen der Agrarplaneten könnten sie die dort ansässige Bevölkerung befreien. Auch wenn dies nur ein vorübergehender Erfolg sein würde, einige der befreiten Zwangsarbeiter würden sich mit Sicherheit ihnen anschließen. Der Widerstand der Prädoreaner wäre dort ohnehin zu vernachlässigen, und damit nur mit geringen Verlusten zu rechnen. Wenn man das ein paar Mal wiederholte, hätten sie schnell eine loyale Söldnerarmee aufgestellt. Und erst dann würde John beginnen, systematisch einen strategisch wichtigen Planeten nach dem anderen erobern. Die Söldnerarmee könnte diese im gegebenen Falle verteidigen.

Dies schien für jeden eine gute Strategie zu sein, außerdem gab es ohnehin keine nennenswerten Alternativen.

Schnell waren sie wieder kampfbereit und starteten zum ersten Sklavenplaneten. Die dort stationierten feindlichen Truppen waren bei Weitem nicht so zahlreich wie auf dem militärischen Außenposten. Dadurch verzeichneten sie dieses Mal auch keine Verluste.

Die hiesige Bevölkerung war auch sichtlich dankbar für die Befreiung. Nachdem man sich allerdings nicht allzu lange dort aufhalten wollte, erklärte man ihnen auch gleich, worum es ihnen ginge. Trotz der ernüchternden Nachrichten waren es dann doch sehr viele, die sich Johns Armee anschlossen. Immerhin würden sie wieder in die Sklaverei wandern, sobald John und die Hunderttausend weiterzögen. Den Planeten gleich zu halten, wäre ein Ding der Unmöglichkeit gewesen, und hätte auch jede Menge ziviler Opfer gefordert.

Also überließen sie den Planeten den Prädoreanern. Da diese sehr schnell herausfinden würden, was Johns Armee vorhatte, entschieden sie sich, gleich mit dem nächsten Planeten weiterzumachen. Noch hatten sie den Überraschungseffekt auf ihrer Seite. Nach der zehnten geglückten Befreiungsaktion war das Raumschiff mit Söldnern und erbeuteten Rohstoffen an der Grenze der räumlichen Belastung angelangt.

Jetzt war es Zeit, den ersten wichtigen Außenposten der Prädoreaner einzunehmen. John, den man mittlerweile wegen seines strategischen Geschicks zum Kommandeur ernannt hatte, suchte sich einen militärisch sehr gut befestigten Planeten aus. Er lag weit außerhalb des Gebietes der Prädoreaner. Wenn sie diesen erst erobert hätten, wäre er für sie der perfekte Stützpunkt. Dorthin würde John nach und nach immer mehr erbeutetes Kriegsmaterial, Söldner und Ressourcen schaffen, um so stetig eine riesige Armee aufzubauen. Er wollte damit den Planeten zu einer als uneinnehmbar geltenden Festung aufrüsten. Irgendwann müssten die Prädoreaner dann ihre Rückeroberungsversuche aufgrund ihrer hohen Verluste einstellen. Danach würden sie sich einen Außenposten nach dem anderen holen.

Ein gewagter Plan. Aber auch ein erfolgsverspre-chender. Also steuerten sie Johns ausgesuchten Planeten an. Da sie durch die erbeutenden Daten wussten, wie die Verteidigung aufgebaut war, suchten sie sich den schwächsten Punkt aus, um durch die Abwehr durchzubrechen, und auf dem Planeten zu landen. Wenn sie erst einmal auf dem Schlachtfeld waren, waren sie ohnehin nicht mehr zu stoppen.

Obwohl sie Verluste erlitten, fiel der Planet nach wenigen Stunden in ihre Hand. Viel Zeit zum Verschnaufen blieb John und den Anderen allerdings nicht. Immerhin mussten sie das Computersystem knacken und überspielen, damit die befreiten Söldner die eroberten Verteidigungsanlagen besetzen und bedienen konnten.

Es dauerte nicht lange, bis das erste Kriegsschiff der Prädoreaner auftauchte und sie angriff. Etwas zu früh für Johns Pläne. Die Übernahme und Besetzung der Verteidigungsanlagen war noch im vollen Gange, und somit musste ihr Mutterschiff die Schlacht allein schlagen. John hatte zunächst ernsthafte Bedenken, ob es diese Auseinandersetzung überstehen würde. Allerdings eine unberechtigte Sorge. Immerhin war ihre Schildtechnologie um einiges besser als die der Prädoreaner. Und so gewannen die Salveten auch diese Auseinandersetzung. Wie viel das Mutterschiff allerdings wirklich einstecken könne, wollte niemand herausfinden, und sie beeilten sich lieber mit der Übernahme, damit der nächste Angriff der Prädoreaner bereits von den planetaren Geschützen zurückgeschlagen werden konnte.

Nachdem alle Stationen einigermaßen besetzt waren, brach John auch gleich mit seiner Armee auf, um den nächsten Sklavenplaneten zu überfallen. Auch dieser, und weitere drei waren noch relativ einfach zu erobern. Beim fünften musste John allerdings wieder einige Verluste hinnehmen. Was ihm dennoch zu Gute kam, war, dass er ein feindliches Kriegsschiff unter Kontrolle brachte. Scheinbar waren die Prädoreaner damit kurz vor ihnen gelandet, und machten sich bereit für die Verteidigung. Von Johns plötzlichen Auftauchen überrascht, verloren sie den Überblick über die Situation. Somit blieb das Kriegsschiff unbewacht auf dem Planeten, anstatt wieder in den Kosmos abzuheben.

Wieder voll beladen, kehrten sie zu ihrem Außenposten zurück. Mit den neu angeschafften Ressourcen, verstärkte John immer mehr die Verteidigung, bis er der Meinung war, dass selbst er und die Hunderttausend keine Chance mehr hätten, den Planeten einzunehmen. Dutzende Angriffswellen der Prädoreaner wurden zurückgeschlagen, bis endlich Ruhe einkehrte. Etwas vorschnell für Johns Erachten, allerdings sollte dies ihn nicht weiter stören. Mit der Gewissheit, einen sicheren Rückzugsort zu haben, hieß es wieder Pläne schmieden. Der Überraschungseffekt war jedenfalls dahin. Und die Planten, die am nächsten zu Johns Außenposten lagen, mit Sicherheit um einiges militärisch verstärkt worden. Über die langfristige Strategie der Prädoreaner konnte John nur spekulieren. Allerdings würden sie mit Sicherheit irgendwann erneut angreifen.

Die Zeit lief jetzt eindeutig für John. Doch zulange dürfe auch er nicht warten. Ein schnelles Vorrücken war angesagt, um die Prädoreaner stets in die Verteidigung zu drängen. Angriff war eben die beste Verteidigung.

Doch was unternahm John jetzt? Einige der Hunderttausend waren der Ansicht, dass man sich dem Planeten widmen sollte, der einst der Ursprung des Übels war. Auch John dachte über diese Möglichkeit nach. Weniger um den Kriegsverlauf dementsprechend zu beeinflussen, sondern um den Kampfgeist des Feindes zu schwächen. Allerdings würde das eine enorme Anzahl an Verlusten bedeuten. Die Moral des Feindes würde man damit nur entscheidend schwächen können, indem man die Infrastruktur zerstörte. Das wiederum würde auf Seiten der Zivilbevölkerung enorme Opfer fordern, und dazu war John nicht bereit. John hatte einen ganz anderen Plan entwickelt. Noch war seine Armee nicht schlagkräftig genug, um an zwei Fronten gleichzeitig zu kämpfen. Um die eroberten Planeten auf Dauer zu halten, fehlten ihm einfach die Truppen und die Ausrüstung. Daher hieß es wieder plündern. Allerdings widmete sich John dieses Mal ausschließlich den Raumschiffen, mit denen er seine eignen Truppen irgendwo im Weltall verstecken konnte. Der Außenposten, den sie jetzt hielten, wäre einfach zu weit weg, um die dort angesammelten Ressourcen an einen eroberten Planeten weiterzuleiten. Während man auf den Weg gewesen wäre, um Nachschub zu holen, hätten die Prädoreaner genügend Zeit, um den gerade eben noch eroberten Planeten zurückzugewinnen.

Demnach diente als nächstes Ziel ein Planet, der vorwiegend für den Bau von Raumschiffen genutzt wurde. John spielte ein entscheidender Faktor in die Hände. Die Prädoreaner hatten noch nicht gemerkt, dass er deren System angezapft hatte, und entscheidende Informationen gewonnen hatte. Dadurch wusste er genau, wohin er fliegen musste. Der Planet lag zwar sehr weit im Gebiet der Prädoreaner, allerdings ohne nennenswerte Verteidigung, dazu ein paar fast fertiggestellte Raumschiffe in den Werften. Gesagt getan.

Die Hunderttausend waren über Johns strategisches Talent und die Gabe, mehrere Züge vorauszusehen, mehr als beeindruckt. Kaum jemand zweifelte noch daran, dass John schaffen würde, die Prädoreaner zu besiegen. Auch sein nächster Coup war ein voller Erfolg. Genauso, wie er es geplant hatte. Nicht nur drei Raumschiffe erobert, sondern auch jede Menge neue Anhänger gefunden, die in der Lage waren, die Raumschiffe zu fliegen.

Die meisten Arbeiter in den Werften waren Mitglieder von allen möglichen Spezies, die die Prädoreaner schon vor vielen Generationen unterworfen hatten. Keiner wusste mehr, wo deren Ursprung lag, und damit waren sie leichter zu kontrollieren. Jemand, der noch seine Heimat kannte, und die Eroberung miterlebt hatte, würde nie dabei helfen, die Kriegsmaschinerie des Feindes, bereitwillig weiter aufzurüsten. Zwar führten sie ein unterdrücktes Leben, aber wenigstens irgendein Leben. Bis John auftauchte und eine Alternative anbot. Um diesen Umstand noch mehr abzugewinnen, veranlasste John die Zerstörung der Werften. Damit hatte er drei Raumschiffe, die

die Prädoreaner im ersten Moment nicht vermissen würden. Unter all den Trümmern würden sie hoffentlich auch die Überreste ihrer Raumschiffe vermuten.

Mit solch einem Vorteil konnte John bei der nächsten Aktion gleich zwei Ziele gleichzeitig ins Visier nehmen. Als John den ersten Agrarplaneten angriff, schickten die Prädoreaner alle verfügbaren Truppen von den umliegenden Planeten zu ihm, um dort ihre Einheiten zu unterstützen. Damit war es ein Leichtes, die eroberten drei Raumschiffe genau an den Ort zu schicken, an dem er sich die meisten Anhänger und Ressourcen zu erobern hoffte.

Jetzt war John stark genug, um den nächsten stra-tegisch wichtigen Planeten einzunehmen und zu halten. Ein weiterer militärischer Außenposten, der dem bereits eroberten am nächsten lag.

Wieder mit Erfolg. Und wieder begann das Spiel von Neuem. Ressourcen erobern, neue Soldaten rekrutieren, den nächsten Randplaneten erobern und für die Verteidigung befestigen. Und wieder von vorne. Ein Randplanet nach dem anderen fiel in Johns Hände. Obwohl die Salveten kaum Verluste hinnehmen mussten, waren es dennoch bei jeder Schlacht zwei bis dreihundert. Ersetzbar waren diese nicht. Auch wenn er jedes Mal seine Armee vergrößerte, mit dem militärischen Geschick auf dem Schlachtfeld der

Salveten konnte keine andere Spezies mithalten. Bald schickten die Prädoreaner nicht mehr willkürlich ihre Truppen zu dem Planeten, den John gerade angriff, sondern stationierten sie fest auf dem nächst näheren. Die Prädoreaner mussten einsehen, dass sie den Salveten im direkten Kampf stets unterlegen waren, allerdings merkten sie auch, dass die Salveten ebenfalls bei jeder Schlacht Verluste erlitten. Es war nur eine Frage der Zeit, bis diese nicht mehr in der Lage wären, eine Schlacht mit den übriggeblieben Einheiten zu gewinnen. Damit hatten die Prädoreaner ihre Strategie dahingehend geändert, dass sie mit der Mehrzahl an Material und Truppen die Zeit auf ihrer Seite hatten. John erkannte diese Situation allerdings und musste abermals seine Strategie entscheidend abändern. Jetzt war der Zeitpunkt gekommen, an dem er die befreiten Arbeiter aller anderen Spezies aktiv in den Kampf miteinbezog, um einen Wirtschaftsplaneten nach dem anderen zu erobern, und so lange wie möglich zu halten. Mit anfänglichen Schwierigkeiten ging auch dieser Plan auf. Stetig vergrößerte John sein erobertes Gebiet. Zwar verlor er auch Planeten zurück an die Prädoreaner, aber im Großen und Ganzen war er im Vormarsch.

Der Krieg dauerte mittlerweile schon mehr als drei Jahre an. Die einstigen Hunderttausend waren nur noch Vierzigtausend, und bei Weitem nicht mehr so schlagkräftig wie zu Beginn. Der ewige Kampf veränderte sie nach und nach. Von dem Vermächtnis einer Rasse, die sich für Kunst, Kultur und Forschung hingab, war nichts mehr zu spüren. In ihren Augen herrschte nur noch Leere vor, die durch den Kampf verschlimmert wurde. John allerdings blieb noch einigermaßen davor bewahrt, seine Menschlichkeit zu verlieren, und nur auf die nächste Schlacht zuzueilen. Wahrscheinlich, weil er immer noch etwas hatte, zudem es sich lohnte zurückzukehren: Evie und die anderen. Auch wenn von diesen wohl niemand mehr an sein Überleben glaubte und Evie mit Sicherheit einen neuen Freund gefunden hatte, so klammerte er sich vehement daran fest, dass er sie alle eines Tages erneut umarmen könnte.

Weitere drei Jahre später hatte John die Hälfte des Gebietes der Prädoreaner eingenommen. Allerdings wurden die Schlachten immer heftiger und dauerten auch länger an. Wenn sie zu anfangs einen Planeten innerhalb von Stunden eingenommen hatten, so dauerte es mittlerweile oft zehn oder fünfzehn Tage, bis auch die letzten Einheiten der Prädoreaner geschlagen waren. Und jedes Mal stürmten John und der Rest der Salveten auf das Schlachtfeld. Hatten sich zu Beginn die heftigsten Kämpf auf die militärisch genutzten Planeten konzentriert, waren es mittlerweile nur noch Planeten, die eine wirtschaftliche Rolle spielten. Wieso auch eine Festung angreifen, die weder strategisch noch wirtschaftlich von Bedeutung wäre? Meistens waren diese karge Felsen ohne jegliche Vegetation. Das erkannten natürlich auch die Prädoreaner und gaben irgendwann ihre Festungen komplett auf. Man brauchte die Truppen und Ausrüstung in den Schlachten gegen Johns Hauptarmee. Sie wussten, wenn erst einmal John und die Salveten ausgelöscht wären, dann würden die verlorenen Gebiete wieder in ihre Hände zurückfallen. Und das ohne große Anstrengungen.

Ein Krieg geht zur Neige

Ein weiteres Jahr später stand ein Schlüsselplanet auf Johns Liste. Das einstige Zentrum der Macht der Prädoreaner. Ihr ehemaliger Heimatplanet. Auch wenn er nicht mehr die Verwaltung beherbergte, und auch keinerlei nennenswerte Ressourcen besaß, so war er dennoch der am schwersten einzunehmende Planet. Johns Gefolgsleute forderten schon seit Längeren ihn zu erobern, immerhin lag er wie eine Insel in Johns Gebiet. Allerdings wusste er, dass sich dort das Blatt ebenso zu Gunsten des Feindes wenden könnte. Er hatte wohl in der Schule ganz gut aufgepasst, als die großen Feldzüge der Menschen an entscheidenden Orten eine Wende genommen hatten.

Sieben Jahre Krieg. Eine Schlacht nach der anderen, und immer wieder John mittendrin. Jetzt konnte man auch ihn öfter beobachten, wie er mit diesen leeren Blick bloß nur noch dasaß und die Wand anstarrte. Was wohl in diesen Momenten in seinem Kopf vor sich ging? Darüber konnten alle nur spekulieren. Nicht der geringste Wimpernschlag war zu verzeichnen. Bloß dieses ewige Starren. Es hatte etwas furchteinflößendes. Auch wenn man sich sicher war, dass er niemanden etwas tun würde, wagte es dennoch keiner, ihn in diesen Momenten anzusprechen. War viel-

leicht auch ganz gut so. Vielleicht war er genau
dann frei von all dem Leid, den der Krieg mit
sich brachte.

Auch wenn alle John mal eine längere Pause
gegönnt hätten, jetzt brauchten sie ihn mehr denn
je. Das wusste auch John, und trieb sich immer
wieder an. Sein eiserner Wille war nach wie vor
ungebrochen. Die wohl alles vorentscheidende
Schlacht stand an. John bereitete wieder einmal
alles vor, und plante den Angriff auf den Heimatplaneten der Prädoreaner. Dieser glich mittlerweile einem einzigen Bollwerk aus unzähligen
Geschütztürmen, die gen Himmel ragten. Tod
bringende Monumente aus Beton und Stahl. Die
Städte waren mit Verteidigungsanlagen umzäunt,
die es nicht einmal einer Fliege erlaubt hätten
hindurch-zuschlüpfen. Kaum ein Landstrich, der
nicht mit Artillerie, und Mörserstellungen ab-
gedeckt war, zugepflastert mit Bunker- und
Wehranlagen. Allein das Abwehrfeuer der Ge-
schützanlagen zu durchbrechen, würde unzählige
Verluste bedeuten. John musste seine Truppen
erst einmal auf den nächstgelegenen Planeten
konzentrieren. Und zwar alles, was irgendwie zu
entbehren war. Das bekamen auch die
Prädoreaner mit. Allerdings nur deswegen, weil
John keinen anderen Planeten seit Wochen mehr
angegriffen hatte. Dies konnte nur das eine bedeuten. John hoffte, dass diese die Gunst der
Stunde nützen würden, um einige ihrer Planten

zurückzuerobern. Immerhin hätten sie damit jetzt leichtes Spiel, da John nur noch wenige Truppen auf diesen stationiert hatte. Die Prädoreaner sammelten jedoch ebenfalls ihre Truppen, und schickten sie zu ihren Heimatplaneten. Aus der erhofften geschwächten Verteidigung wurde nichts. John stand nahezu die gesamte verbliebene Streit-macht der Prädoreaner gegenüber.

Sämtliche Kampfverbände, die John in den letzten sieben Jahren rekrutiert und durch die Eroberung der prädoreanischen Planeten gewonnenen Kampfmittel ausgerüstet hatte, waren bereit. Sie warteten nur noch auf Johns Befehl anzugreifen. John hatte allerdings ein sehr ungutes Gefühl. Obwohl er Milliarden von Einheiten und Millionen von Kampfschiffen zur Verfügung hatte, war er sich immer noch nicht sicher, ob er es überhaupt wagen sollte. John zögerte einen weiteren Tag. Langsam machte sich Unruhe in den Armeen breit, die John zum Handeln zwang. Er gab er den Befehl zum Angriff. Allerdings nicht, um den Heimatplaneten der Prädoreaner anzugreifen, sondern seine Armee auf unzählige Verbände aufzuspalten, und jedem Verband einen anderen feindlichen Planeten zuzuweisen. Jetzt hatte er zumindest mit diesen leichtes Spiel. Damit hatte nun wirklich keiner gerechnet. John hatte der Schlange nicht den Kopf abgeschlagen, sondern den Schwanz, und das erzielte eine ebenso effektive Wirkung. Die Prädoreaner hatten mit einem Schlag ihr gesamtes verbliebenes Gebiet eingebüßt.

Mit diesem genialen Schachzug hatte John nicht nur die Moral zu Gunsten seiner Truppen erheblich erhöht, und die der Prädoreaner geschwächt, sondern er hatte nun auch alle Zeit, um sich der entscheidenden Schlacht zu widmen. Die Prädoreaner würden es jetzt keinesfalls mehr wagen auszubrechen, um einige Planeten zurückzuerobern. Dass hätte nämlich bloß die Verteidigung geschwächt. Vielleicht bräuchte man jetzt den Heimatplaneten auch nicht mehr anzugreifen. Immerhin waren die Prädoreaner dort isoliert. Agrarisch genutzt wurde der Planet seit Jahrhunder-ten nicht mehr, und damit konnten sie nur auf die Nahrungsvorräte zurückgreifen, die sie in den Speichern gelagert hatten. Eine Belagerung, bis sie von sich aus aufgeben würden? Am liebsten würde John genauso verfahren. Allerdings könnte die Belagerung Jahre, wenn nicht sogar Jahrzehnte dauern, bis ihnen die Nahrung ausgehen würde.

Auch wenn John durch die ewigen Kämpfe kaum noch ein Empfinden für Zeit hatte, war es nicht die Dauer der Belagerung, die ihm Sorgen bereitete, es waren seine eigenen Armeen. Wie lange würde er die aus hunderten verschiedenen Spezies zusammengewürfelten Truppen bei Laune halten können? Momentan, da sie permanent einen gemeinsamen Feind gegenübertraten, war es nicht allzu schwer, die Moral aufrecht zu erhalten. Allerdings merkte John immer wieder, dass es Reibereien gab. Er musste leider davon ausgehen, dass, wenn erst einmal der Krieg gewonnen sei, und keine Truppen mehr benötigt wurden, sich der Zusammenschluss aller Spezies nicht halten lassen würde. Bereits jetzt wollte sich jede ihren Platz auf irgendeinen Planeten sichern, um ihrer Art wieder eine Heimat zu geben. Wenn sich erst einmal eine Spezies aus dem Krieg verabschiedete, würden auch andere folgen, bis eben nur mehr er und die Letzten der einst hunderttausend Salveten übrig wären.

Die unmittelbare Schlacht um den Heimatplaneten der Prädoreaner war demnach unvermeidlich.

John veranlasste erneut alle Vorbereitungen, um in den letzten Kampf zu ziehen. Er wusste, dass es nachwievor eine fast unlösbare Aufgabe war. Zwar hatte er seine Truppen aufstocken können, um die Moral zu seinen Gunsten verbessern, doch einen Planeten einzunehmen, der zu einer einzigen Festung umgebaut wurde, würde kein Spaziergang werden. Es glich mehr einer Kamikaze-Aktion. Aber das war das ganze Unterfangen von Anfang an.

Dann kam der erlösende Angriffsbefehl.

„Noch einmal stürmt, noch einmal, liebe Freunde!"[2]

John, der bei der Ausarbeitung zu Beginn noch vorhatte, alle Raumschiffe auf einmal loszuschicken, und erst kurz vor der Atmosphäre die Geschwindigkeit zu drosseln, kam rechtzeitig davon wieder ab. Es waren einfach zu viele Raumschiffe, die eine viel zu breite Angriffsfläche boten. Lieber in einer Art Speerformation angreifen. Das gäbe nur wenig Angriffsfläche, für eine begrenzte Anzahl an Abwehrgeschützen. Auch wenn er so gut wie alle Raumschiffe verlieren würde, die diese Angriffsformation einleiten würden, so würden nach und nach einige durchbrechen. Sobald sie Truppen auf dem Planeten abladen konnten, waren sie definitiv in einer besseren Position als die Prädoreaner, die mittlerweile zahlenmäßig weit unterlegen waren. Um so weit wie möglich an den Planeten heranzukommen, bevor die Abwehrgeschütze sie erfassten, die mit deren Reichweite Ziele weit im All ins Visier nehmen konnten, wollte John die Monde des Planeten als natürliche Schutzschilde nutzen.

Das Flaggschiff der Salveten drosselte als kurz vor dem Mond seine Geschwindigkeit. John hoffte, dass das Schild für die Prädoreaner nicht zu durchbrechen wäre. Immerhin führte er die Schlachtformation an. Auch wenn er sich in keiner Weise sicher war, dass das Raumschiff auch diesen Beschuss aushalten würde, bestanden die Salveten darauf, dass sie als erstes in die Schlacht

zogen. John war einer von ihnen und somit mit
von der Partie.

Dann stachen sie aus dem Schutz des Mondes
hervor und steuerten auf das Ziel zu, auf das sie
solange hingearbeitet hatten.

Für John blieb die Zeit stehen. Gleich würde
über ihn die Hölle hereinbrechen. Eine, die seiner
Laufbahn als Soldat, Stratege und Kommandeur
alle Ehre machen würde. Vor all den Jahren, als
er noch entsetzt mit ansah, wie sich die Salveten
durch die Reihen der Prädoreaner metzelten, hätte er nicht im Entferntesten daran gedacht, dass
er eines Tages eine Armee befehligen würde, die
in der Lage wäre, das ganze Universum zu erobern. Nach und nach hatte er sich verändert.
Von einem friedfertigen Menschen, der den
Krieg aufs Heftigste verabscheute, zu einem Soldaten, der in tausenden Schlachten dem Feind
entschlossen entgegentrat, und tausende Seelen in
den Tod geschickt hatte. So etwas wie Angst
kannte John nicht mehr. Zu oft hatte er den
Gegner in die Augen gesehen, und zu oft wurde
er verwundet. Selbst sein Körper glich einem einzigen Schlachtfeld. Übersät von dutzenden Narben. Seinen linken Arm verloren, und durch einen Metallenen ersetzt. Das einzige, das kaum
seine Form verändert hatte, war sein Kampfanzug. Er war zu einem selbstverständlichen Teil
von ihm geworden, um den er sich kümmerte
und sorgte. Ganz so, als wäre er alles an Familie,

das er noch hatte. An Evie dachte er kaum noch. Der einstige leuchtende Anker in seinem Leben war nur noch ein dunkler Schimmer. Nicht verwunderlich. Ständig kreisten seine Gedanken um Schlachten, die bevorstanden, Ressourcen, die herangeschafft werden mussten, an den Feind und dessen möglichen nächsten Zug. Da war kein Platz mehr für Evie oder sonst einen Menschen. Selbst seine Träume waren vom Krieg geprägt. Kaum eine Nacht, in der er nicht schweißgebadet aus Horrorszenarien aufwachte.

Und dann prasselten auch schon die Geschützfeuer auf das Raumschiff ein. John und die Salveten standen im Frachtraum, bereit hinauszustürmen, sobald das Schiff aufgesetzt hätte. Da war er wieder, dieser leere Blick. John starrte unentwegt auf die Luke. Nicht nur er, sondern der gesamte Rest der Salveten verharrte komplett regungslos an ihren Positionen. Ganz so als hätte man keine Wesen aus Fleisch und Blut vor Augen, sondern Evies Fotos.

Ein andauerndes Gedonner störte die regungslose Stille. Was für ein Anblick würde einen das permanente Einprasseln der Geschützfeuer auf das Schutzschild des Schiffes bieten, welches unentwegt auf den Planeten zusteuerte. Bis zum Eintritt in die Atmosphäre. Viel zu schnell trafen sie auf diese auf. Die Energie, die dadurch freigesetzt wurde, wurde jetzt auch für die Schildgeneratoren zu viel, sodass diese explodierten. Jetzt waren sie ungeschützt. Jedoch fielen auch die Geschützfeuer der Prädoreaner aus. Die Energiewelle, die beim Eintritt entstand, löste so etwas wie einen EMP aus, der wiederum die Elektronik der prädoreanischen Verteidigungsanlagen zerstörte.

Mit einem ohrenbetäubenden Knall setzte das Schiff auf der Erdoberfläche auf. John und die anderen, die durch den Aufprall von den Beinen gerissen wurden, rafften sich wieder auf.

Kurz darauf sprangen auch die Luken auf.

Ein Garten

Als John und die anderen die Rampe hinunterliefen, verdeckte der aufgewirbelte Staub ihre Sicht. Nachdem sie sich ein paar Meter von dem Schiff entfernten, ohne auf einen Feind zu treffen, bildeten sie eine neue Formation. Schnaufend schaute John sich um. Erst nach und nach senkte sich der Staub und eröffnete den Blick auf ihre Umgebung. Das Raumschiff war doch schwerer getroffen als gedacht. Ein Wunder, dass sie überhaupt den Aufprall überlebt hatten. Doch wo waren all die anderen? Eigentlich sollten ihnen hunderte Raumschiffe folgen. Hatte außer ihnen niemand das Geschützfeuer überstanden? John blickte besorgt Richtung Himmel. Endlich folgte das erhoffte Grollen, eines nach dem anderen landeten die Raumschiffe der Flotte auf dem Planeten.

Erst als sie mit dem EMP beinahe die gesamte Verteidigung lahmlegt hatten, konnten auch die anderen durchbrechen. John wollte gar nicht anfangen zu rechnen, welche Verluste er bereits hinnehmen musste, und dass, ohne auch nur einen einzigen feindlichen Soldaten zu Gesicht bekommen zu haben.

Rasch rückten die Armeen weiter vor und formierten sich neu. Im Visier eine riesige Stadt, die sich wie ein grauer Schleier über die Hänge eines erloschenen Vulkans hinaufzog. Nur zu gut, dass der EMP ihre Verteidigungsanlagen unbrauchbar gemacht hatte. Die Wehrmauer war übersät mit aller Art von Geschützen.

Tausende von Prädoreanern schwärmten aus den Verteidigungsanlagen der Stadt heraus, und hielten mit Gebrüll auf John und seine Truppen zu. John und die letzten der Salveten waren sich ihrer Rüstung sicher und stürmten allein Richtung Feind. Die aufgeschlossenen Soldaten aus den nachkommenden Transportschiffen blieben wie angewurzelt stehen. Zu mächtig schien die feindliche Front, die sich immer gewaltiger vor ihnen auftat, und auf sie zurollte.

Damals auf dem Außenposten waren sie noch eine Lichterwand gewesen, heute stellten sie nur noch Punkte dar. Zu sehr war mittlerweile Johns Angriffsreihe, die nur noch aus ihn und den letzten der Salveten bestand, ausgedünnt. Immerhin war es dieses Mal eine weit breitere Front und von Hunderttausend war auch keine Rede mehr. Was musste wohl in den Köpfen der nachrückenden Truppen vorgegangen sein, als sich ihnen dieses Bild bot? Immer mehr Soldaten betraten das Schlachtfeld, bis sich auch diese ins Getümmel warfen.

Natürlich war dies nicht die einzige Front, die sich öffnete. Dafür waren Johns Truppen einfach zu gewaltig, um sich auf einen Punkt zu konzentrieren. Die Raumschiffe, die nachwievor auf den

Planeten zuflogen, teilten sich in alle Himmelsrichtungen auf. Überall auf den Planeten begannen nach und nach die Kämpfe. Tagelang wüteten die Schlachten und verdunkelten nach und nach die Atmosphäre. Nicht nur wegen den schweren Geschützfeuern, und die dadurch zerstörten Raumschiffe und Stellungen, sondern auch weil die Soldaten bei ihren Kämpfen immer mehr Staub aufwirbelten.

John musste immer wieder seine Truppenbewegungen nachkorrigieren. Dort, wo Soldaten zu entbehren waren, schickte er diese in die Regionen, in denen der Feind seinen Truppen überlegen war. Selbst nach mehreren Tagen war kein Ende in Sicht. Mit so viel Gegenwehr hatte John definitiv nicht gerechnet. Vor dem Angriff war seine größte Sorge gewesen, die Soldaten durch das Abwehrfeuer zu bringen. Nun war es die Substanz, die ihnen auszugehen schien. Längst hatten sich die Kämpfe in die Städte verlagert und wurden zu einem blutigen Häuserkampf, der seine Soldaten immer mehr zermürbte. Er wusste, dass bloß eine Stadt fallen musste. Die Nachricht darüber würde sich in Windeseile verbreiten, und er hätte seinen so wichtigen Verbündeten zurückgewonnen: die Moral. Dann endlich die erhoffte Nachricht. Am dreiundzwanzigsten Tag, fiel die erste Stadt zu Johns Gunsten. Jetzt war die Moral der Feinde endgültig gebrochen, und eine Stadt nach der an-deren fiel unter Johns Kontrolle. Nach fünf weiteren Tagen hatte John gesiegt. Es wurde ruhig auf dem Planeten. Keine Schüsse, keine Kämpfe mehr. Es war vorbei. John hatte tatsächlich das Reich der Prädoreaner erobert.

Nach annähernd zehn Jahren Krieg war nichts mehr von der einstigen Stärke seiner Feinde übrig. Abgesehen von ein paar Millionen Soldaten, die sich nach und nach ergaben, und einem vollkommen verwüsteten Planeten.

John streifte durch eine der Ruinenstädte. Das, was viele Millionen Prädoreaner in mehreren Jahrhunderten errichtet hatten, wurde innerhalb von nur einem Monat zerstört. Man sollte meinen, dass es Johns Seele vor Schmerzen zerreißen müsste, als er durch ein Meer von Toten, Schutt und Asche marschierte. Johns Gesicht war allerdings leer. Weder Mitgefühl noch Trauer.

Während die meisten Soldaten in den Straßen und Ruinen den Sieg über ihre Unterdrücker zu feiern begannen, ging er wieder in Richtung seines Flaggschiffes. Immerhin galt es die Toten zu zählen, und das weitere Vorgehen zu koordinieren.

Von den Kämpfen gezeichnet und blutüberströmt streifte John seinen Kampfanzug ab, und ließ sich auf der Rampe des Raumschiffes nieder. Ganz allein saß er da und ließ seinen Blick über die Gegend streifen. Eine Totenstille umgab ihm. John schien sie zu genießen, und er schloss seine Augen. Allerdings nur kurz. Die Salveten kehrten ebenfalls zu ihrem Raumschiff zurück und suchten Johns Gesellschaft. Es waren zehn. Zehn hatten überlebt. Zehn einer ganzen Spezies. Und wofür? Dafür, dass eine Art sich eine andere zum Untertan machen wollte, und letztendlich dadurch selbst vernichtet wurde. Zwei Kulturen, die einst nur so vor Leben strotzten, und deren Planeten blühende Oasen innerhalb eines dunklen und kalten Universums gewesen waren. Kulturen, die wundervolle Musik, Gemälde und Gedichte hervorgebracht hatten. Alles nur noch Staub und Asche.

Zum ersten Mal seit zehn Jahren fingen sie an zu erzählen, wie es war, vor all dem Leid, wie es war, als sie noch jung gewesen waren. In einer Gesellschaft lebten, die jedem die gleichen Chancen bot. Ohne Leid, ohne Elend. Sie hatten große Pläne für ihr Leben gehabt. Immerhin galten sie als überaus intelligent und geschickt. Eine Familie gründen, der Kunst oder Kultur nachgehen, oder an den Universitäten ihres Planeten unterrichten. Als die Prädoreaner das erste Mal auftauchten, träumten einige sogar davon, das Universum zu bereisen. Tja, das hatten sie geschafft, wenn auch anders als erhofft. Und jetzt? Jetzt sind sie des Todes ebenbürtige Brüder. Statt mit den Händen Kunstwerke zu schaffen, schufen sie das Grauen. Statt mit Worten Herzen zum Erblühen zu bringen, brachten sie bloß Leid und Zerstörung. Die gepriesenen Wunder der Schöpfung saßen nun kauernd und schluchzend auf einer Rampe eines Kriegsschiffes. Und mitten unter ihnen ein Mensch. Ein Mensch, der einst stets den Frieden anstrebte. In allem und jedem das Glück und die Liebe suchte. Ein Mensch, der zur unaufhaltsamen Tötungsmaschine geworden war. Eine Armee in einen Krieg führte, die Milliarden von Opfern bescherte. Ein Mensch, der nicht einmal mehr die Erscheinung seiner Gattung trug. Mit einem metallenen Arm und einen Computer in seinem Schädel. Selbst seine Seele schien nicht mehr in ihm zu ruhen. Zu groß waren die Anstrengungen der Jahre. Zu groß war das Elend und das Leid, dass sich allmählich in seinem Verstand festgesetzt hatte.

Stundenlang saßen die Elf da. Elf verkümmerte Wesen, die warteten. Nur auf was warteten sie jetzt? Der Krieg war vorbei und damit auch all das, was sie in den letzten Jahren angetrieben hatte. Wohin gehen, wenn nichts mehr da war, zu dem man zurückkehren konnte? John wollte nicht zurück auf die Erde. So wie er jetzt aussah, würde ihn wohl niemand wiedererkennen. Evie war wahrscheinlich verheiratet, Mr. Bartensin Großindustrieller, Alex und Fredi hochangesehene Wissenschaftler, und die anderen Zehn, wahrscheinlich noch genau dort, wo sie auch damals waren. Da würde John nicht mehr hineinpassen. Ein Kriegsheld, der in einem Krieg war, von dem niemand etwas mitbekommen hatte. In einem

Krieg, von dem er niemanden etwas erzählen würde. In einem Krieg, in dem er so viel verloren hatte.

Langsam näherten sich die ersten Kommandeure. Sie wollten ihm zu seinem Erfolg gratulieren. Als sie ihn jedoch so sitzen sahen, mit ernster Miene, fragten sie ihn, ob er sich denn nicht freue.

Johns Blick hob sich von dem kalten kargen Boden.

„Worüber soll ich mich denn freuen?"

„Na über den Sieg natürlich, du hast den Frieden gebracht."

„Frieden? Und über was noch?"

„Na über das Leben. Deines und das deiner Soldaten."

John schwenkte seinen Blick weg von seinen Kommandeuren, hin zu der verwüsteten Stadt, die vor ihm lag. Langsam hob er die Hand und zeigte mit dem Finger auf diese.

„Und wo bitte sehr ist da Leben? All die Zerstörung und all die Toten! Wo seht ihr da bitte Leben?"

„Sieh genau hin, John! Ich weiß, dass du es sehen kannst. Jeder dieser Toten hält ein Samenkorn in der Hand. Sie sind nicht gestorben, um die Welt ihrer Unterdrücker zu zerstören. Sie sind genau für dieses Samenkorn gestorben. Und weißt du, was genau jedes einzelne dieser Samenkörner ist? Es ist Leben. Ein Leben in Freiheit und Liebe. Ein Leben ohne Unterdrückung. Und weißt du, was wir mit jedem dieser Samenkörner machen werden? Wir werden sie einpflanzen. Und die Triebe, die daraus wachsen, werden wir hegen und pflegen. Wir werden sie jeden Tag gießen und vor Hagel und Sturm beschützen. Und genau aus diesen Trieben werden wunderschöne Pflanzen heranwachsen. In aller Vielfalt und aller Pracht. Sie werden immer weiterwachsen und sich immer mehren. Und weißt du, was du dann siehst, John? Du siehst einen Garten. Einen blühenden Garten. Einen blühenden Garten der Liebe und des Friedens. Wenn du dich heute umdrehst, die Rampe hinaufgehst und mit deinem Raumschiff abhebst, dann verlässt du eine Wüste des Todes. Du wirst allerdings eines Tages zurückkehren. Da bin ich mir sicher. Du wirst wieder genau hierherkommen. Und weißt du, was du dann hier auffinden wirst? Genau John, einen Garten. Ich verspreche dir, dass du dann mitten im schönsten Garten stehen wirst, den du dir vorstellen kannst. In einem Garten, in dem du selbst die erste Furche gezogen und das erste Samenkorn hineingelegt hast.“

Johns Mundwinkel zuckten kurz. Es schien ganz so, als hätte er einen Funken Leben in sich gefunden. Der Kommandeur legte seine Hand auf Johns Schulter.

„Ruh dich erst einmal ein paar Tage aus. Deine Truppen sind versorgt und alles andere kann

warten. Wir werden inzwischen alles weitere or-
ganisieren.“

John nickte. Ein paar Tage Ruhe würden ihm
wirklich guttun. Er nahm seinen Kampfanzug
und ging die Rampe hinauf. Bevor er allerdings
im Raumschiff verschwand, blieb er noch einmal
kurz stehen und drehte sich langsam um.

„Ein blühender Garten also?“

„Ja, ein blühender Garten! Du wirst schon sehen, John! Ein blühender Garten!“

John verschwand in Inneren, gefolgt von den
Zehn. Kurz darauf schloss sich auch die Luke, die
Antriebe liefen an, und das Raumschiff startete
Richtung All. John und die Zehn verließen den
Planeten, die Schlacht, den Krieg und die so
schwer erkämpfte freie Zukunft, von so vielen
verschiedenen Geistern. Jeder wusste, dass sie
nicht wiederkommen würden. Verlangte auch
niemand. Sie hatten ihre Arbeit getan. Sie zogen
die erste Furche.

Ende

EINE WICHTIGE ERINNERUNG

Werfen Sie einen Blick auf die Webseite „**die10000.com**", um sich mit dem einen oder anderen wertvollen Aspekt zu Ihrem Dasein zu bereichern, und einiges über die Gedanken, die hinter den einzelnen Kapiteln stecken, zu erfahren.

[1] ADAMS, DOUGLAS: *Per Anhalter durch die Galaxis.* München: Heyne, 2009. (ISBN 978-3-453-14697-6)

[2] William Shakespeare: König Heinrich der Fünfte - Kapitel 11